Max Spiecker

Der alte Radloff und andere Geschichten

Max Spiecker

Der alte Radloff
und andere Geschichten

Herausgegeben von
Regina-Maria und Günter Rösel

Ins Hochdeutsche übertragen
von Günter Rösel

Berlin · Rankwitz 2016

Vorwort

Max Spiecker, 1854 in der Stadt Usedom auf Usedom geboren, hat das Buch 1932 im Alter von 78 Jahren veröffentlicht. Nach "Ollermann vertellt", 1927 erschienen, ist es das zweite und zugleich letzte seiner Bücher. Auch dieses ist wie er selbst leider in Vergessenheit geraten, wohl auch, weil Max Spiecker von 1896 bis zu seinem Tod im Jahre 1937 in Stolp in Hinterpommern lebte.
Wie schon sein erstes Buch ist auch das vorliegende im Original in Plattdeutsch erschienen. Meist ist es Selbsterlebtes aber auch von Freunden Erzähltes, was Spiecker mit Zusätzen und Ausschmückungen niedergeschrieben hat.
Um auch dieses Buch einer breiten Öffentlichkeit zugänglich zu machen, erscheint es erstmals sowohl in plattdeutscher als auch in hochdeutscher Sprache. Der plattdeutsche Text ist original übernommen worden.

Regina-Maria und Günter Rösel,
Berlin und Rankwitz, 2016

Oll Radloff

Up de Gäuder giwwt dat „soziale Fürsorge", dei bi de Pier anfängt. Irst geiht son schieres Fahlen als Rid- ore Kutschpird; nahst, wenn dat Öller em de Bein stief makt hett, ward dat vör den Melkwagen spannt un tauletzt noch Johr un Dag as Kaffpird fäudert, bet eins Morgens de Entspekter mellt: Uns' oll „Landgraf" ore „Senta" (ore woans dat süs heiten deiht) is äwer Nacht ingahn.

Ok Minschen, dei in Lohn un Brot stahn, besluten ehr Lewen bi ehre Herrschaft, dei dat nich äwer't Hart bringen kann, sei ruttausmieten, wenn von Öller un Weihdag' de Hänn' un Fäut verlahmen. Oll Frugens warden mit Gäus'-, Anten- un Häunertucht, oll Kirls mit Kauhfäudern, Gorenarbeit un so dörchhollen.

So hadd min Unkel Korl veele Johr enen Kutscher Radloff, up em künn hei sick verlaten, hei pleggt' sine Mähren, dat sei rund un glatt utsegen, hei höl up de Minut vör de Husdör, wenn de Herrschaft utführen wull, un hett mi, so oft ick Unkel un Tanten besäukt heww, keinmal tau späd von de Iserbahn afhalt ore wedder henbröcht. Nah son Johrener twintig würd hei äwer stief un stackerig, hei künn de Pird nich mihr tägeln, sei güngen em af un an eins dörch. Unkel müßt enen nigen Kutscher meiden, un oll Radloff würd „degradiert" taum Kinner- un Melkkutscher. Hei bröcht nu Dag för Dag de Melk tau Stadt un mit den Melkwagen de Kinner tau Schaul, irst de öllst Dochter Anning, un as dei mit de Schaul farig wir, de beiden Lütten Hans un Greting. In sine frie Tid müßt hei allerhand Husarbeit dauhn as Stäwel wichsen, Sülvertüg putzen un för Tanting ehre Wirtschaft tau Stadt gahn – dortau brukt ein blot twintig Minuten –

Der alte Radloff

Auf den Gütern gibt es „soziale Fürsorge", die bei den Pferden anfängt. Erst geht so ein ausgewachsenes Fohlen als Reit- oder Kutschpferd. Später, wenn das Alter ihm die Beine steif gemacht hat, wird es vor den Milchwagen gespannt und zuletzt nach Jahr und Tag als Stallpferd gefüttert, bis eines Morgens der Inspektor meldet: Unser alter „Landgraf" oder „Senta" (oder wie es sonst heißen mag) ist über Nacht eingegangen.
Auch Menschen, die in Lohn und Brot stehen, beschließen ihr Leben bei ihrer Herrschaft, die es nicht übers Herz bringen kann, sie hinauszuwerfen, wenn von Alter und Schmerzen die Hände und Füße erlahmen. Alte Frauen werden mit Gänse-, Enten- und Hühnerzucht, alte Männer mit Kühe füttern, mit Gartenarbeit beschäftigt.
So hatte mein Onkel Karl viele Jahre einen Kutscher Radloff. Auf den konnte er sich verlassen, der pflegte seine Pferde, damit sie rund und glatt aussahen, er hielt auf die Minute vor der Haustür, wenn die Herrschaft ausfahren wollte, und hat mich, so oft ich Onkel und Tante besuchte, niemals zu spät von der Eisenbahn abgeholt oder wieder hingebracht. Nach so etwa zwanzig Jahren wurde er aber steif und unsicher auf den Beinen, er konnte die Pferde nicht mehr zügeln, sie gingen ihm hin und wieder durch. Onkel musste einen neuen Kutscher mieten, und der alte Radloff wurde „degradiert" zum Kinder- und Milchkutscher. Er brachte nun Tag für Tag die Milch in die Stadt und mit dem Milchwagen die Kinder zur Schule, erst die älteste Tochter Anna, und als die mit der Schule fertig war, die beiden Kleinen Hans und Grete. In seiner freien Zeit musste er allerhand Hausarbeiten erledigen wie Stiefel und Silberzeug putzen und für die Wirtschaft der Tante zur Stadt gehen – dazu brauchte er nur zwanzig Minuten –

un dit un dat inköpen ore bestellen; ahn Radloffen künn dat Hus kum bestahn, hei was äwerall tau bruken un Tanting ehre rechte Hand.

Blot schad, dat hei enen Fehler kreeg; bi de Gäng nah de Stadt gewennt hei sick so sachting dat Supen an. Dat kem taumeist von de Käms, dei em de Koplüd' inschenken deeden un dei hei as gauden un gebillten Kirl nich gaud aflehnen künn. Wenn hei den irsten bi Schliebenern kreegen hadd, denn säd A. W. T. Vogel: „up ein Bein kann de Minsch nich stahn", un Düringshofen nödigt em den drüdden rin mit: „all gaude Ding sünd drei", bi den vierten müßt „de Wagen vier Räder hewwen". So kem Radloff in Gesmack un männigmal dun nah Hus, un de Bramwienbuddel stek immer in sin Tasch.

Äwer wat hei tau besorgen hadd, hett hei dorüm nich versümt; dortau was hei tau tru un pienlich. Eins Dags süll hei Geld inwesseln tau de Aflöhnung an Sünnabend un blew besapen up de Strat liggen taum Spektakel för de Jungens, äwer de Geldtasch höl hei fast in Arm un Knäwel.

Nu künn ja dat nich utbliewen, dat Hans un Greting mit em, wenn hei sick de Näs' begaten hadd, ihren Spijök dreewen; üm em tau verfieren, sprüngen sei af un an lising achterut von den Wagen, lepen denn an em vörbi un repen: „Radloff, du hest uns ja verluren!" Denn wunnerwarkt hei, woans dat wol kamen wir. Annermal makt em Greting Angst, sei wull Anning, die in Berlin Musik studieren deed, in einen Breiw schriewen, wat hei för'n Kujon wir. As sei em nahst enen Breiw för Anning gew, den hei in den Breiwkasten steken süll, schrew hei mit Bleistift up de Achtersid: „Anna, glaub ihr nich, du weißt ja, wie sie lügen tut." Sörre de Tid näumt hei Greting immer „Oll Scheußlich".

Eens slep hei in sine Besapenheit in; so fünnen em

und dies und das einkaufen oder bestellen. Ohne Radloff konnte das Haus kaum bestehen, er war überall zu brauchen und rechte Hand der Tante.
Bloß schade, das er einen Fehler hatte; bei seinen Gängen in die Stadt gewöhnte er sich so nach und nach das Saufen an. Das kam zumeist von den Kümmelschnäpsen, die ihm die Kaufleute einschenkten und die er als guter und gebildeter Mann nicht ablehnen konnte. Wenn er den ersten bei Schliebener bekommen hatte, dann sagte A.W. T. Vogel: „auf einem Bein kann der Mensch nicht stehen", und Düringshofen nötigte ihm den dritten rein mit: „aller guten Dinge sind drei", bei dem vierten musste „der Wagen vier Räder haben". So kam Radloff auf den Geschmack und manches Mal besoffen nach Hause, und die Branntweinflasche steckte immer in seiner Tasche.
Aber was er zu besorgen hatte, vergaß er darum nicht. Dazu war er zu treu und genau. Eines Tages sollte er Geld einwechseln für die Ablöhnung am Sonnabend und blieb besoffen auf der Straße liegen zum Vergnügen der Jungens, aber die Geldtasche hielt er fest in Arm und Hand.
Nun konnte es ja nicht ausbleiben, das Hans und Grete mit ihm, wenn er sich die Nase begossen hatte, ihren Spaß trieben. Um ihn zu erschrecken, sprangen sie ab und an unbemerkt hinten vom Wagen, liefen dann an ihm vorbei und riefen: „Radloff, du hast uns ja verloren!" Dann wunderte er sich, wie das wohl gekommen war. Ein andermal machte ihm Grete Angst, sie wolle Anna, die in Berlin Musik studierte, in einem Brief schreiben, was für ein schlechter Mensch er wäre. Als sie ihm danach einen Brief für Anna gab, den er in den Briefkasten werfen sollte, schrieb er mit Bleistift auf die Rückseite: „Anna, glaub ihr nicht, du weißt ja, wie sie lügt." Seit der Zeit nennt er Grete immer „Alte Scheußlich".
Mal schlief er in seiner Besoffenheit ein. So fanden ihn

Hans un Greting in de Kutscherstuw un äwerleggen, wat sei mit em maken künnen. Greting halt fixing 'ne lütte Scheer un dormit snieden sei em den halwen Snurrbort af. Hei seg nu ganz verdeuwelt ut un schimpt sei bannig ut, sin letzt Wurd wir: „Ut jug ward in ganzen Lewen nicks."
Eins Dags giwwt em Unkel enen Breiw mit twintig Mark Inlag un bedüd't em, dat wir dat Reis'geld för Anna, dat sei nah Hus tau Ferjen kamen künn; hei süll gaud uppassen, süs süll em en Dunnerweder halen. Dat was morgens bi de Melkfuhr, un Klock teihn kiekt Unkel den Hof lang, vergewens. Hei geiht vör den Durweg, wat Radloff nich in Sicht is. Nee, nicks tau seihn. Nah Klock elwen kümmt de Oll angezuckelt, besapen as'n Swien. Unkel was'n gauden Mann, äwer bi sone Gelegenheit un wil hei kein Geld taum Wegsmieten äwrig hadd, künn hei barbarschen argerlich warden. Hei halt em in sine Stuw rin un leggt nu los: „Du Supsack, du Rümdriewer, de twintig Mark sünd taum Düwel dörch dine emfamtige Bummeli." Un wat hei wedder schimpt un schandiert. Radloff seggt nicks, as wenn hei von den Breiw nicks weiten deiht. Irst as Unkel de Pust utgeiht, seggt hei ganz dusemang: „Heww di man nich, hest nu utrestert? Annken kümmt un dormit is't gaud." Hei will em bedüden, dat de Breiw besorgt is un wist em nu ok den Postschien. Dat hei sinen Herrn mit du anred't, dat kreeg hei meist farig, wenn hei dun wir. Un dun wir hei ok, as de Knechts em brüden deeden, un hei säd: „Ick will jug wat seggen, enen Fulen kann de Wirtschaft blot dörchfäuden, un dat bin ick. Ji möten wat dauhn. Nu holt dat Mul un gaht an juge Arbeit!"
Sin Heldenstück hett Radloff utäuwt bi Anning ehre Hochtid; dei würd von Tanten Johanna in Falkenwalde bi Reetz utricht; wil sei in enen groten Palast

Hans und Grete in der Kutscherstube und überlegten, was sie mit ihm machen können. Grete holte schnell eine kleine Schere und damit schnitten sie ihm den halben Schnurrbart ab. Er sah nun ganz verteufelt aus und schimpfte sie mächtig aus; seine letzten Worte waren: „Aus euch wird im ganzen Leben nichts."
Eines Tages gibt ihm der Onkel einen Brief mit zwanzig Mark Einlage und bedeutet ihm, es wäre das Reisegeld für Anna, damit sie in den Ferien nach Hause kommen könne. Er solle gut aufpassen, sonst solle ihn ein Donnerwetter holen. Das war morgens bei der Milchfahrt, und um zehn Uhr sieht Onkel über den Hof, vergebens. Er geht vor das Tor, ob Radloff in Sicht ist. Nein, nichts zu sehen. Nach elf Uhr kommt er angezuckelt, besoffen wie ein Schwein. Onkel war ein guter Mann, aber bei der Gelegenheit und weil er kein Geld zum Wegwerfen übrig hatte, konnte er fürchterlich ärgerlich werden. Er holte ihn in seine Stube und legte los: „Du Saufsack, du Rumtreiber, die zwanzig Mark sind zum Teufel durch deine infame Bummelei." Und was er schimpft und meckert. Radloff sagt nichts, als wenn er von dem Brief nichts weiß. Erst als dem Onkel die Puste ausgeht, sagt er ganz langsam: „Hab dich man nicht; bist du fertig mit meckern? Anna kommt und damit ist es gut." Er will ihm bedeuten, dass der Brief besorgt ist und zeigt ihm nun auch den Postschein. Dass er seinen Herrn mit „du" anredete, das machte er nur, wenn er betrunken war. Und betrunken war er auch, als die Knechte ihn neckten, und er sagte: „Ich will euch was sagen, einen Faulen kann die Wirtschaft bloß durchfüttern, und das bin ich. Ihr müsst was tun. Nun haltet das Maul und geht an eure Arbeit!"
Sein Heldenstück hat Radloff zu Annas Hochzeit fertig gebracht. Die wurde von Tante Johanna in Falkenwalde bei Reetz ausgerichtet; weil sie in einem großen Palast

wahnt un ehr dat Spaß makt, orig wat uttaugewen. De ganze Fomilje führt denn tau Wagen hen, un Radloff süll in Giesenfelde bliewen un dat Hus bewohren. Bi de Hochtid sitten denn nu de Gäst vergnäugt an den groten Disch un eten mit den groten Lepel Braden, Fisch, Is un Kauken; de Wien is gaud un riklich, un de Muskanten speelen lustige Stücken. Dunn ward dat son Gewes' un Gezauster an de grote Dör; dor will ein rin, un de Deiners willen em nich dörchlaten. Unkel Korl kiekt hen, un wekken ward hei gewohr? Oll Radloff is dor. Hei steiht up un seggt: „Wat Deuwel, wo kümmst du her?" „Ja, Herr Gies'", seggt Radloff, „nehmen's nich äwel, äwer ick wull doch dorbi sin, wenn uns' Anning in den Adelstand baben ward (sei frigt enen Herren von B.), un bin de vier Mielen tau Faut lopen." Hei kriggt tau eten un tau drinken, de Gäst' bewunnern em wegen de lange Reis' un sine Tru, un de Herren von Sowieso un von Bliewmanso stellen sick em vör. Mit de Wil ward hei tau kränsch, den Rotspohn gütt hei dal as Water, un sei spediren em nah unnen, wo sick de Kutschers un Deinstbaden verlustiren. Radloff geiht hier forsch in't Täg mit Supen un Vertellen; sei danzen un singen un speelen tauletzt Theater; sei speelen „Schlange", Radloff kriggt ein von Tanten Johanna ehre groten Damastdischdäuker üm den Liew as Swanz von de Slang.
Den annern Morgen geiht Unkel Paster, wat Unkel Korl sin Brauder is, äwer den Hof un süht unner de Dachrönn' – dat hett de ganze Nacht pieplings regent – wat Wittes liggen. Hei geiht neger ran un röppt ludhals: ein Mensch, ein Mensch! Dat is oll Radloff in sin Schlangendischdauk, natt as 'ne Katt. Sei bringen em tau Bedd, hei slöppt sick ut un führt denn mit taurügg nah

wohnte, und es ihr Spaß machte, ordentlich was auszugeben. Die ganze Familie fuhr per Wagen hin, und Radloff soll in Giesenfelde bleiben und das Haus hüten.
Auf der Hochzeit sitzen nun die Gäste vergnügt am großen Tisch und essen mit großem Appetit Braten, Fisch, Eis und Kuchen. Der Wein ist gut und reichlich, und die Musikanten spielen lustige Stücke. Plötzlich war ein Gewese und lautes Reden an der großen Tür. Da will einer rein, und die Diener wollen ihn nicht durchlassen. Onkel Karl sieht hin, und wen wird er gewahr? Der alte Radloff ist da. Er steht auf und sagt: „Zum Teufel, wo kommst du her?"
„Ja, Herr Giese", sagt Radloff, „nehmen sie es nicht übel, aber ich wollte doch dabei sein, wenn unsere Anna in den Adelsstand erhoben wird (sie freit einen Herrn von B.), und bin die vier Meilen zu Fuß gekommen."
Er bekommt zu Essen und zu Trinken, die Gäste bewundern ihn wegen der langen Reise und die Herren von Sowieso und von Bleibmanso stellen sich ihm vor. Mittlerweile wird er zu überheblich, den Rotspohn gießt er hinunter wie Wasser, sie befördern ihn nach unten, wo sich die Kutscher und Dienstboten verlustieren. Radloff geht hier forsch ins Zeug mit Saufen und Erzählen. Sie tanzen und singen und spielen zuletzt Theater, sie spielen „Schlange", Radloff bekommt eines von Tante Johannas großen Damasttischtüchern um den Leib als Schwanz der Schlange.
Am anderen Morgen geht Onkel Pastor, der Bruder von Onkel Karl, über den Hof und sieht unter der Dachrinne – es hat die die ganze Nacht ununterbrochen geregnet – etwas Weißes liegen. Er geht näher und ruft lauthals: „Ein Mensch, ein Mensch!" Es ist der alte Radloff in seinem Schlangentischtuch, nass wie eine Katze. Sie bringen ihn zu Bett, er schläft sich aus und fährt dann mit zurück nach

Giesenfelde. Schad't hett em dat nich. Wat hett hei äwer nahst upsneden un sick upblast mit sine Erlewnisse in Falkenwalde, wat sei em estimiert un traktirt hewwen. Ja, hei wir 'n höllschen Kirl, nah sine Meinung.

As Unkel un Tanten dat Gaud ehren Sähn äwerlaten un nah de Stadt trecken, nehmen sei Radloff mit, hei sall helpen in den nigen Husstand. Äwer sine Superi nimmt äwerhand, un Unkel lohnt em af. Dunn geiht em dat slicht; sine Rent' is man lütt, un wenn em Tanten nich achterrüm wat taukamen let, denn so wir hei wol för de Tid ingahn. Hei kümmt äwer in dise Not in de Finger von den gauden Verein „Blaukreuz" un entseggt sick den Alkohol. Nah 'ne Wil ward hei bi Tanten vörstellig, sei möcht em doch en Bund Stroh för sine Beddlad' besorgen, dat olle Stroh wir all ful un dumpig. Dat will sei dauhn un seggt dat Hansen, dei sick erbarmen will, wenn Radloff rutkümmt un sin Anliggen vörbringt. Hans sitt eins Vörmiddags an sin Zylinnerbüro, dat Arwstück von sinen Vadder, un deiht so, as oll Radloff rinkümmt, as wenn hei iwrig schriwwt un em nich gewohr ward; hei hürt, woans dei stähnt un wat vör sick henbrummelt. Mit eins dreiht hei sick üm.

„Na, wat wist du, Radloff?"

„Ja, Herr Gies', ick wull man seggen, min Beddsack is verfult, un wo dat wir mit'n Bund Stroh."

Hans will em dat wol geben, äwer hei dörf nich mihr supen. Radloff versäkert hoch un heilig, dat hei den Snaps nich mihr anrögt. As denn Hans em fröggt, wat hei woll Lust hett, wedder nah dat Gaud ruttautrecken, denn äwernimmt dat den Ollen so, dat hei kum spreken kann; de Tranen lopen em piplings dal, so freugt hei sick. Sapen hett hei nich mihr.

Hei hett noch säben Joh in Giesenfelde taubröcht, ahn

Giesenfelde. Geschadet hat es ihm nicht. Was hat er aber später aufgeschnitten und sich aufgeblasen mit seinen Erlebnissen in Falkenwalde, wie sie ihn gewürdigt und schikaniert haben. Ja, er war ein toller Kerl – nach seiner Meinung.
Als Onkel und Tante das Gut ihrem Sohn überlassen und in die Stadt ziehen, nehmen sie Radloff mit, er soll im neuen Hausstand helfen. Aber seine Sauferei nimmt überhand, und Onkel lohnt ihn ab. Es geht ihm schlecht, seine Rente ist man klein, und wenn ihm Tante nicht hintenherum was hätte zukommen lassen, dann wäre er wohl vor der Zeit eingegangen. Er kommt aber in dieser Not in die Finger des guten Vereins „Blaukreuz" und entsagt dem Alkohol. Nach einer Weile wird er bei Tante vorstellig, sie möchte ihm doch ein Bund Stroh für sein Bettgestell besorgen, das alte Stroh wäre faul und rieche muffig. Das will sie tun und sagt es Hans, der sich auch erbarmen will, wenn Radloff herauskommt und sein Anliegen vorbringt. Hans sitzt eines Vormittags an seinem Zylinderbüro, das Erbstück von seinem Vater, und tut, als Radloff reinkommt, so, als wenn er eifrig schreibt und ihn nicht bemerkt. Er hört, wie der stöhnt und etwas vor sich hin brummt. Mit einem Mal dreht er sich um.
„Na, was willst du, Radloff?"
„Ja, Herr Giese, will man sagen, mein Bettsack ist verfault, und wie das wäre mit einem Bund Stroh."
Hans will ihm das wohl geben, aber er darf nicht mehr saufen. Radloff versichert hoch und heilig, dass er den Schnaps nicht mehr anrührt. Als Hans ihn dann fragt, ob er wohl Lust hätte, wieder auf das Gut zu kommen, da überkommt es den Alten so, dass er kaum sprechen kann; die Tränen laufen ihm immerfort hinunter, so freut er sich. Gesoffen hat er nicht mehr.
Er hat noch sieben Jahre in Giesenfelde zugebracht, ohne

veel Arbeit; sine Upgaw bestünn dorin, dat ganze Stäweltüg in Ornung tau hollen. Dunn würd hei krank un is in't Krankenhus storwen. Hans güng tau dat Begräwnis un hett em ok den Grawwstein setten laten; hei künn em nich vergeten, dat hei so veele Johr sine Öllern un em tru un ihrlich deint hett; de Superi hett hei em nich nahdragen. – Diese lütte Geschicht' giwwt en Bispill von dat gaude Verhältnis von de Agrarier tau ehre ollen Lüd'. Lest ein äwer, wat de Demokraten un Sozi von de Gaudsbesitters schriewen, denn sünd dat luter Barbaren, dei ehre Lüd' schinnen un äwernäsig behanneln. De Stadtlüd' möten man nich allens glöwen.

Graffstein setten!

1.
As min Sähn Andres vör twintig Johr sine Lihrtid taum Kopmann in Stettin afmakt hadd, kem hei nah Hus tau Erhalung. Ick bekeek em; hei geföl mi nich, hei was bleik un matt. Was dat von de Arbeit ore von dat lange un swore Affschiednehmen? Wi kreegen denn ok rut, sin Geldbüdel was leddig, un hei hadd mit lustige Bräuder tau veel achter den Bierdisch seten. Wi vermahnten em; ein Kopmann möt sihr flitig sin; „Arbeit macht das Leben süß, Faulheit stärkt die Glieder". Dunn säd hei: „Kavaliere arbeiten überhaupt nicht". Mine Fru un ick sprüngen up; dat was uns tau striepig. „Wat sind dat för Malligkeiten? Dormit wist du dine Taukunft grünnen?" Wekker hett die sonen Unsinn bibröcht?"
„Min Fründ Lutz Köhnke."
„Wat is dat för'n Vagel?"
„Oh", säd Andres, „dat is'n vörnehmen, eleganten

viel Arbeit. Seine Aufgabe bestand darin, das ganze Stiefelzeug in Ordnung zu halten. Dann wurde er krank und ist im Krankenhaus gestorben. Hans ging zum Begräbnis und hat ihm auch einen Grabstein setzen lassen. Er konnte ihm nicht vergessen, dass er so viele Jahre seinen Eltern und ihm treu und ehrlich gedient hatte. Das Saufen hat er ihm nicht nachgetragen.

Diese kleine Geschichte ist ein Beispiel für das gute Verhältnis der Großgrundbesitzer zu ihren alten Leuten. Liest man aber, was die Demokraten und Sozis von den Gutsbesitzern schreiben, dann sind das lauter Barbaren, die ihre Leute schinden und hochnäsig behandeln. Die Stadtleute müssen man nicht alles glauben.

Grabstein setzen!

1.

Als mein Sohn Andreas vor zwanzig Jahren seine Lehrzeit zum Kaufmann in Stettin beendet hatte, kam er nach Hause zur Erholung. Ich sah ihn an, er gefiel mir nicht, er war blass und matt. War das von der Arbeit oder vom langen und schweren Abschiednehmen? Wir bekamen dann auch raus, sein Geldbeutel war leer und er hatte mit lustigen Brüdern zu viel hinterm Biertisch gesessen. Wir ermahnten ihn; ein Kaufmann muss sehr fleißig sein; „Arbeit macht das Leben süß, Faulheit stärkt die Glieder".

Da sagte er: „Kavaliere arbeiten überhaupt nicht".

Meine Frau und ich sprangen auf, das war uns zu viel: „Was ist das für ein Unsinn? Damit willst du deine Zukunft gründen? Wer hat dir so einen Unsinn beigebracht?"

„Mein Freund Lutz Köhnke."

„Was ist das für ein Vogel?"

„Oh", sagte Andreas, „das ist ein vornehmer, eleganter

Herr, blot son beten flott."
"So, so", säd ick, "un wat is hei, wat bedriwwt hei?"
Nu kem't rut: "Up Stunn's hett hei kein Stellung." Dat hadd ick mi dacht un säd: "Aha, dat is din Vörbild? Ut den ward nicks, pass Achtung, dei geiht vör de Hunn'. In sine Finger kümmst du nich wedder."
Nah acht Dag' les' ick in mine "Pommersche Tagespost": Selbstmord. Gestern hat sich der bekannte Lebemann L. K. erschossen. Andres verjagt sick, so fohrt em dat in de Knaken. Dunnermissing, dacht hei, Vadding hett recht. Nah wedder acht Dag kümmt hei mit dat Ansinnen rut, ick süll em teihn Mark gewen, de Frünn' wullen Lutz Köhnken einen Graffstein setten. "Wat", segg ick, "den Fulenzer un Suput, dei Hand an sick leggt hett? Nich einen Penning. För teihn Mark kann ick jug twintig Bröd' köpen."
Dormit was de Sak afmakt, un L. K. liggt hüt noch ahn Graffstein. Wenn ick Andres eins dorvon vertell, denn högt hei sick äwer sine Dammlichkeit von dunnmals.

2.

Vör vierteihn Dags is min oll Schaul- un Studienfründ K. storwen, dat deed mi sihr leed, un ick schreew einen hartlichen Breiw an de Wedfru un dach't dorbi, wedder ein "von der alten Burschenherrlichkeit" räwergahn in dat Philisterland, von wo kein taurüggkümmt; nu warden dat immer weniger, dei noch äwerlewen von uns' Verbinnung, dei 1880 upflagen is. In dise Gedanken flüggt ein Breiw rin von einen annern Fründ, den Medizinmann T. in Hamborg. Ick les' em einmal, ick les' em taum tweiten Mal, bet mi klor ward, wat hei will: Dei noch äwrig sünd, wi sälen Fründ K. einen Graffstein setten un ick sall dat in de Hand nehmen. Süh, denk ick, soveel Leiw un Weihmäudigkeit heww ick

Herr, bloß so ein bisschen flott."
„So, so", sagte ich, „und was ist er, was betreibt er?"
Nun kam es raus: „Zur Zeit hat er keine Stellung."
Das hatte ich mit gedacht und sagte: „Aha, das ist dein Vorbild? Aus dem wird nichts, passe auf, der geht vor die Hunde. In seine Finger kommst du nicht wieder."
Nach acht Tagen lese ich in meiner „Pommerschen Tagespost": „Selbstmord. Gestern hat sich der bekannte Lebemann L. K. erschossen". Andreas erschrickt sich, so fährt ihm das in die Knochen. ‚Donnerwetter', dachte er, ‚Vater hat recht.' Nach wieder acht Tagen kommt er mit dem Ansinnen raus, ich solle ihm zehn Mark geben, die Freunde wollen Lutz Köhnke einen Grabstein setzen.
„Was", sage ich, „dem Faulenzer und Saufaus, der Hand an sich gelegt hat? Nicht einen Pfennig. Für zehn Mark kann ich euch zwanzig Brote kaufen."
Damit war die Sache erledigt, und L. K. liegt heute noch ohne Grabstein. Wenn ich Andreas heute davon erzähle, dann lacht er sich eins über seine Dämlichkeit von damals.

2.
Vor vierzehn Tagen ist mein alter Schul- und Studienfreund K. gestorben, das tat mir sehr leid, und ich schrieb einen herzlichen Brief an die Witwe und dachte dabei: ‚Wieder einer von der alten Burschenherrlichkeit hinüber gegangen in das Philisterland, von wo keiner zurückkommt; nun werden es immer weniger, die noch überleben von unserer Verbindung, die 1880 aufgeflogen ist.' In diese Gedanken fliegt ein Brief rein von einem anderen Freund, dem Medizinmann T. aus Hamburg. Ich lese ihn einmal, ich lese ihn zum zweiten Mal, bis mir klar wird, was er will: Die noch übrig sind, wir sollen Freund K. einen Grabstein setzen und ich soll das in die Hand nehmen. Siehe, denke ich, so viel Liebe und Wehmut habe ich

T. nich tautrugt; hei beschämt mi un de annern. Äwer denn äwerlegg ick mi, woans dat makt warden sall mit den Graffstein; dat is ja gor nich mäglich, dat is ja Unsinn. Ick bestell' den Stein, betal em un spedier em hen nah G. in Hinnerpommern, un wenn ick de Bidräg intreck, bliew ick dormit hacken. Von de twölf Frünn', dei T. uptellt, sünd twei all dod, von twei anner weit ick nich, wo sei wahnen un wat sei lewen, un de äwrigen warden meist kein Geld utgewen känen ore willen. Un wenn de Wedfru ehren Mann einen Stein all hett setten laten, krieg ick den Frünnschaftsstein taurügg un kann em as Dekoratschon in mine gaude Stuw upstellen. Dat sülwige Theater ward sick afspelen, wenn wedder ein ore ok twei von uns dodbliewen; wi sünd ja all an säbentig ran un doräwer rut, un de Steins warden för de enzelten, dei betahlen möten, immer dürer.

Nee, min oll T., du hest dat gaud meint, blot de Sak geiht nich. Dat Nüdlichst' in sinen Breiw kümmt äwer tauletzt. Hei sülwst tahlt nich. „Ich kann zurzeit etwas Größeres in puncto puncti nicht leisten, aber später, d. h. allmählich!! –?" Dor hewwen wi den Salat; de Hauptmaker, dei den Plan utheckt hett, treckt sick taurügg un will in Raten schüllig bliewen. Ick müßt' lud lachen bi disse Wennung, bi alle Trur üm den gauden K. So ward ok ut dissen Graffstein nicks, blot mit den Unnerscheid, dat hei liekers einen kreegen hett.

Julius Zilesch fiert Kaisers Geburtsdag

Dat was immer 'n groten Dag, wenn wi mit uns' rode Husoren den Kaiser sinen Geburtsdag fierten – Fahnen Hus bi Hus, Musik dörch alle Straten bin Anmarsch von de

T. nicht zugetraut; er beschämt mich und die anderen. Aber dann überlege ich mir, wie das gemacht werden soll mit dem Grabstein; das ist ja gar nicht möglich, das ist ja Unsinn. Ich bestelle den Stein, bezahle ihn und lasse ihn nach G. in Hinterpommern transportieren, und wenn ich die Beiträge einkassiere, bleibe ich darauf sitzen. Von den zwölf Freunden, die T. aufzählt, sind zwei schon tot, von zwei anderen weiß ich nicht, wo sie wohnen und wie sie leben, und die Übrigen werden meist kein Geld ausgeben können oder wollen. Und wenn die Witwe ihrem Mann einen Stein hat setzen lassen, bekomme ich den Freundschaftsstein zurück und kann ihn als Dekoration in meiner guten Stube aufstellen. Das selbe Theater wird sich abspielen, wenn wieder einer oder zwei von uns sterben; wir sind alle an die siebzig ran und drüber hinaus, und die Steine werden für die Einzelnen, die bezahlen müssen, immer teurer.

Nein, mein alter T., du hast das gut gemeint, bloß die Sache geht so nicht. Das Niedlichste in seinem Brief kommt aber zuletzt. Er selbst zahlt nicht. „Ich kann zurzeit etwas Größeres in puncto puncti nicht leisten, aber später, das heißt allmählich!! –?" Da haben wir den Salat; der Hauptmacher, der den Plan ausgeheckt hat, zieht sich zurück und will in Raten schuldig bleiben. Ich musste laut lachen bei dieser Wendung, bei aller Trauer um den guten K. So wird auch aus diesem Grabstein nichts, bloß mit dem Unterschied, das er ohnehin einen bekommen hat.

Julius Zilesch feiert Kaisers Geburtstag

Das war immer ein großer Tag, wenn wir mit unseren roten Husaren Kaisers Geburtstag feierten – Fahnen Haus bei Haus, Musik durch alle Straßen beim Anmarsch der

fief Schwadronen un de Kriegsvereine. De Schaulkinner hadden fri, blot dat sei tau Gesang, Deklamatschon un Festred' tauhopkemen; nahst keeken sei mang vele Lüd' tau bi de Parad' up den Stephanplatz. De Schwadronen stünnen parat in en grotes Viereck, bet de Oberst v. Rauch mit sinen Adjutanten ut de Aukerstrat ankem, de Ihrengäst', meist Reserve- und Landwehr-Offiziers in ehre bunten Unneformen, begrüßt', de Front entlang güng mit „Guten Morgen, Kameraden!" un denn sine Red' höl mit en Hurra up den Lannsvader. Denn marschierten de Schwadronen an em vörbi, vörut de Rittmeisters v. Kameke, v. Michaelis, v. Rathenow, v. Sobbe, v. Stosch, un nahst de Vereine. – Äwerall seg ein de Minschen an, woans sei sick freugten äwer dat Fest, äwer unsen Kaiser, unner den sin Rement wi in Freden un Säkerheit lewten. Nahmiddags Klock fief seten son Stücker 120 Herren von Zivil un Milletär an lange Tafeln in Hotel „Klein" un eten un drünken up den Kaiser sine Gesundheit. Wenn dat vörbi was, güngen de jungen Lüd nah de Schwadronsbäll', dor gew dat väl Alkohol un Jokus, de öllern in de Middelstrat in dat Schasseehus. Dat hett sinen Namen von den irsten Besitter, dei vördem en Schasseehus hadd hett in de Tied, as noch för Wagens un Veih Schasseegeld betahlt würd. Dit Gasthus was beleiwt wegen sin gaudes Bier, un so was dat Mod' worden, dat de Herren nah de Abendgesellschaften bi Kommandörs, Burmeisters, Präsidents, Landrats u. a. dor inkihrten, üm de Mag noch en beten nahtauspäulen. Dor finnen sei ok immer gaude Gesellschaft in de lange smale Achterstuw, dor seten de ollen Stammgäst, luter Junggesellen, taum Bispill Julius Zilesch, Franz Neitzke, Perfesser Farne (Nolte), Frido Staffeldt, Korl Disend un anner.
Disse Patrioten schrägelten an den Abend, von den ick

fünf Schwadronen und der Kriegsvereine. Die Schulkinder hatten frei, damit sie zum Gesang, zu den Darbietungen und der Festrede kommen konnten; danach sahen sie sich zwischen den vielen Leuten die Parade auf dem Stephanplatz an. Die Schwadronen standen parat in einem großen Viereck, bis der Oberst v. Rauch mit seinen Adjutanten aus der Aukerstraße kam, die Ehrengäste, meist Reserve- und Landwehr-Offiziere in ihren bunten Uniformen, begrüßte, die Front entlang ging mit „Guten Morgen, Kameraden!" und dann seine Rede hielt mit einem Hurra auf den Landesvater. Dann marschierten die Schwadronen an ihm vorbei, voraus die Rittmeister v. Kameke, v. Michaelis, v. Rathenow, v. Sobbe, v. Stosch, und danach die Vereine. Überall sah man den Menschen an, wie sie sich freuten über das Fest, über unseren Kaiser, unter dessen Regiment wir in Frieden und Sicherheit lebten. Nachmittags um fünf saßen an die 120 Herren, Zivilisten und Militärs, an langen Tafeln im „Hotel Klein" und aßen und tranken auf Kaisers Gesundheit. Wenn das vorbei war, gingen die jungen Leute zu den Schwadronsbällen, dort gab es viel Alkohol und Spaß. Die Älteren gingen in die Mittelstraße ins Chausseehaus. Das hat seinen Namen von den ersten Besitzern, die vordem ein Chausseehaus hatten, zu der Zeit, als noch für Wagen und Vieh Chausseegeld bezahlt wurde. Dieses Gasthaus war beliebt wegen seines guten Bieres, und so war es Mode geworden, das die Herren nach den Abendgesellschaften bei Kommandeuren, Bürgermeistern, Präsidenten, Landräten unter anderem dort einkehrten, um den Magen noch ein bisschen nachzuspülen. Da finden sie auch immer gute Gesellschaft in der langen schmalen Hinterstube, da saßen die alten Stammgäste, lauter Junggesellen, zum Beispiel Franz Neitzke, Professor Farne (Nolte), Frido Staffeldt, Karl Disend und andere. Diese Patrioten torkelten an dem Abend, von dem ich vertellen will, in ehren Unnerstand; mi wullen sei mitnehmen, äwer ick künn nich afkamen, wil ick mit mine Lihrers un Lihrerinnen von't Lyzeum enen patriotischen Abend bi Mund'n verafredt hadd. De Damen hadden ehr Äwertüg in de lütte Kajüt', dei twischen Gaststuw un Saal inbugt is, up dat rode Plüschsofa afleggt. Wi wiren bi Drinken, Singen un Danzen kandidel un wullen Klock ein nah Hus gahn. Wildes ick mit den Oberkellner Behnke de Betahlung verreken, hür ick ut de Kajüt son dulles Juchen un Krischen, am mihrsten von min Fru, dei so hartlich lachen künn, un seih ok, woans dei mi winkt, dat ick tau Hülp kamen sall. Mein Gott, denk ick, wat is dor los, un gah neger.

Wat ick tau seihn krieg, is en nüdliches Bild; sei stahn alltohop in'n Halwkreis üm dat Sofa, un dor liggt baben up de Mantängs un Häut' en Kirl un slöppt; jedsmal, wenn sei versäuken, en Stück unner em ruttautrecken, rögt hei sick un grunzt. Un denn möten de Frugens juchen. Ick bekiek em, ick fat em unner sin Gnick un böhr sinen Kopp en beten rüm. „Aha", segg ick, „dat is ja uns' Justizrat Julius Zilesch; dei hett sick de Näs' begaten un is mit starke Slagsid hier vör Anker gahn; nu liggt hei as 'ne Eek, dei de Stormwind dalsmeten hett. Ick ward em vermüntern."
Dunn schüddel ick em un prei em an mit mine Stimm, die verdammt drähnen kann: „Herr Justizrat, stahn sei up!"
Hei pliert mi an, hei stütt't sick up enen Ellbagen un seggt: „Herr Direktor, habe ich was verbrochen?"
„Nee", antwurt ick, „noch nich, äwer Sei liggen up de Tüg von de Damen, un wi willen nah Hus gahn."
Nu ward em de Situwatschon klor, hei springt tau Höcht un seggt: „Ich dachte, ein Gewitter bräche über mich herein, aber bei soviel Jugend und Schönheit –" und dorbi wiest hei mit

24

erzählen will, in ihren Unterstand; mich wollten sie mitnehmen, aber ich konnte nicht, weil ich mit meinen Lehrern und Lehrerinnen vom Lyzeum einen patriotischen Abend bei Mund verabredet hatte. Die Damen hatten ihre Garderobe in der kleinen Kajüte, die zwischen Gaststube und Saal eingebaut ist, auf dem roten Plüschsofa abgelegt. Wir waren bei Trinken, Singen und Tanzen vergnügt und wollen um eins nach Hause gehen. Während ich mit dem Oberkellner Behnke die Bezahlung verrechne, höre ich aus der Kajüte lautes Juchen und Kreischen, am meisten von meiner Frau, die so herzlich lachen kann und sehe auch, wie sie mir winkt, dass ich zu Hilfe kommen soll. ‚Mein Gott', denk ich, ‚was ist da los', und gehe näher.
Was ich zu sehen bekomme, ist ein niedliches Bild; sie stehen alle zusammen im Halbkreis um das Sofa, und da liegt oben auf den Mänteln und Hüten ein Kerl und schläft. Jedes Mal, wenn sie versuchen, ein Stück unter ihm herauszuziehen, rührt er sich und grunzt. Und dann juchen die Frauen. Ich sehe ihn mir an, ich fasse ihn unter seinem Genick und hebe seinen Kopf ein bisschen. „Aha", sage ich, „das ist ja unser Justizrat Julius Zilesch. Der hat sich die Nase begossen und ist mit starker Schlagseite hier vor Anker gegangen; nun liegt er wie eine Eiche, die der Sturm umgeworfen hat; ich werde ihn wecken."
Dann schüttle ich ihn und rufe ihn mit meiner Stimme, die verdammt laut sein kann: „Herr Justizratz, stehen sie auf!"
Er blinzelt mich an, er stützt sich auf einen Ellenbogen und sagt: „Herr Direktor, habe ich was verbrochen?"
„Nein", antworte ich, „noch nicht, aber sie liegen auf der Garderobe der Damen, und wir wollen nach Hause gehen."
Nun wird ihm die Situation klar, er springt auf und sagt: „Ich dachte, ein Gewitter bräche über mich herein, aber bei so viel Jugend und Schönheit –" und dabei weist er mit

de Hand nah de Damen. Dei krischen wedder los bi dit Kumpelment, un dat was ok tau komisch, wil sei ut de Backfischjohren tämlich lang rut wiren. Nu halen sei sick ehre Mantängs, dei riep wiren taum Upbügeln, un ehre Häut', dei so breid wiren as Eierkauken. Äwer sei nehmen dat nich äwel wegen den vergnäugten Abend und Juliussen sine Höflichkeit.

Wenn ick nah Johr un Dag Juliussen eins dröp, denn frög hei mi nah jenen Königsgeburtstag, un wenn ick em vertellt', wo gaud un klauk hei sick ut de Sak ruttreckt hadd, denn högt' un lacht' hei sick.

Nu sünd disse Kumpans all dod. Tauirst stürw Frido, denn Nolte, un nah de „glorreiche" Revolutschon Neitzke un Disend. Dat durt nich lang un Julius hett sick ok entseggt; hei röp den Dod an, dat hei em afhalen süll. „Sieh mal, alle die Bengels, meine Freunde, hast du mir genommen, ich bin vereinsamt, und mein Gehör ist schwach. Die Zustände in Deutschland gefallen mir auch nicht. Aber mache es kurz, gib mir einen Schlag und lasse mich nicht lange zappeln."

Un de Vadder Dod, dei süs sinen Kopp för sick hett un sick up Verhannlungen nich inlett, deed em den Gefallen.

Schad' üm Julius un de annern gauden Kirls, wi hadden sei leiw, sei wiren uprechte un uprichtige Minschen mit den Wahlspruck: Mit Gott, für König und Vaterland!

Weltunnergang?

Mundus vult decipi, ergo decipiatur, dat heit, de Minschen willen dämlich makt warden, dorüm man tau.

Anners kann ick nich begriepen, woans dat mäglich is, dat sei allens glöwen un up allens rinfallen. Wooft hewwen de der Hand auf die Damen. Die juchen wieder los bei diesem Kompliment, und das war auch zu komisch, weil sie aus den Backfischjahren ziemlich lange heraus waren. Nun holen sie sich ihre Mäntel, die reif waren zum Aufbügeln, und ihre Hüte, breit wie Eierkuchen. Aber sie nehmen es nicht übel wegen des vergnügten Abends und Julius' Höflichkeit.

Wenn ich nach Jahr und Tag Julius traf, dann fragte er mich nach jenem Königsgeburtstag, und wenn ich ihm erzählte, wie gut und klug er sich aus der Sache herausgezogen hat, dann freute er sich und lachte.

Nun sind diese Gefährten alle tot. Zuerst starb Frido, dann Nolte, und nach der „glorreichen" Revolution Neitzke und Disend. Es dauerte nicht lange und Julius hat sich auch entsagt; er rief den Tod an, dass er ihn abholen soll. „Sieh mal, alle die Bengels, meine Freunde, hast du mir genommen, ich bin vereinsamt, und mein Gehör ist schwach. Die Zustände in Deutschland gefallen mir auch nicht. Aber mache es kurz, gib mir einen Schlag und lasse mich nicht lange zappeln."

Und der Vater Tod, der sonst seinen Kopf für sich hat und sich auf Verhandlungen nicht einlässt, tut ihm den Gefallen.

Schade um Julius und die anderen guten Kerls, wir mochten sie, sie waren aufrechte und aufrichtige Menschen mit dem Wahlspruch: „Mit Gott, für König und Vaterland!"

Weltuntergang?

Mundus vult decipi, ergo decipiatur, das heißt: die Menschen wollen dämlich gemacht werden. Dann man zu.

Anders kann ich nicht begreifen, wie es möglich ist, dass sie alles glauben und auf alles reinfallen. Wie oft haben die

„ernsten Bibelforscher", dise amerikanische Sekt', unse Lannslüd den Kopp verkeilt mit den jüngsten Dag, den sei up Stunn' un Minut' ut de hillige Schrift vörutseggen, un immer hewwen sei sik verrekent un möten den Pahl en Enn' wierersetten. Äwer de Minschen warden nich kläuker.

Dorüm kann ick mi nich wunnern, dat in de negentiger Johr in't vörrige Johrhunnert so veele Tidgenossen glöwten, wat de Zeitungen ehr as „sensationelle" Nahricht updischen deeden, dat en Komet, villicht is dat, as mi Perfesser Münch von't Astrophysikalische Observatorium in Potsdam fründlich schrewen hett, de Komet Sawerthal ore de Brookssche Komet (Oktober 1911, d. Hrsg.) west, mit unse Ird tausamprallen ward; mit dise beiden was dunn wat los. Äwer von ein Gefahr för unsen Planeten, schriwwt hei, wier gor kein Red'. De Zeitungen wüßten dat äwer beter, sei makten de Lüd grugen mit: de Ird flüggt in dusend Stücken utenanner, de Minschen mit all ehre groten Erfinnungen gahn taum Düwel; enzelte Stücken von unsen Planeten künnen as Meteore in den kollen Weltenrum ümherkitschen; ob ok enzelte Minschen, doräwer leten sik de Propheten nich ut.

Dat gew nu grote Upregung ok in mine lütte Vaderstadt an de Peen; äwerall, an den Bierdisch, in den Kaffeeklatsch un wo süs de Lüd sik drapen, güng dat hen un her mit Fragen: Ward dat losgahn? Hewwen Sei Angst? Wat maken wi dorbi? De Schaulkinner wullen an den Schreckensdag nich tau Schaul gahn, de Framen lepen tau de Preisters, dei süllen de Karken upsluten, dormit sei an den Altar de letz't Stunn' aftäuwen künnen. Äwer de Schaulmeisters un de Preisters wieren verstännig; wekker nich taum Unnerricht kümmt, süll bestraft warden, un de Karkdören blewen tau. Weck säden, lat warden, wat ward,

„ernsten Bibelforscher", diese amerikanische Sekte, unseren Landsleuten den Kopf verkeilt mit dem jüngsten Tag, den sie auf Stunde und Minute aus der heiligen Schrift voraussagen, und immer haben sie sich verrechnet und müssen den Pfahl ein Stück weitersetzen. Aber die Menschen werden nicht klüger.

Darum kann ich mich nicht wundern, dass in den neunziger Jahren (1890er Jahre, d. Hrsg.) des vorigen Jahrhunderts so viele Zeitgenossen glaubten, was die Zeitungen ihnen als „sensationelle" Nachricht auftischten, dass ein Komet - vielleicht ist es, wie mir Professor Münch vom Astrophysikalischen Observatorium in Potsdam freundlich geschrieben hat, der Komet Sawerthal oder der Brooksche Komet gewesen - mit unserer Erde zusammenprallen wird; mit diesen beiden war damals was los. Aber von einer Gefahr für unseren Planeten, schreibt er, war gar keine Rede. Die Zeitungen wussten es besser, sie machten den Leuten Angst mit: die Erde fliegt in tausend Stücke auseinander, die Menschen mit all ihren großen Erfindungen gehen zum Teufel; einzelne Stücke von unserem Planeten können als Meteore im kalten Weltraum umherfliegen; ob auch einzelne Menschen, darüber lassen sich die Propheten nicht aus.

Es gab nun große Aufregung auch in meiner kleinen Vaterstadt an der Peene; überall, am Biertisch, beim Kaffeeklatsch und wo sonst die Leute sich trafen, ging es hin und her mit Fragen: „Wird es losgehen? Haben Sie Angst? Was machen wir dabei?" Die Schulkinder wollten am Schreckenstag nicht zur Schule gehen, die Frauen liefen zu den Priestern, die sollen die Kirchen aufschließen, damit sie am Altar die letzte Stunde abwarten können. Aber die Schulmeister und Priester waren klug; wer nicht zum Unterricht kommt, soll bestraft werden, und die Kirchentüren blieben zu. Welche sagten, lass werden, was wird,

einen Dod känen wi man starwen, un den letzten Dag hewwen's all oft prophezeit, un jedesmal sünd't Lägen west. De ganz Lichtsinnigen un Gottverlurnen gewen sick in't Freten un Supen un lewten dorup los, je duller, je beter; sei säden so as de ollen Epikurer: „wi willen eten un drinken un lustig sin, denn morgen sünd wi dod." Wat de Framen sin wullen, fingen an tau singen un tau beden. Un noch anner kregen dat Bewern bi den Gedanken, dat sei nu so fix ehre Fomilje, ehr niges Hus ore ehren nigen Spisenschrank, dei 300 Mark kost' hadd, verlieren süllen. De Astronom Archenhold in Treptow (Berlin) würd warraftig fragt, ob hei dortau raden künn, in enen bombensäkern Keller tau flüchten, un en Schauster wull weiten, ob dat noch lohnen deed, de bestellten Stäwel farig tau maken. (Archenhold, Kometenbuch 1910. S. 55)
So ein Bangbüx was ok min Nahwer Sekletär Honnig. Hei lewte mit sin Fru Franziska un den Sähn Franz in de schönste Harmonie, sei gehürten tau den Minschenslag, bi den allens vullkamen is, dat Eten, de Inrichtung, de Kleidung, de Sähn un ok de Leiw, taum wenigsten deeden sei so. Mine Fru un ick kemen uns gegen dise Vörbiller en beten unbedarwt vör, ok in unse Leiw. Sone bannige Hartlichkeit gew dat up Gotts Irdbodden nich taum tweiten Mal, so seeg dat ut, wenn sei mit ehre Frünnschaft tausamkluckten, un dei makten dat akkerat so; wi beid süllen dörchut seihn un inseihn, dat in de drei verswägerten Fomiljen dat grötste Glück wahnen deed. Mihr as tweimal sünd wi de Inladung nich folgt, denn hadden wi de Näs' vull. Sei seten immer Mann un Fru tausam, as de lütten gräunen Popgeis, de Sittigs ore Gesellschaftsvägel, umgefat't ore Hand in Hand. Ick un min Emming keken uns ganz hülplos an; süllen wi ok Kemedi speelen? Nee,

einen Tod können wir nur sterben, und den letzten Tag haben sie oft prophezeit, und jedes Mal sind es Lügen gewesen. Die ganz leichtsinnigen und gottverlorenen gaben sich dem Fressen und Saufen hin und lebten drauflos, je toller, je besser; sie sagten wie die alten Epikurer: „wir wollen essen und trinken und lustig sein, denn morgen sind wir tot." Was die Frommen sein wollen, die fingen an zu singen und zu beten. Und noch andere kriegen das Bibbern bei dem Gedanken, dass sie nun so schnell ihre Familie, ihr neues Haus oder ihren neuen Speiseschrank, der 300 Mark gekostet hat, verlieren sollen. Der Astronom Archenhold in Treptow (Berlin) wurde wahrhaftig gefragt, ob er dazu raten könne, in einen bombensicheren Keller zu flüchten, und ein Schuster wollte wissen, ob es noch lohne, die bestellten Stiefel fertig zu machen (Archenhold, Kometenbuch 1910. S. 55).

So ein Angsthase war auch mein Nachbar Sekretär Honnig. Er lebte mit seiner Frau Franziska und Sohn Franz in schönster Harmonie; sie gehörten zu dem Menschenschlag, bei dem alles vollkommen ist, das Essen, die Einrichtung, die Kleidung, der Sohn und auch die Liebe, zumindest taten sie so. Meine Frau und ich kamen uns gegen diese Vorbilder ein wenig unbedarft vor, auch in unserer Liebe. So eine große Herzlichkeit gab es auf Gottes Erdboden nicht zum zweiten Mal, so sah es aus, wenn sie mit ihrer Freundschaft zusammensaßen, und die machten es genauso; wir beide sollten durchaus sehen und verstehen, dass in den drei verschwägerten Familien das größte Glück wohnte. Mehr als zweimal sind wir der Einladung nicht gefolgt, dann hatten wir die Nase voll. Sie saßen immer Mann und Frau zusammen, wie die kleinen grünen Papageien, die Sittige oder Gesellschaftsvögel, umgefasst oder Hand in Hand. Ich und meine Emma, wir sehen uns ganz hilflos an; sollen wir auch Komödie spielen? Nein, nu grad nich, wi genaten den zuckersäuten Anblick. Un dei deeden so, as hadden sei dat Glück in Arwpacht nahmen, un müßten uns bedurn. Wenn ick hüt noch an de Heweli, an de wabbelige, nah buten gekihrte Glückseligkeit denk, ward mi seekrank tau Maud. Franzing süll natürlich en Wunnerknaw sin; mit fief Johr hadden de Öllern em ellenlange Riemels inremst; äwer, hork an't Enn', seggt Kotelmann (Fritz Reuter, Ut mine Stromtid, d. Hrsg.); mit teign Johr was sin beten Brägen utbottert, un in Unnertertia was hei mit de Wissenschaft farig. Dorför künn hei nicks, Gott bewohr, de infamtigen Lihrer wieren schuld.

Nu känen sik mine Lesers en Bild maken von Honnigen sinen inwennigen Taustand, as de Weltunnergang neger kem. Hei güng as deipsinnig rüm; kein Wunner; em süll dit unsägliche Glück affsneden warden, all dat gaude Eten, wat Franziska em, allens ut Leiw, Dag för Dag vörsetten deed, – sin Buk was en dütliches Tügnis dorvon – süll nu uphüren un sin Vermägen unnergahn. Ward Gott in'n Hewen dat taulaten? Künn hei nich ein Inseihn hewwen un mit Honnigs 'ne Utnahm maken, so as mit Noah in dat olle Testament? Sine Angst hadd noch 'ne anner Ursak; woans stünn dat mit sine Leiw tau de Minschen? Was dei ok so grot, as dei tau Fru un Sähn un sik sülwst? Dor leg de Has' in'n Peper. Allens för uns, de annern gahn uns nicks an, dat was Honnigsche Moral. Dorüm hüng hei so fast an de irdischen Gäuder, dei hei mit Franzissing tausamschrapt hadd, an de Pandbreiw, Hippetheken Sporkassenbäuker, an all dat Sülvergeschirr un Kristall, wat in Schapp un Spisenschrank liggen deed.

Ick dröp em den Dag vör de angeseggte Katastroph un sprök em so as immer an: „Na, wo geiht Sei dat, Herr Nahwer? Sei seihn ja so bleik ut?" Hei künn kum antwurten, so bewert em dat Mul. „Sei weiten doch, wat uns bevörsteiht, dorbi sall'n Minsch ruhig bliewen?

nun gerade nicht, wir genossen den zuckersüßen Anblick. Und die taten so, als hätten sie das Glück in Erbpacht genommen, und müssten uns bedauern. Wenn ich heute noch an das Gehabe, an die wabbelige, nach außen gekehrte Glückseligkeit denke, wird mir seekrank zumute. Franz sollte natürlich ein Wunderknabe sein, mit fünf Jahren hatten die Eltern ihm ellenlange Gedichte eingetrichtert; aber warte ab; mit zehn Jahren war sein bisschen Gehirn leer, und in der Untertertia war er mit der Wissenschaft fertig. Dafür konnte er nichts, Gott bewahre, die infamen Lehrer waren schuld.

Nun können sich meine Leser ein Bild machen von Honnigs innerem Zustand, als der Weltuntergang näher kam. Er ging wie depressiv umher; kein Wunder; ihm soll das unsägliche Glück abgeschnitten werden, all das gute Essen, was Franziska ihm, alles aus Liebe, Tag für Tag vorsetzte, – sein Bauch war ein deutliches Zeugnis davon – soll nun aufhören und sein Vermögen untergehen. Wird Gott im Himmel das zulassen? Könnte er nicht ein Einsehen haben und mit Honnigs eine Ausnahme machen, so wie mit Noah im alten Testament? Seine Angst hatte noch eine andere Ursache; wie stand es mit seiner Liebe zu den anderen Menschen? War die auch so groß, wie die zu Frau und Sohn und sich selbst? Da lag der Hase im Pfeffer. Alles für uns, die anderen gehen uns nichts an, das war Honnigsche Moral. Darum hing er so an den irdischen Gütern, die er mit Franzissing zusammengekratzt hatte, an den Pfandbriefen, Sparkassenbüchern, an all dem Silbergeschirr und Kristall, was in Schrank und Speiseschrank lag.

Ich traf ihn am Tag vor der angesagten Katastrophe und sprach ihn so wie immer an: „Na, wie geht es Ihnen, Herr Nachbar? Sie sehen ja so bleich aus?" Er konnte kaum antworten, so zitterte ihm der Mund. „Sie wissen doch, was uns bevorsteht, dabei soll der Mensch ruhig bleiben?

Ick begriep nich, wat Sei noch so vergnäugt rümlopen känen. Denken Sei gor nich an Ehre letzt' Stunn'?"

„Nanu, Herr Honnig", säd ick, „man immer langsam mit de jungen Pird. Ick glöw an den ganzen Quatsch nich. De oll Komet, wenn hei würklich unse Irdbahn krüzen süll, ward ihrer koppheister gahn as uns' oll Planet."

„Nee", meint hei, „Ehren Glowen kann ick nich deilen, de Zeitung hett tau säkere Angawen makt, morgen is't mit uns ut. Wi dauhn gaud, uns dortau intaurichten."

„Dauhn Sei dat, ick gah hüt abend an minen Stammdisch un speel minen Skat üm ¼ Pennig." Dunn keek hei mi as enen verlurnen Sähn halw mitleidig, halw strafend an: „Nee, wat för'n Lichtsinn! Adjüs."

Ick säd: „Up Wedderseihn!"

„Wat, up Wedderseihn? In dise Welt nich mihr!"

Ick kreeg em irst nah drei Dag tau faten, solang was hei in sine Wahnung west mit Fru un Sähn, den hei von de Schaul afhöl. Wi hewwen nahdem von Franzing uns vertellen laten, woans dat bi sine Öllern taugahn is. Sei hewwen Lewensmiddel inköfft, sei wullen bet taum letzten Atentog nich Not lieden, un Klock säben güngen sei all drei tau Nest, dormit sei Klock twölf in de Nacht upwaken un den jüngsten Dag antreden künnen. Sei treckten Klock twölf ehr sünndagsches Tüg an un steken alle Lampen an, dat dat utseeg as bi de Juden tau Schabbesanfang an Fridag. Dornah seten sei up dat Kanapee, Vadder in de Midd', in sinen Arm Franziska un up dat rechte Bein Franzing. De Tid geiht, wenn de Minsch up wat lurt, verdammt tägerig hen, un in sone Stellung uttauhollen, is en sures Stück Arbeit. Klock eins künn Honnig sine Arms nich mihr hollen, sei wieren em inslapen un sackten dal. Bet Klock twei wannelten sei ingeöst de Stuwen up un dal

Ich begreife nicht, dass Sie noch so vergnügt umherlaufen können. Denken Sie nicht an ihre letzte Stunde?"
„Nanu, Herr Honnig", sagte ich, „immer langsam mit den jungen Pferden. Ich glaube an den ganzen Quatsch nicht. Der alte Komet, wenn er wirklich unsere Erdbahn kreuzen sollte, wird eher kopfüber gehen als unser alter Planet."
„Nein", meint er, „Ihren Glauben kann ich nicht teilen, die Zeitung hat zu sichere Angaben gemacht, morgen ist es mit uns aus. Wir tun gut daran, uns darauf einzurichten."
„Tun Sie das, ich gehe heute abend an meinen Stammtisch und spiele meinen Skat um ¼ Pfennig."
Da sieht er mich als einen verlorenen Sohn halb mitleidig, halb strafend an: „Nein, was für ein Leichtsinn! Tschüs."
Ich sage: „Auf Wiedersehen!"
„Was, auf Wiedersehen? In dieser Welt nicht mehr!"
Ich kriege ihn erst nach drei Tagen wieder zu sehen, solange war er in seiner Wohnung mit Frau und Sohn, den er von der Schule abholte. Wir haben uns danach von Franz erzählen lassen, wie es bei seinen Eltern zugegangen ist. Sie haben Lebensmittel eingekauft, sie wollten bis zum letzten Atemzug nicht Not leiden, und um sieben Uhr gingen sie alle drei ins Bett, damit sie um zwölf in der Nacht aufwachen und den jüngsten Tag antreten konnten. Sie zogen um zwölf ihre Sonntagskleidung an und steckten alle Lampen an, dass es aussah wie bei den Juden zu Sabbatanfang am Freitag. Danach saßen sie auf dem Sofa, Vater in der Mitte, in seinem linken Arm Franziska und auf dem rechten Bein Franz. Die Zeit geht, wenn der Mensch auf etwas wartet, verdammt langsam vorbei, und in so einer Stellung auszuhalten, ist ein saures Stück Arbeit. Um eins konnte Honnig seine Arme nicht mehr halten, sie waren ihm eingeschlafen und sackten runter. Bis um zwei wandelten sie eingehakt die Stuben auf und ab

un horkten up dat Fläuten von den Nachtwächter Schnauk. Wenn en Holtworm in Disch ore Staul sik rögte ore en Tapet knistern deed, blewen sei stahn vör Schreck un hölen den Atem an. Als Franzing klagen deed, Vadding, mi släpert so, dunn schull em de Oll ut, hei sull sik tausamnehmen. Dat hülp äwer all nich, hei feel binah äwer sine eigen Bein, un sei seten wedder up dat Sofa.

Nu hat Honnig enen Infall, hei kummandiert: All Sülwertüg, Kristall, Popieren warden up den Disch tausamdragen. Eigentlich was dat Unsinn; wenn alls tau Enn' is, denn is't doch enjal, op de Saken ut dat Schap ore von den Disch fläuten gahn.

Franzing sleep denn furt's in, un sine Öllern freugten sik, nah ehr Gefäuhl taum letzten Mal, an ehren Rikdaum. Midderwil was dat Klock vier worden. Franziska kreeg dat nu mit de Framigkeit, sei höl dat för gaud, sik in dise Not mit den Leiwen Gott aftaugewen, ihrer sei vör sinen Thron stahn warden; sei halt dat Gesangbauk, de hillige Schrift was nich in ehr Hus, un lest vör den säbenten Vers ut: In allen meinen Taten, „Hat er es denn beschlossen, so will ich unverdrossen an mein Verhängnis gehn; kein Unfall unter allen wird mir zu harte fallen, mit Gott will ich ihn überstehn." Sei klappt dat Bauk tau un denn hujahnen sei ümschichtig.

Mit eins giwwt dat einen emfamtigen Knall as ut de Kanon; de Jung föllt an de Ir, Mudder beswimt un Vadder springt tau Höcht; hei snappt nah Luft, gript mit de Hänn' nah Fru un Kind un seggt: „Kinnings, jetzt geiht't los, dat was de Komet. Herregott, erbarm di!" Äwer hei täuwt vergewens, nicks rögt sik, un vör de Dör stampt de Nachtwächter sinen Gang. Wat is dat blot west? Dat hürt sik doch so an, as ballert wat in de Wahnung. All drei gahn nu, Vadder in de Midd', de annern an sine Arms klammert, von ein Stuw in de anner.

und horchten auf das Flöten von Nachtwächter Schnauk. Wenn ein Holzwurm in Tisch oder Stuhl sich rührte oder eine Tapete knisterte, blieben sie vor Schreck stehen und hielten den Atem an. Als Franz klagte, Vater, mir schläfert so, schimpfte ihn der Alte aus, er solle sich zusammennehmen. Es half aber alles nicht, er fiel beinahe über seine eigenen Beine, und sie saßen wieder auf dem Sofa.
Nun hatte Honnig einen Einfall, er kommandierte: „Alles Silberzeug, Kristall, Papiere werden auf dem Tisch zusammengetragen." Eigentlich war das Unsinn; wenn alles zu Ende ist, dann ist es doch egal, ob die Sachen aus dem Schrank oder vom Tisch flöten gehen.
Franz schlief dann sofort ein, und seine Eltern erfreuten sich, nach ihrem Gefühl zum letzten Mal, an ihrem Reichtum. Mittlerweile war es vier geworden. Franziska bekam es nun mit der Frömmigkeit, sie hielt es für gut, sich in dieser Not mit dem lieben Gott abzugeben, bevor sie vor seinem Thron stehen würden; sie holte das Gesangbuch, die heilige Schrift war nicht in ihrem Haus, und las den siebenten Vers vor aus „In allen meinen Taten": „Hat er es denn beschlossen, so will ich unverdrossen an mein Verhängnis gehen; kein Unfall unter allen wird mir zu hart fallen, mit Gott will ich ihn überstehen." Sie klappt das Buch zu und dann gähnen sie umschichtig.
Plötzlich gibt es einen Knall wie aus der Kanone; der Junge fällt an die Erde, Mutter fällt in Ohnmacht und Vater springt hoch; er schnappt nach Luft, greift mit den Händen nach Frau und Kind und sagt: „Kinder, jetzt geht es los, das war der Komet. Herrgott, erbarme dich!" Aber er wartet vergebens, nichts rührt sich, und vor der Tür geht der Nachtwächter seinen Gang. Was ist das bloß gewesen? Das hörte sich doch so an, als knallte etwas in der Wohnung. Alle drei gehen nun, Vater in der Mitte, die anderen an seine Arme geklammert, von einer Stube in die andere.

Nicks tau seihn. Nee, wo is dat gruglich! Tauletzt setten sei sik up dat Sofa in de Putzstuw achter den runnen Magonidisch, un as Franzis-ka so verlurn äwer de Plüschdeck striekt, dunn fäuhlt sei wat, sei ritt de Deck af un süh dor, de Dischplatt is mitten utenannerreten. Dat is ja nicks Niges, de Discher weiten't, dat männigmal son Stück Holt irst nah Johr un Dag sowit indrögt, dat dat platzt. För Nahwer Honnig is dat ja nu ein Vörteiken; worüm möt dat grad in dise Nacht passieren? Wil de Unnergang dor is. Dat stünn för em fast, hei hadd nu keinen Twifel mihr un dröp sine letzten Anordnungen. Hen tau Klock söß, de Sünn was upgahn, verlangt hei wat tau eten un tau drinken. Hei haugt ne schöne Kling un smert de Botter fingerdick up, för'n Dodskannedaten en gaudes Teiken. Franziska'n ehre Verwunnerung rögt em nich. „Ach wat, wi willen allens upeten, dat is ja doch uns' Henkersmahltid." Un so frett hei los un slöppt denn in, sei slapen all drei bet Middag.

Denn geiht Honnig an't Finster, üm tau seihn, woans sine Mitbörgers sik hewwen, ob de Straten leddig sind ore ob de Lüd dummdriest sik ümherdriewen. „Dor geiht de lange Rekter" (dormit meint hei mi), seggt hei tau sine Fru, „un swenkt sinen Bakel, as süs. Dei geiht nich in sik. De Breiwdräger un de Balbutz besorgen ehre Geschäften; Kopmann Struck steiht vör de Dör un klähnt mit Nahwer Droysen; oll Juhlsch, de Kakfru, geiht mit ehre Ismaschin bi Doktors rin; dei warden doch hüt kein Gasteri gewen? Haha, täuwt man, dat kümmt noch, de Dag is noch nich tau Enn'. Dat ward jug verdammt begriesmulen." Tau Middag bestellt hei Braden un Rodwin, Spies' un Kaffee, un et wedder as'n Schündöscher; tauletzt gütt hei

Nichts zu sehen. Nein, was ist das unheimlich! Schließlich setzen sie sich auf das Sofa in der Putzstube hinter den runden Mahagonitisch, und als Franziska so in Gedanken versunken über die Plüschdecke streicht, da fühlt sie etwas; sie reißt die Decke runter und siehe da, die Tischplatte ist in der Mitte auseinandergerissen. Das ist ja nichts Neues, die Tischler wissen es, dass manchmal ein Stück Holz erst nach Jahr und Tag so weit eintrocknet, dass es platzt. Für Nachbar Honnig ist das ja nun ein Vorzeichen; warum muss es gerade in dieser Nacht passieren? Weil der Untergang da ist. Das stand für ihn fest, er hatte nun keinen Zweifel mehr und traf seine letzten Anordnungen. So gegen sechs, die Sonne war aufgegangen, verlangte er was zu essen und zu trinken. Er schnitt sich eine ordentliche Scheibe Brot ab und schmierte die Butter fingerdick auf, für einen Todeskandidaten ein gutes Zeichen. Franziskas Verwunderung rührte ihn nicht. „Ach was, wir wollen alles aufessen, das ist ja doch unsere Henkersmahlzeit. Und so isst er los und schläft dann ein, sie schlafen alle drei bis Mittag.
Dann geht Honning ans Fenster, um zu sehen, wie sich seine Mitbürger verhalten, ob die Straßen leer sind oder ob die Leute sich dummdreist herumtreiben. „Da geht der lange Rektor" (damit meint er mich), sagt er zu seiner Frau, „und schwenkt seinen Stock, so wie sonst auch. Der geht nicht in sich. Der Briefträger und der Friseur besorgen ihre Geschäfte; Kaufmann Struck steht vor der Tür und erzählt mit Nachbar Droysen; die alte Juhle, die Kochfrau, geht mit ihrer Eismaschine zu Doktors rein; die werden doch heute keine Gäste eingeladen haben? Haha, wartet man, das kommt noch, der Tag ist noch nicht zu Ende. Es wird euch verdammt schlecht gehen." Zu Mittag bestellt er Braten und Rotwein, Nachspeise und Kaffee, und isst wieder wie ein Scheunendrescher; zuletzt gießt er

taum Verdaun drei Gläs' Bramwin dal un is so bi lütten in sonen fideln Taustand geraden, dat hei binah singen un fläuten deid. Hei begript sik äwer wegen den Dodesdag un – sitt ganz still, de Hänn äwer den Buk gefolgt. Dorbi slöppt hei in un snorkt, dat hürt sik an as de Posaun von Jericho. Hei drömt: hei steiht up ein flackes Dack un kiekt mit enen Tubus nah'n Hewen. Mit eins kümmt son Schien in sin Og', dei ward gröter un kümmt neger, immer neger. „Herrejeh, dat's de Komet, dei sust up mi los, wo blief ick, runner möt ick, runner möt ick." Hei stöhnt in den Slap ganz gottserbarmlich. Hei löppt dat Dack tau Enn', hei let sik dal un baumelt mit de Hänn' an den Rand, hei fäuhlt, hei kann nich mihr, de Liew is tau swer, de Knäwel glipschen af un hei sust von baben dal, immer dal, immer fixer, nu möt hei unnen sin, de Knaken möten tau Matsch warden, ja, nu, bautz – dunn schriggt hei as en Oß, de einen Slag vör den Brägen kriggt: „Au, au, ick bin dod."
Frau un Sähn störten ran. „Vadding, wat is di?"
„Ach, seggt mi, bin ick dod?"
„Nee, du büst von't Sofa follen. Kumm man up un vermünter di." Sei lotsen em tau Höcht, un hei vermüntert sick ja ok.
So geiht de Dag hen mit Eten un Slapen, mit Bängnis un Twifel, un as sei den annern Morgen upwaken, trünnelt uns' lütte Ird nah grad so fix un so vergnäugt üm de Sünn, as vördem, un de Sünn lacht taufreden un gäudlich runner up de Minschen, de gerechten un ungerechten, de klauken un de Schapsköpp, ok up Herr Honnigen. Dei hadd nu slichte Tid; sin Franziska makt groten Randal, wil hei so veel verfreten un versapen hett; hei schamt sik vör Fru un Kind un mücht sik up de Strat nich seihn laten. Erst

zum Verdauen drei Gläser Branntwein hinter und gerät so langsam in einen so fidelen Zustand, dass er beinahe singt und flötet. Er reißt sich aber zusammen wegen des Todestages und – sitzt ganz still, die Hände über dem Bauch gefaltet. Dabei schläft er ein und schnarcht, es hört sich an wie die Posaunen von Jerichow. Er träumt: Er steht auf einem flachen Dach und sieht mit einem Fernrohr in den Himmel. Mit einem Mal kommt ein heller Schein in sein Auge, der wird größer und kommt näher, immer näher. „Herrjeh, das ist der Komet, der saust auf mich los, wo bleibe ich, runter muss ich, runter muss ich." Er stöhnt im Schlaf ganz gotterbärmlich. Er läuft bis ans Dachende, er lässt sich runter und baumelt mit den Händen am Rand, er fühlt, er kann nicht mehr, der Leib ist zu schwer, die Hände rutschen ab und er saust von oben runter, immer runter, immer schneller, nun muss er unten sein, die Knochen müssen zu Matsch werden, ja, nun, bauz – dann schreit er wie ein Ochse, der einen Schlag vor den Kopf kriegt: „Au, au, ich bin tot." Frau und Sohn laufen zu ihm hin. „Vater, was ist dir?"

„Ach, sagt mir, bin ich tot?"

„Nein, du bist vom Sofa gefallen. Komm man hoch und werde wieder munter." Sie helfen ihm hoch, und er kommt auch wieder zu sich.

So geht der Tag hin mit Essen und Schlafen, mit Bangen und Zweifel, und als sie am anderen Morgen aufwachen, kullert unsere kleine Erde noch immer so schnell und so vergnügt um die Sonne wie vordem, und die Sonne lacht zufrieden herunter auf die Menschen, die gerechten und ungerechten, die klugen und die Schafsköpfe, auch auf Herrn Honnig. Der hat nun eine schlechte Zeit, seine Franziska machte großen Ärger, weil er so viel verfressen und versoffen hatte. Er schämte sich vor Frau und Kind und mochte sich auf der Straße nicht sehen lassen. Erst

de drüdden Dag kem hei mi in de Möt.

„Wenn uns Herrgot de Welt unnergahn laten will, denn ward hei dat de Sternkiekers un de Zeitungsschriewers nich in't Uhr seggen, hei hett sik Dag un Stunn' vörbehollen. Hei hett sin eigen Tidreknung, die mit uns' nich äwereinstimmt. Bet dorhin möten wi as verstännige Christen so lewen, dat wi tau jeder Tid prat sind, von de Vergänglichkeit Abscheid tau nehmen. So is dat, Herr Honnig, un nich anners."

„Äwer", seggt hei, „de Minsch hängt doch an Fru un Kinner, uk an Saken, dei wi uns anschafft hewwen." Dortau künn ick em deinen. „Nee, min Leiwing, wi hewwen nicks mitbröcht, wi sind naklig up de Welt kamen un nehmen ok nicks mit, wenn wi starwen. Wi möten uns' Hart nich hängen laten an den vergänglichen Kram." Dorgegen künn hei denn nicks inwennen un versprök mi, hei wull dat dat negste Mal beter maken. Hei seeg ut, as hadd hei drei Dag in't Graw legen.

Unkel Pinsch

In de lütte Stadt Piepstock (Üsdum, d. Hrsg.) gew dat veele Originale, dat sind Lüd', dei sik üm de grote Welt nich kümmern un in ehr Gedauh un ehre Gangort so vör sick henlewen. So ein was Apteiker Pinsch; de Lüd', de groten un de Kinner, näumten em Unkel Pinsch, obschonst hei noch in sine besten Johren was. In sine Apteik was hei de Monarch, hei säd, sei möten mi ja kamen, hei makt de Medikamenten farig in sin Tempo, un dat was verdeuwelt langsam. Hei rokt un snackt bi dat Pillendreihn un Salwenriwen immer sachten weg, hei let sick Tid, ok in sinen Husstand; wenn anner Lüd' Kaffee drünken, denn seten Pinschens irst bi't

am dritten Tag kam er mir entgegen.

„Wenn unser Herrgott die Welt untergehen lassen will, dann wird er es den Sternguckern und den Zeitungsschreibern nicht ins Ohr sagen, er hat sich Tag und Stunde vorbehalten. Er hat seine eigene Zeitrechnung, die mit unserer nicht übereinstimmt. Bis dahin müssen wir als verständige Christen so leben, dass wir zu jeder Zeit bereit sind, von der Vergänglichkeit Abschied zu nehmen. So ist das, Herr Honnig, und nicht anders."

„Aber", sagte er, „der Mensch hängt doch an Frau und Kindern, auch an Sachen, die wir uns angeschafft haben."

Dazu konnte ich ihm sagen: „Nein, mein Lieber, wir haben nichts mitgebracht, wir sind nackig auf die Welt gekommen und nehmen auch nichts mit, wenn wir sterben. Wir müssen nicht an dem vergänglichen Kram hängen."

Dagegen konnte er nichts einwenden und versprach mir, es das nächste Mal besser machen. Er sah aus, als hätte er drei Tage im Grab gelegen.

Onkel Pinsch

In der kleinen Stadt Piepstock (Usedom, d. Hrsg.) gab es viele Originale, das sind Leute, die sich um die große Welt nicht kümmern und in ihrem Gehabe und ihrer Lebensweise so vor sich hin leben. So einer war Apotheker Pinsch; die Leute, die großen und die Kinder, nannten ihn Onkel Pinsch, obwohl er noch in seinen besten Jahren war. In seiner Apotheke war er der König; sie müssen ja zu mir kommen, er machte die Medikamente fertig in seinem Tempo, und das war verteufelt langsam. Er rauchte und redete beim Pillendrehen und Salbenreiben in einem fort; er ließ sich Zeit, auch in seinem täglichen Leben; wenn andere Leute Kaffee tranken, dann saßen Pinschens erst beim

Middagbrot. Dat durt meist stunn'lang, bet 'ne Buddel Medizin tauhopmischt wier; weck bleewen sitten un snackten mit em, anner köfen wildes bi Kopmann Nagel ore Bolljahn in, wat sei nödig hadden; un en hett sick sine Stäwel besahlen laten.

Unkel Pinsch drew ok sinen Spijök mit de Burn, wenn sei wat hewwen wullen för de Leiw ore för dat Veih. So klagt em eins en Bur ut den Lassaner Winkel, sine Käuh wullen nich freten un nich Melk gewen, dei müßten rein verhext sin. Hm, seggt Pinsch un kiekt em son beten wehleidig un en beten venynsch an, dorgegen helpt blot ein Flustribus, un dei kost't 'n Daler. De Landmann is inverstahn. Pinsch geiht in sin Kontur, gript sick enen Brümmer, spunnt den in 'ne Rietholtschachtel un seggt: Nich ihr upmaken, as abens in'n Kauhstall, wenn de Mand unnergeiht. Vergnäugt führt de Bur nah Hus. Unnerwegs pinigt em de Niglichkeit, hei horkt an de Schachtel. „Dunnerlewen, wat burrt un sust de Flustribus! Woans lett em dat? Ick ward en lütt beting lüften un rinkieken." Hei höllt den Wagen an, hei makt de Schachtel lising up – un rut flüggt de Flustribus un dat so fix an sine Näs' vörbi, dat hei em gor nich gewohr ward. Wat nu? Ümkihren un enen nigen köpen. Hei kriggt äwer keinen, Pinsch hett keinen un schellt em ut, wil hei nich dahn hett, wat em anbefahlen wier; un de Daler giwwt hei em taurügg; em tau bedreigen, dortau was hei tau anständig.

Wenn ick em besäuken deed, un ick güng girn hen, wenn ick in mine Vadderstadt was, denn künn ick mi högen, wat Unkel Pinsch för Ideen in seinen Kopp hadd. Von Ideen ward de Welt regiert, dat is 'ne olle Jack, ahn Ideen kemen wi nich vörwärts in Billung un Pulletik, blot sei möten ok dornah sin. Dat kümmt in de

Mittagsbrot. Es dauerte meist stundenlang, bis eine Flasche Medizin zusammengemischt war; manche blieben sitzen und erzählten mit ihm, andere kauften in der Zeit bei Kaufmann Nagel oder Bolljahn ein, was sie brauchten; und einer hat sich die Stiefel besohlen lassen.

Onkel Pinsch trieb auch seinen Spaß mit den Bauern, wenn sie etwas haben wollten für die Liebste oder das Vieh. So klagte ihm einst ein Bauer aus dem Lassaner Winkel, seine Kühe wollten nicht fressen und keine Milch geben, die müssten rein verhext sein. „Hm", sagt Pinsch und sieht ihn ein bisschen wehleidig und ein bisschen spöttisch an, „dagegen hilft bloß ein Flustribus, und der kostet einen Taler." Der Landmann ist einverstanden. Pinsch geht in sein Kontor, greift sich einen Brummer, sperrt ihn in eine Streichholzschachtel und sagt: „Nicht eher aufmachen, als abends im Kuhstall, wenn der Mond untergeht." Vergnügt fährt der Bauer nach Hause. Unterwegs peinigt ihn die Neugier, er horcht an der Schachtel. „Donnerwetter, was surrt und saust der Flustribus! Was hat er? Ich werde ein klein bisschen lüften und hineinsehen." Er hält den Wagen an, er macht die Schachtel leise auf – und raus fliegt der Flustribus und das so schnell an seiner Nase vorbei, dass er ihn gar nicht gewahr wird. Was nun? Umkehren und einen neuen kaufen. Er bekommt aber keinen, Pinsch hat keinen und schimpft ihn aus, weil er nicht getan hat, was ihm anbefohlen war; und den Taler gibt er ihm zurück; ihn zu betrügen, dazu war er zu anständig.

Wenn ich ihn besuchte, und ich ging gern hin, wenn ich in meiner Vaterstadt auf Urlaub war, dann amüsierte ich mich, was Onkel Pinsch für Ideen im Kopf hatte. Von Ideen wird die Welt regiert, das ist eine alte Jacke, ohne Ideen kommen wir nicht vorwärts in Bildung und Politik, bloß sie müssen auch danach sein. Es kommt in der

Wirklichkeit gor tau oft anners, as dat sone Klaukschieters dacht hewwen. Anhüren deiht sick dat wunnerschön, un so hürt ick girn Unkel Pinschen tau. Eins kam ick up sine Deel, dunn lopen mi son Stücker teihn grote un lütte Dackels mang de Bein. Ick wunner mi, un hei verklort mi sine Idee mit dat Veih. „Passen Sei up, Dokting, dat ward en fien Geschäft; alle Johr verköp ick so un so veel echte Dackels; jedwederein will hüttaudag sonen Hund hewwen, un de Pries' trecken an."
Wat süll ick seggen, ick hadd in min Lewen kein Hun'ntucht bedrewen; ick frög blot, wat dat wol kosten deid, för all de Hunn' dat Fauder tau beschaffen. „Veel nich", meint hei, „solang de Ollsch sügen deid, gor nicks, un nahst kriegen sei Melk, Brot un Fleisch."
Nah en poor Johr seeg ick bi em kein Dackels mihr; hei klagt mi, weck wieren krank worden un ingahn; un denn wieren em anner Köters dormang kamen, dei hadden de ganze Tucht verdorwen; luter Mischmasch kem tau Welt, den kein Minsch köpen wull. Hei hadd nich glöwt, dat sone echte Dackeltöl sick mit jeden ollen Pintscher ore Terrjer un anner Konsorten inlaten würd.
„Ick heww nu wat anners, dat is beter un bringt wat in; kamen s' mit rut nah mine Wurt vör dat Anklamer Dur." Dorbi würden sine Ogen wedder klor un sin Gemäud wedder vergnäugt. Wi wannern hen. Süh dor, wo süs Tüften, Möhren un Peiterßil stünnen, nicks as Spargelbeeten. „Seihn Sei wol, dit is mine Plantasch. Nah drei Johr kümmt de Hannel in Gang." Äwer hei güng nich los; de Piepstocker bugten ehre Spargels in ehre Gorens an, de Utfuhr nah Stettin ore Berlin in Gang tau bringen, dortau hadd hei nich Tid un Lüd' naug, un de mihrsten Spargels wieren all wegstaken, wenn hei morgens rutkem. Also dat was wedder

Wirklichkeit gar zu oft anders, als es solche Klugscheißer gedacht haben. Es hörte sich wunderschön an, und so hörte ich Onkel Pinsch gern zu. Eines Tages komme ich in seine Diele, da laufen mir so an die zehn große und kleine Dackel zwischen die Beine. Ich wundere mich, und er erklärt mir seine Idee mit den Viechern. „Passen sie auf, Doktor, das wird ein feines Geschäft; alle Jahre verkaufe ich soundso viel echte Dackel; jeder will heutzutage so einen Hund haben, und die Preise ziehen an."

Was sollte ich sagen, ich hatte im Leben keine Hundezucht betrieben, ich fragte bloß, was das wohl kosten würde, für alle Hunde das Futter zu beschaffen. „Viel nicht", meinte er, „solange die Alte säugen würde, gar nichts, und danach bekommen sie Milch, Brot und Fleisch."

Nach ein paar Jahren sah ich bei ihm keine Dackel mehr; er klagte mir, welche wären krank geworden und eingegangen; und dann wären ihm andere Köter dazwischengekommen, die hatten die ganze Zucht verdorben; lauter Mischmasch kam zur Welt, den kein Mensch kaufen wollte. Er hatte nicht geglaubt, dass eine echte Dackeltöle sich mit jedem Pinscher oder Terrier und anderen Konsorten einlassen würde.

„Ich habe nun etwas anderes, das ist besser und bringt etwas ein; kommen sie mit zu meinem Acker vor dem Anklamer Tor." Dabei wurden seine Augen wieder klar und er blickte vergnügt drein. Wir wanderten hin. Siehe da, wo einst Kartoffeln, Möhren und Petersilie standen, nichts als Spargelbeete. „Sehen sie wohl, das ist meine Plantage. Nach drei Jahren kommt der Handel in Gang." Aber er ging nicht los; die Piepstocker bauten ihren Spargel in ihren Gärten an, die Ausfuhr nach Stettin oder Berlin in Gang zu bringen, dazu hatte er nicht genug Zeit und Leute, und die meisten Spargel waren bereits weggestochen, wenn er morgens auf den Acker kam. Also es war wieder nicks.

Nahst füng hei an tau bugen; hei köfft en Nahwerhus, wo vördem 'ne Lüttkinnerschaul bedrewen würd, un smet dor 'ne dreistöckig Fabrik up för Selterwater. Man schad, ok dise Spekulatschon wull nich glücken, wil hei kein richtigen Kopmann was. Dat Geld was rinstaken un verluren, dat Hus deint' em as Stall, un dortau was't tau dür. Un dat fehlt nich veel, denn hadd Unkel Pinsch mit sine Ideen bankrott makt.

Eins Dags bringt em de Breiwdräger Töllner – mihr as disen gew dat in Piepstock nich – einen Breiw mit 'ne Inladung tau Hochtid; sin enzigst Swester Mariing frigt ehren Kaptein, de ganze Frünnschaft kümmt tausam, un hei dörf nich fehlen. So schriwwt hei tau. Den Dag, an den hei afreisen sall, schlurrt hei so as süs rüm in höltern Tüffel; de Postkutsch steiht al prat schrägäwer, un de oll Postiljaun blast all taum tweiten Mal. Dunn treckt Unkel Pinsch de Stäwel an, stülpt sine Mütz up un stiggt rin in den gelen Kasten; den Kartong mit Wrack un anner Kledaschen smitt de Deinstdirn em nah.

In twei Stunnen bringt em de Post an de Iserbahn, un de sett't em in Stettin af mit drei Stunnen Tid, bet de Tog nah Achterpommern wierergeiht. Unkel Pinsch hett de gaude Idee, en beten an dat Bollwark rümtaudösen; hei bekikt sick de Dampers un Segelscheep un bliwwt bi einen Schuner stahn, dei einen Barg Kisten un Säck as Ladung äwernimmt; ein Matros' will grad ein Fatt anseilen taum Äwerhalen an Deck, as Unkel Pinsch em neger ankikt. „Jh, den kenn ick doch", seggt hei vör sick, „dat is ja Albert Marohn ut Piepstock. Täuw, den möt ick äwerraschen." Hei stellt sinen Kartong an de Ird, geiht up de Tehnen ran un hölt em mit beide Hänn' de Ogen tau. Nu sall hei raden, wekker dat is. Dei hett ja nu nichts.

Später fing er an zu bauen; er kaufte ein Nachbarhaus, wo vorher eine Kleinkinderschule betrieben wurde, und stellte dort eine dreistöckige Fabrik für Selterwasser auf. Schade, auch diese Spekulation wollte nicht glücken, weil er kein richtiger Kaufmann war. Das Geld war reingesteckt und verloren, das Haus diente ihm als Stall, und dazu war es zu teuer. Und es fehlte nicht viel, dann hätte Onkel Pinsch mit seinen Ideen Bankrott gemacht.

Eines Tages bringt ihm der Briefträger Töllner – mehr als diesen gab es in Piepstock nicht – einen Brief mit einer Einladung zur Hochzeit; seine einzige Schwester Marie freit ihren Kapitän, die ganze Freundschaft kommt zusammen, und er darf nicht fehlen. So schreibt er zu. Am Tag, als er abreisen soll, schlurrt er so wie sonst auch in seinen hölzernen Pantoffeln umher; die Postkutsche steht schon schräg gegenüber bereit, und der Postillion bläst bereits zum zweiten Mal. Da zieht Onkel Pinsch die Stiefel an, stülpt seine Mütze auf und steigt in den gelben Kasten; den Karton mit Frack und anderen Kleidungsstücken warf das Dienstmädchen ihm nach.

In zwei Stunden bringt ihn die Post an die Eisenbahn, und die setzte ihn in Stettin ab mit drei Stunden Zeit, bis der Zug nach Hinterpommern weitergeht. Onkel Pinsch hat die gute Idee, ein bisschen am Bollwerk herumzudösen; er sieht sich die Dampfer und Segelschiffe an und bleibt bei einem Schoner stehen, der einen Berg Kisten und Säcke als Ladung übernimmt; ein Matrose will gerade ein Fass anseilen zum Überholen an Deck, als Onkel Pinsch ihn näher ansieht. „Ih, den kenne ich doch", sagt er zu sich, „das ist ja Albert Marohn aus Piepstock. Warte, den muss ich überraschen." Er stellt seinen Karton an die Erde, geht auf Zehen an ihn ran und hält ihm mit beiden Händen die Augen zu. Nun soll er raten, wer das ist. Der hat ja nun

kein Ahnung, ward argerlich, stött mit de Fäut nah achtern un will de frömden Knäwel los sin. As denn Unkel Pinsch vör em steiht, wunnerwarkt hei, frögt em, woher un wohen, woans un woso, un wat makt Vadder un Mudder un süs wat, bet de Kaptain Marohnen anprait, hei sall sick spauden mit sine Arbeit. Unkel Pisch makt nu kihrt nah'm Bahnhof un söcht den Kartong. Futsch un weg is eins; hei kiekt, hei fröggt de Lüd', tauletzt den Schutzmann, allens vergewens. Dei Schutzmann seggt, den het wol 'n gauden Minsch as Strandgaud in Säkerheit bröcht.

Unkel Pinschen brummt wat von Verbreker un Röwer, von unsäkere Taustänn; sowat kümmt in Piepstock nich vör, dor künn son Paket de ganze Nacht up de Strat liggen, dat rögt kein an. As hei in den Tog sitt, steckt hei sick 'ne nige Ziehgar an un hett bald sin Malür vergeten, hei was ja ein Philosoph un dise Ort Minschen hewwen för alle Taufäll' un Damlichkeiten 'ne Utred', sick tau begöschen. De Brüader un Kusengs un Kusinen halen em mit groten Hallo von Bahnhof Schlönwitz af un fragen nah sine Saken. Hei vertellt denn, woans em dat in dat emfamtige Stettin gahn is, un meint, dat güng up de Hochtid sacht ahn Snipel un Haut. Äwer de Fomilje is anner Ansicht. „Wat sall de Brüjam denken, son gebillten Mann, dei de Welt seihn hat; de annern Herrn hewwen alltohop ehren Wrack an, un hei sall vör de Burn un Daglöhners nich so power uptreden." De Frugens säuken nu dat grote Schapp dörch, wo veel Tüg ut grawe Vörtid hängt, un finnen Haut un Wrack von Grotvadder Pinsch.

De Hochtidsdag is ran. Ganz Schlönwitz is in Upruhr, de Klocken lüden, de Muskanten blasen, un de Tog sall sick nah de Kerk bewegen; vör dat Brutpoor gahn twei lütte Dirns un streugen Blaumen. Blot Unkel Pinsch is nich dor, hei beilt sick nich un schlust akkerat

keine Ahnung, wird ärgerlich, stößt mit den Füßen nach hinten und will die fremden Hände los sein. Als dann Onkel Pinsch vor ihm steht, staunt er, fragt ihn, woher und wohin, wie und wieso, und was machen Vater und Mutter und sonst was, bis der Kapitän Marohn anruft, er solle sich sputen mit seiner Arbeit. Onkel Pinsch macht nun kehrt Richtung Bahnhof und sucht den Karton. Weg ist er; er sieht sich um, er fragt die Leute, zuletzt den Schutzmann, alles vergebens. Der Schutzmann sagt, den hat wohl ein guter Mensch als Strandgut in Sicherheit gebracht.

Onkel Pinsch brummt was von Verbrecher und Räuber, von unsicheren Zuständen; so etwas kommt in Piepstock nicht vor, da kann so ein Paket die ganze Nacht auf der Straße liegen, das rührt keiner an. Als er im Zug sitzt, steckt er sich eine neue Zigarre an und hat das Malheur bald vergessen, er war ja ein Philosoph, und diese Menschen haben für alle Zufälle und Dämlichkeiten eine Ausrede, sich zu trösten. Die Brüder und Cousins und Kusinen holen ihn mit großem Hallo vom Bahnhof Schlönwitz ab und fragen nach seinen Sachen. Er erzählt dann, wie es ihm in dem infamen Stettin ergangen ist und meint, es ginge auf der Hochzeit auch ohne Frack und Hut. Aber die Familie ist anderer Ansicht. „Was soll der Bräutigam denken, ein gebildeter Mann, der die Welt gesehen hat; die anderen Herren haben alle ihren Frack an, und er soll vor den Bauern und Tagelöhnern nicht so arm auftreten." Die Frauen suchen nun den großen Schrank durch, in dem viel Zeug aus grauer Vorzeit hängt, und sie finden Hut und Frack von Großvater Pinsch.

Der Hochzeitstag ist ran. Ganz Schlönwitz ist in Aufruhr, die Glocken läuten, die Musikanten blasen, und der Zug soll sich zur Kirche bewegen; vor dem Brautpaar gehen zwei kleine Mädchen und streuen Blumen. Bloß Onkel Pinsch ist nicht da, er beeilt sich nicht und schleicht genau

so, as in sine Apteik. Ein von sine Swagers halt em rut. Mein Gott, wat is't för'n Uptog! De hoge Haut is sone Fürkiep, as sei vör de Revolutschon 1848 Mod' wiren, hei is wol an twei Faut hoch un schillert in Gräun un Vigelett. Un de Sniepel is von dat sälwige Öller, de Ärmels sitten knaß as de Pell up de Mettwurst un fallen em äwer de Fingerspitzen un de Schlippen reiken bet up de Hacken; ut de West bögt sick dat witte Schemisett rut as 'ne Schwanenbost. Hei süht ut as en Vagelschugels. Brut un Brüjam hewwen blot Ogen un Gedanken för sick un ehre negste Taukunft; mit de Andacht in dat Gefolg is dat äwer Essig; allens grient un huchelt un spektakelt. De Lüd' an de Dörpstrat, de Wiwer un de Kinner, bewunnern dat Brutkleid un den forschen Brutmann, nahst ok de finen Damen ut de Stadt. As sei äwer Unkel Pinsch tau seihn kriegen, lachen sei ludhals. „Kiek em; Kinner, nee, wat is 't för'n Uhlenspegel. Huching, wo sitt em de Wrack. Gott bewohr uns, wat hett de Lüchting för'n Haut up!" In de Kerk geiht dat ok so, ein stött den annern an un wist up em; sei hollen Hand un Taschendauk vör dat Mul, üm nicht lostaupruschen; von de Predigt hüren sei nicks un bliewen kum bi den Segen ihrbor.

Dat Eten geiht glimplich vöräwer, nich so de Danz. Süs was hei kein Fründ von disen Sport, hüt äwer ritt em de gaude Stimmung mit, de Schepandi bringt ok sine Bein in Swung, un so sust hei los. Sine langen Wrackschlippen kamen ok in Swung, sei fleigen as Windmählenflüchten, un sin Schemisettband ritt af un baumelt sitwarts rut. Wenn so wat fleigt un baumelt, dat is wat för de Kinner, sei möten – ehre Natur driwwt sei – dornah gripen; twei lütte Jungens kriegen de ein Schlipp tau faten un laten sick mittrecken, bet dat Ding afritt.

so, wie in seiner Apotheke. Einer von seinen Schwagern holt ihn raus. Mein Gott, was ist das für ein Aufzug! Der hohe Hut ist so eine Feuerkiepe, wie sie vor der Revolution 1848 Mode waren, er ist wohl an die zwei Fuß hoch (etwa 60 cm, d. Hrsg.) und schillert in Grün und Violett. Und der Frack hat das selbe Alter, die Ärmel sitzen so eng wie die Pelle auf der Mettwurst und fallen ihm über die Fingerspitzen und die Rockschöße reichen bis auf die Hacken; aus der Weste biegt sich das weiße Chemisett wie eine Schwanenbrust. Er sieht aus wie eine Vogelscheuche. Braut und Bräutigam haben nur Augen und Gedanken für sich und ihre nächste Zukunft; mit der Andacht im Anschluss ist es aber Essig; alles schmunzelt und lacht und amüsiert sich. Die Leute an der Dorfstraße, die Frauen und die Kinder, bewundern das Brautkleid und den forschen Bräutigam, danach auch die feinen Damen aus der Stadt. Als sie aber Onkel Pinsch sehen, lachen sie lauthals. „Sieh ihn; Kinder, nein, was ist das für ein Ulenspiegel. Huch, wie sitzt ihm der Frack. Gott bewahre uns, was hat der Bursche für einen Hut auf!" In der Kirche geht es so weiter, einer stößt den anderen an und weist auf ihn; sie halten Hand und Taschentuch vor den Mund, um nicht loszulachen; von der Predigt hören sie nichts und auch beim Segen können sie kaum ruhig bleiben.

Das Essen geht glimpflich vorüber, nicht so der Tanz. Sonst war er kein Freund von diesem Sport, heute aber riss ihn die gute Stimmung mit, der Champagner bringt auch seine Beine in Schwung, und so saust er los. Seine langen Frackschöße kommen auch in Schwung, sie fliegen wie Windmühlenflügel, und sein Chemisettband reißt ab und baumelt seitwärts raus. Wenn etwas fliegt und baumelt, das ist was für die Kinder, sie müssen – ihre Natur treibt sie –, danach greifen; zwei kleine Jungens bekommen das Band zu fassen und lassen sich mitziehen, bis das Ding abreißt.

De Lütten scheiten koppheister un krieschen vör Vergnäugen, un Unkel Pinsch süht lecker ut; kein Dam' will noch mit em danzen. Dat ward em argern; hei geiht in en Achterstuw, wo hei ungestürt roken un drinken kunn un versöcht, sinen Arger äwer de Slichtigkeit von de Welt tau versäupen in den deipen Afgrund von den Alkohol, dei as Ananasbool vör em steiht. Dat glückt em, hei vergett sin Malür in Gesellschaft von den Apen, den hei sick köfft, un slöpt in. Wecke gauden Minschen em nahst tau Bedd bröcht hewwen, un üm wecke Tid dat west is, dorvon weit hei nicks af, as hei upwakt. Hei reist den annern Dag af un ward irst wedder ruhig un vergnäugt, as hei in Piepstock ut den Postwagen utstiggt. Sörre de Tid will hei nicks weiten von Reisen un von Stettin; hei hett noch veele Johr taubröcht in sine Apteik in Rauh un Freden, un as hei in sin Öller sick vertoppen let, tau verköpen un nah dat Seebad Misdroy tau trecken, is hei ingahn; de anner Luft bekem em nich, un de annern Minschen verstünnen em nich. Enen ollen Boom sall ein nich verplanten.

De Spijohn

Wat hier vertellt ward, sall kein Kriegsgeschicht sin; 1870 was ick tau jung taum Soldatspeelen un 1914 tau olt. Ick weit ok, dat veele Lüd von den gräsigen Weltkrieg gornicks mihr lesen mägen. Mit minen Spijohn hett dat 'ne anner Bewandnis.
As ick in de achtziger Johr mi an't Gymnasium de pädagogischen Spurn verdeinen deed, hadden wi einen Prauwkannedaten ut Holstein, dei heit Peter Bünning. Den müchten wi girn liden; hei was'n lustigen Kirl un en gauden Lihrer. Hei verstünn sine Sack un künn de

Die Jungens schießen kopfüber und kreischen vor Vergnügen, und Onkel Pinsch sieht komisch aus; keine Dame will mehr mit ihm tanzen. Das ärgert ihn, er geht in die Hinterstube, wo er ungestört rauchen und trinken konnte und versucht, seinen Ärger über die Schlechtigkeit der Welt zu ertränken im tiefen Abgrund des Alkohol, der als Ananasbowle vor ihm steht. Das glückt ihm, er vergisst sein Malheur in Gesellschaft des Affen, den er sich antrinkt, und schläft ein. Welche gute Menschen ihn später zu Bett gebracht haben, und um welche Zeit das gewesen ist, davon weiß er nichts, als er aufwacht. Er reist am anderen Tag ab und wird erst wieder ruhig und vergnügt, als er in Piepstock aus dem Postwagen steigt. Seit der Zeit will er nichts wissen von Reisen und Stettin; er hat noch viele Jahre zugebracht in seiner Apotheke in Ruhe und Frieden, und als er sich im Alter überreden läßt, zu verkaufen und in das Seebad Misdroy zu ziehen, ist er eingegangen; die andere Luft bekam ihm nicht, und die anderen Menschen verstanden ihn nicht. Einen alten Baum soll man nicht verpflanzen.

Der Spion

Was hier erzählt wird, soll keine Kriegsgeschichte sein; 1870 war ich zu jung zum Soldat spielen und 1914 zu alt. Ich weiß auch, dass viele Leute von dem schrecklichen Weltkrieg gar nichts mehr lesen mögen. Mit meinem Spion hat es eine andere Bewandtnis.
Als ich mir in den achtziger Jahren (1880er Jahre, d. Hrsg.) am Gymnasium die pädagogischen Sporen verdiente, hatten wir einen Probekandidaten aus Holstein, der hieß Peter Bünning. Den mochten wir, er war ein lustiger Kerl und ein guter Lehrer. Er verstand seine Sache und konnte die

Jungens tägeln. Blot hei hadd einen Fehler; nich an sinen Liew, hei was'n strammen Kirl mit ossige Kräft'. Dat set em woanners. Hei was achter den Alkohol, as de Bor achter den Honnig. Wat künn de Bengel supen! Wenn wi mit em bi Güntern an't Semlower Dur ore in de Vereinsbrugeri ore in den Ratskeller seten, denn göt hei drei Glas Bier dal, ok enen Köm dortau, wildes wi ein Glas Bier binnen hadden. Mit den Grog makt' hei dat akkerat so. Wi segen dat 'ne Tidlang mit an, denn säden wi uns, wi möten em dorvon afbringen, dat künn em slicht bekamen, hei verdarwt sick de Mag un de Finanzen un riskiert, dat hei mit de Anstellung dörchföllt. Un 'ne Brut hadd hei ok all; dat Mäten deed uns leed. Äwer wat wi ok säden, dat hülp nich; dat wir sine Sak, säd hei, hei künn dat verdrägen, ok in sinen Geldbüdel, un so güng hei männigen Abend besapen nah Hus. Up disen Kunter kemen wi em nich bi, wi müssten em anners keschern und hölen Kriegsrat, ick mit twei anner Kollegen. Nah veel hen un her makt' ein den Vörslag, dat wi em mit enen Spijohn in't Buckshurn jagen möten.

„Woans meinen sei dat?" frögen wi.

„Na, wi gewen einen Kirl, dei Tid hett un sick ein poor Groschens verdeinen will, den Updrag, unsen Kannedaten bi't Supen tau beobachten, bet hei em för einen Spijohn hölt."

Dat lücht' uns nu ok in, blot wi wüßten nich, wo wi sonen Minschen updriewen künnen. Dunn föl mi oll Krus' in, un ick säd: „In mine Nahwerschaft wahnt ein, dei an de Marktdag as Dremmler bi de Burwagens hen- un hergeiht."

„Nanu, dat möten Sei uns irst verkloren; wat verstahn Sei unner „Dremmler"?"

„Na", säd ick, „oll Krus' is 'n ollen Entspekter, dei hier vör Anker gahn is un nich veel in de Melk tau

Jungens zügeln. Bloß er hatte einen Fehler, nicht körperlich, er war ein richtiger Mann mit großen Kräften. Es saß ihm woanders. Er war hinter dem Alkohol her, wie der Bär hinter dem Honig. Was konnte der Bengel saufen! Wenn wir mit ihm bei Güntern am Semlower Tor oder in der Vereinsbrauerei oder im Ratskeller saßen, dann trank er drei Glas Bier, auch einen Korn dazu, während wir gerade mal ein Glas getrunken hatten. Mit dem Grog machte er es genauso. Wir sahen das eine Zeitlang mit an, dann sagten wir uns, wir müssen ihn davon abbringen, das kann ihm schlecht bekommen, er verdirbt sich den Magen und die Finanzen und riskiert, nicht angestellt zu werden. Und eine Braut hatte er auch; das Mädchen tat uns Leid. Aber was wir auch sagten, es half nicht; das wäre seine Sache, sagte er, er könne das vertragen, auch sein Geldbeutel, und so ging er manchen Abend besoffen nach Hause. Wir kamen ihm nicht bei, wir mussten ihn anders einfangen und hielten Kriegsrat, ich mit zwei anderen Kollegen. Nach viel hin und her machte einer den Vorschlag, dass wir ihn mit einem Spion ins Bockshorn jagen müssen.
„Wie meinen sie das?" fragen wir.
„Na, wir geben einem Mann, der Zeit hat und sich ein paar Groschen verdienen will, den Auftrag, unseren Kandidaten beim Saufen zu beobachten, bis er ihn für einen Spion hält."
Das leuchtete uns nun auch ein, bloß wir wussten nicht, wo wir so einen Menschen auftreiben sollten. Da viel mir der alte Kruse ein, und ich sagte: „In meiner Nachbarschaft wohnt einer, der an den Markttagen als Dremmler zwischen den Wagen der Bauern hin- und hergeht."
„Nanu, das müssen Sie uns erst erklären; was verstehen Sie unter ‚Dremmler'?"
„Na", sagte ich, „der alte Kruse ist ein alter Inspektor, der hier vor Anker gegangen ist und nicht viel in die Milch zu

brockem hett; dei makt sick an de Burn ran un helpt sei bi't Verköpen von Kurn, Botter, Gäus' un Tüften; hei dremmelt de Köpers solang mit gaude Würd', bet sei mihr betahlen, as sei willen, un de Burn gewen em nahst en por Groschen af. Hei hett nahmiddags Tid, wi gewen em eine Mark för jeden Dag, un ick ward em inremsen, wat hei maken sall. Hei möt sick einen beteren Kleidrock antrecken un sick dor infinnen, wo wi mit Petern sitten, un denn stur nah unsen Disch henkieken."
Den annern Dag geiht nu dat Theater los; Krus' kümmt uns nah in de Waterstrat bi Güntern, sett' sick an einen Disch nich wit von uns, drinkt sin Glas Bier un rokt sinen Pijatz. Nah 'ne Wil segg ick: „Wat kiekt de Kirl?"
„Wekker?" fröggt Peter.
„Na, dei dor in den Bradenrock un mit dat Mehlgesicht; ik kenn em nich."
„Lat em kieken", seggt Peter un gütt sin Glas Bier up einen Tog dal.
Klock säben breken wi up un gahn in de Vereinsbrugeri; den Oberkellner Krumm fluster ick in't Vörbigahn tau, dat hei Krusen gauden Dag seggen un wat hei antwurten süll, wenn ein em fragen ward. Kum sitten wi achter unsen Alkohol, dunn kümmt Krus' rin. Krumm red't em an: „Gauden Abend, Herr Krus', ok ein Glas Bier gefällig?"
„Süh dor", segg ick, „dor is de Kirl all wedder, Krumm schient em tau kennen. Wat hett dat up sick?"
Peter bliwwt noch gliekgüllig; „ick weit nich", meint hei, „wat uns de Prolet angeiht."
„Ja, äwer dat Aas kiekt egal nah uns räwer."
As wi hier farig sünd, frag ick bi't Betahlen Krummen, wat hei den Kirl kennt. „Ja", seggt hei, „ick weit blot, dat hei Krus' heit, un heww man hürt, dat hei von de Regierung

brocken hat; der macht sich an die Bauern ran und hilft ihnen beim Verkaufen von Korn, Butter, Gänsen und Kartoffeln, er bedrängt die Käufer so lange mit guten Worten, bis sie mehr bezahlen, als sie wollen, und die Bauern geben ihm später ein paar Groschen ab. Er hat nachmittags Zeit, wir geben ihm eine Mark für jeden Tag, und ich werde ihm sagen, was er machen soll. Er muss sich etwas besseres anziehen und sich dort einfinden, wo wir mit Peter sitzen, und dann stur zu unserem Tisch sehen."

Am anderen Tag geht nun das Theater los; Kruse kommt uns nach in die Wasserstraße bei Güntern, setzt sich an einen Tisch nicht weit von uns, trinkt ein Glas Bier und raucht seine billige Zigarre. Nach einer Weile sage ich: „Was guckt der Kerl?"

„Welcher?" fragt Peter.

„Na, der da in dem Gehrock mit dem Mehlgesicht; ich kenne ihn nicht."

„Lass ihn gucken", sagt Peter und gießt sein Glas Bier auf einen Zug hinter.

Um sieben brechen wir auf und gehen in die Vereinsbrauerei; dem Oberkellner Krumm flüstere ich im Vorbeigehen zu, dass er Kruse guten Tag sagen soll und was er antworten soll, wenn ihn einer fragt. Kaum sitzen wir hinter unserem Alkohol, da kommt Kruse rein. Krumm redet ihn an: „Guten Abend, Herr Kruse, auch ein Glas Bier gefällig?"

„Siehe da", sage ich, „da ist der Kerl wieder, Krumm scheint ihn zu kennen. Was hat das auf sich?"

Peter bleibt noch gleichgültig; „ich weiß nicht", meint er, „was uns der Prolet angeht."

„Ja, aber das Aas guckt die ganze Zeit zu uns rüber."

Als wir hier fertig sind, frage ich Krumm beim Bezahlen, ob er den Kerl kennt. „Ja", sagt er, „ich weiß bloß, dass er Kruse heißt, und habe gehört, dass er von der Regierung insett't is, up de Kannedaten, Referendors un anner junge Lüd uptaupassen wegen Supen un Rümdriewen." Dit schütt' Petern doch in de Knaken, hei ward son beten benaut, un as Krus' ok nah den Ratskeller kümmt, makt Peter grote Ogen, un hei fröggt wat unsäker: „Kinnings, glöwt ji an den Spijohn?"

„Ja", seggen wi, „wekker kann't weiten, wi willen aftauwen, wat hei den annern Dag wedder kieken ward. Mäglich is dat ja." Un richtig, hei sitt' dor, dat Geld makt em willig un kandidel, un Peter schimpt as 'ne Ruhrsparling: „Gemeinheit von de Regierung, un son Hallunk von Kirl, dei anner Lüd' anzeigen will un tau son Gewarm sik hergiwwt; den möten wi de Knaken in den Liew entweislagen." Wi begöschen em, dat hei kein Undäg maken sall; hei künn sine Taukunft verdarwen. Wi kriegen em so weit, dat hei tidig na Hus geiht. Den drüdden Dag speelt sick de sülwige Kemedi af; Peter ward upgeregt, un wi känen em blot dormit upmüntern, dat wi den negsten Dag nah den Dänholm rutgahn wullen, dor wieren wi säker.

As wi äwer oll Krusen ok dor sitten segen, kreeg dat Peter mit de Angst; hei glöwt nu stief un fast an den Spijohn, betahlt un ritt ut. Tau Bier kem hei nich mihr un säd uns, hei wull mit den Direkter spreken. Dat deed hei, un de Direkter kreeg uns ran, wat dat all tau bedüden hadd. Wi gewen denn Hals, woans wi den Kannedaten von't Supen kurieren wullen, un hei süll uns nich verraden, wi hadden dat doch gaud meint. Peter hett sick den Alkohol entseegt, un hei bestünn sine Prauwlekschon mit „gaud". Nah Johr un Dag, hei was all anstellt in A. un hadd sick verfriegt, hewwen wi em de Sak mit den Spijohn verklort. Hei säd, dat Middel wier stramm west, äwer hei wull dat nich äwelnehmen; wi hewwen em bewohrt vör Malür.

eingesetzt ist, auf die Kandidaten, Referendare und andere junge Leute aufzupassen wegen Saufen und Herumtreiben." Das schießt Peter doch in die Knochen, er wird ein bisschen ängstlich, und als Kruse auch in den Ratskeller kommt, macht Peter große Augen, und er fragt unsicher: „Kinder, glaubt ihr an den Spion?"
„Ja", sagen wir, „wer kann es wissen, wir wollen abwarten, ob er am anderen Tag wieder guckt. Möglich ist es ja." Und richtig, er sitzt da, das Geld macht ihn willig und vergnügt, und Peter schimpft wie ein Rohrspatz: „Gemeinheit von der Regierung, und so ein Halunke von Kerl, der andere Leute anzeigen will und sich für so ein Gewerbe hergibt; dem müssen wir die Knochen im Leib entzweischlagen." Wir beruhigen ihn, damit er keinen Unfug macht; er könnte seine Zukunft verderben. Wir bekommen ihn so weit, dass er frühzeitig nach Hause geht. Am dritten Tag spielt sich die selbe Komödie ab; Peter regt sich auf, und wir können ihn bloß damit beruhigen, dass wir am nächsten Tag auf den Dänholm gehen wollen, da wären wir sicher.
Als wir aber den alten Kruse auch da sitzen sehen, bekommt es Peter mit der Angst; er glaubt nun steif und fest an den Spion, bezahlt und reißt aus. Das Bier trank er nicht mehr und sagte uns, er wolle mit dem Direktor sprechen. Das tat er, und der Direktor fragte uns, was das zu bedeuten hätte. Wir erzählten dann, auf welche Art wir den Kandidaten vom Saufen kurieren wollten, und er solle uns nicht verraten, wir hatten es doch gut gemeint. Peter hat vom Alkohol gelassen, und er bestand seine
Probelektion mit „gut". Nach Jahr und Tag, er war bereits angestellt in A. und war verheiratet, haben wir ihm die Sache mit dem Spion erklärt. Er sagte, das wäre schon ein starkes Stück gewesen, aber er wolle es nicht übel nehmen; wir haben ihn vor Unheil bewahrt.

Emil Althof ore Sünn und Schatten

1. Schaultid

Tau Ostern 1869 kregen wi in Unnertertia an't Gymnasium in Stargard enen „Nigen" von utwarts, dei heit Emil Althof ut Blasebalg in Vörpommern. Wi bekeken em; grot was hei grad nich; sin Antog propper, sine annern Saken as Fedderkasten, Diarium, Taschenmetz fien. Wat sin Vadder wir, blew unklor; hei säd dat nich, un de Klassenlihrer, as dei dat Schäulerverteiknis schrew, güng äwer diesen Punkt sachting weg. Dat was uns ok egal; wi müchten Emil girn, hei was'n hübschen Bengel mit blonde Hor, brune Ogen und rode Backen; hei had enen plitschen Kopp un angelt sick in korte Tid nah de irste Bank hen; hei was ok enen lustigen Vagel, dei allerhand Faxen maken un Riemels singen künn. Up de Schaulhof wiren wi all üm em rüm, un hei kummandierte uns' Speele. Dat was so, as wenn von Emil Althof en Sünnenschin von Vergnäugen un Högen up uns' Tertianer-Flegeljohr äwergahn wir. Wat hei en Sünndagskind west is, weit ick nich, äwer ut sine Schelmenogen un sin hartliches Lachen lücht't ne Sünndagsstimmung rut. – Sin Bossenfründ würd in Unnerprima Willem Karow, dei em bi't Baden dat Lewen redd't hadd. Dat kem so. Emil sprüng in de Ihna bi dat Dörp Konstantinopel un würd, wil hei nich swemmen künn, von den Strom wegreten. Willem seg blot noch enen Arm nah baben griepen; hei lep in vullen Draww an't Äuwer lang an Emil vörbi, füng em up un treckt em halwdod an Land. Tau Ostern 1873 bestünnen beid' dat Examen un güngen nah Gripswold, Emil als stud. jur.

Emil Althof oder Sonne und Schatten

1. Schulzeit

Zu Ostern 1869 bekommen wir in der Untertertia am Gymnasium in Stargard (in Pommern, d. Hrsg.) einen „Neuen" von auswärts, der heißt Emil Althof aus Blasebalg in Vorpommern. Wir sehen ihn uns an; groß war er gerade nicht; sein Anzug vornehm, seine anderen Sachen wie Federkasten, Diarium, Taschenmesser fein. Was sein Vater war, blieb unklar; er sagte es nicht, und sein Klassenlehrer, als er das Schülerverzeichnis schrieb, ging über diesen Punkt leise hinweg. Das war uns auch egal; wir mochten Emil gern, er war ein hübscher Bengel mit blonden Haaren, braunen Augen und roten Wangen; er hatte einen schlauen Kopf und schaffte es in kurzer Zeit auf die erste Bank; er war auch ein lustiger Vogel, der allerhand Unsinn machen und Verse singen konnte. Auf dem Schulhof waren alle um ihn herum, und er kommandierte unsere Spiele. Es war so, als wenn von Emil Althof ein Sonnenschein von Vergnügen und Freude auf unsere Tertianer-Flegeljahre übergegangen wäre. Ob er ein Sonntagskind war, weiß ich nicht, aber aus seinen Schelmenaugen und seinem herzlichen Lachen leuchtete eine Sonntagsstimmung.

Sein Busenfreund wurde in der Unterprima Wilhelm Karow, der ihm beim Baden das Leben gerettet hat. Das kam so: Emil sprang in die Ihna beim Dorf Konstantinopel und wurde, weil er nicht schwimmen konnte, vom Strom weggerissen. Wilhelm sah nur noch einen Arm nach oben greifen; er lief im vollen Trab am Ufer entlang an Emil vorbei, fing ihn auf und zog ihn halbtot an Land. Zu Ostern 1873 bestanden beide das Examen und gingen nach Greifswald, Emil als stud. jur.

2. Emil as Studiker

En Halwjohr dornah füng ick as tolpatschigen, gruglich unbedarften Voß min akademisches Lewen an in de Landsmannschaft, wo Emil Althof aktiv wir un mi unner sine Flüchten nem. Wi würden Frünn' un hewwen sihr vele vergnäugte Stunnen un Dag' mit veel Äwermaud un Blödsinn verlewt. Dorbi was Emil de Andriewer un Vörmaker, un hei hadd dortau ok en ganz Deil Äwung von de Schaul mitbröcht, wil hei in 'ne verbaden Verbinnung Mitglied west is. Hei was dorüm ok uns' irst Chargierte un makte de ganze Gesellschaft mobil; was hei nich bigäng, denn was nicks los; ahn sinen Humor un sinen anslägschen Kopp kem kein Tog in de Kolonn'; von sine Läuschen un Leder heww ick hüt noch weck in mine Erinnerung. Dat giwwt ja af un an Minschen, dei von unsen Herrgott dat Talent mitkregen hewwen, allens üm sick lebennig un vergnäugt tau maken; äwerall bringen sei de Unnerhollung in Swung, in de Fomilje, in den Danzsaal, up den Kommers ore up de Austköst; sei weiten mit jede Ort Lüd' ümtaugahn, egal, wat dat Dirns ore Frugens ore Mannslüd' sind; wenn anner Minschen noch stahn, de Hänn' wringen un äwerleggen, wat sei seggen sälen, sünd sei all middenmang un maken Hallo. Sone Minschen sind en Sünnenschin för ehre Ümgewung. Un Emil Althoff was för uns son Sünnenschin. Dortau kem noch, dat hei naug Geld hadd, üm allens mittaumaken, un so lewte hei immer kandidel in dulci jubilo un wi mit em, besonners ick un de lütte Medizinmann Taubner. Wi drei hackten tausam as de Kletten, an den Middagsdisch, an de Kneiptafel, up de Bauden seten wi tausam un makten unsen Jokus; wi drangsalierten de annern mit Bierdrinken un Büden.

Dat bröcht' Emil up enen Gedanken; hei makt' uns den

2. Emil als Student

Ein halbes Jahr danach fing ich als tolpatschiger, unheimlich unbedarfter Anfänger mein Leben in der Landsmannschaft an, in der Emil Althof aktiv war und mich unter seine Fittiche nahm. Wir wurden Freunde und haben sehr viele vergnügte Stunden und Tage mit viel Übermut und Blödsinn verlebt. Dabei war Emil der Antreiber und hatte dazu auch einen ganz Teil Übung von der Schule mitgebracht, weil er in einer verbotenen Verbindung Mitglied gewesen ist. Er war darum auch unser erster Vorstand und machte die ganze Gesellschaft mobil; wenn er nicht mit anpackte, dann war nichts los; ohne seinen Humor und seinen schlauen Kopf kam kein Zug in die Kolonne; von seinen Geschichten und Liedern habe ich heute noch welche in meiner Erinnerung. Es gibt ja ab und an Menschen, die von unserem Herrgott das Talent mitbekommen haben, alles um sich herum lebendig und vergnügt zu machen; überall bringen sie die Unterhaltung in Schwung, in der Familie, auf dem Tanzsaal, auf einem Trinkabend oder dem Erntefest; sie wissen mit jeder Art von Leuten umzugehen, egal, was es für Mädchen, Frauen oder Männer sind; wenn andere Menschen noch stehen, die Hände ringen und überlegen, was sie sagen sollen, sind sie schon mittendrin und machen Hallo. Solche Menschen sind ein Sonnenschein für ihre Umgebung. Und Emil Althof war für uns so ein Sonnenschein. Dazu kam noch, dass er genug Geld hatte, um alles mitzumachen, und so lebte er immer vergnügt in dulci jubilo und wir mit ihm, besonders ich und der kleine Medizinmann Taubner. Wir drei hackten zusammen wie die Kletten; am Mittagstisch, an der Kneipentafel, auf den Buden saßen wir zusammen und machten unseren Spaß; wir drangsalierten die anderen mit Biertrinken, neckten und ärgerten sie.

Das brachte Emil auf einen Gedanken; er machte uns den

Vörslag, in uns Lansmannschaft enen Klub uptaumaken, dei sick dörch strammes Drinken un dristes Mulwark utteiken sall. Is gaud, säden wi, du bist Vörsitter; woans sall de Klub heiten? De ein säd dit, der anner dat, bet wi up den nich grad bescheidenen Namen „Klub der Geistreichen oder der genial Unverschämten" afkemen. Bi de negste Kneiptafel müßt Emil nu bekannt maken, dat wi drei uns konstituwirt hadden, wat wi wullen, wekker dortau gehürt un den Vörsitt hett. Denn güng dat Theater los; wi manövrieren so, dat wi jeden Versäuk, uns dörch Redensorten tau äwerdümpeln, dörch Bier dalslögen; wi drünken den Kumpan drei Ganze vör; doran hadd hei naug tau kauen un let uns taufreden. Midderwil läten wi sone Andüdung fallen, dat wi nich afgeneigt wiren, enen Vierten uptaunemen, un bald segen wi, dat de oll Pharmazeut Otto Z. sick meist in unse Neeg' setten deed un sick bannige Mäuh gew, dörch forsches Drinken un dämliche Witze uns' Ogen up sick tau lenken. Ick sprök denn achter de Hand, äwer so, dat hei't hüren künn, tau Emil räwer: „Scheint sich zu eignen, nicht übel", un hei würd noch iwriger. Eigentlich was hei gor nich „geeignet", wil hei en Stammerbuck was, äwer uns kettelte de Utsicht up enen gauden Ulk bi de Upnam, un ick kreg den Uptrag, em tau seggen, wenn hei girn wull, künn hei tau uns kamen, äwer nich ahn schriftliche un mündliche Prüfung. Hei was inverstahn, bedankt sick vör de Ihr un versprök, tau den Termin sick intaustellen. Somit hadden wi em; nu bröchten wi drei Fragen tau Poppir, dei hei in acht Dag' beantwurden un inreiken süll mit de Versäkerung up Ihrenwurd, dat hei dat ahn frömd' Hülp makt hett: 1. Wie unterscheidet sich der Student von dem Philister? 2. Wer war größer, Alexander oder Cäsar? 3. Wie oft darf sich der Student besaufen? Dise

Vorschlag, in unserer Landsmannschaft einen Klub zu gründen, der sich durch strammes Trinken und freches Mundwerk auszeichnen soll. Ist gut, sagten wir, du bist Vorsitzender; wie soll der Klub heißen? Der eine sagte dies, der andere das, bis wir uns auf den nicht gerade bescheidenen Namen „Klub der Geistreichen oder der genial Unverschämten" einigten. Auf der nächsten Kneiptafel musste Emil nun bekannt machen, dass wir drei uns konstituiert hatten, was wir wollten, wer dazu gehörte und den Vorsitz hatte. Dann ging das Theater los; wir manövrierten so, dass wir jeden Versuch, uns durch Redensarten unterzukriegen, durch Bier niederschlugen; wir tranken dem Kumpan drei Ganze vor; daran hatte er genug zu kauen und ließ uns zufrieden. Mittlerweile ließen wir die Andeutung fallen, dass wir nicht abgeneigt wären, einen Vierten aufzunehmen, und bald sahen wir, dass der alte Pharmazeut Otto Z. sich meist in unsere Nähe setzte und sich große Mühe gab, durch forsches Trinken und dämliche Witze unsere Augen auf sich zu lenken. Ich sprach dann hinter vorgehaltener Hand, aber so, dass er es hören konnte, zu Emil rüber: „Scheint sich zu eignen, nicht übel", und er wurde noch eifriger. Eigentlich war er gar nicht „geeignet", weil er ein Stotterer war, aber uns kitzelte die Aussicht auf einen guten Ulk bei der Aufnahme, und ich bekam den Auftrag, ihm zu sagen, wenn er gern wolle, könne er zu uns kommen, aber nicht ohne schriftliche und mündliche Prüfung. Er war einverstanden, bedankte sich für die Ehre und versprach, sich zum Termin einzustellen. Somit hatten wir ihn; nun brachten wir drei Fragen zu Papier, die er in acht Tagen beantworten und einreichen sollte mit der Versicherung auf Ehrenwort, dass er es ohne fremde Hilfe gemacht hätte: 1. Wie unterscheidet sich der Student vom Philister? 2. Wer war größer, Alexander oder Cäsar? 3. Wie oft darf sich der Student besaufen? Diese geistriken Fragen makten em Koppterbreken; wi segen em deipsinnig sitten un grüweln, hei nem de Sak sihr irnsthaft, un dat makte uns' Freud' up dat, wat Dingsdag Nachmiddag Klock drei vör sick gahn süll, noch gröter. Wi sitten denn ok parat achter den langen Disch, fierlich, stief un bramsig as 'ne Gerichtskommischon, dei enen gemeinen Verbreker afurdeilen sall. Otto Z. kümmt, makt sine Rewerenz un giwwt Emiln dat Poppier; dorbi sprekt hei bewerig un stammert duller as süs. Emil steiht up un seggt: „Bevor wir in die Verhandlung eintreten, muß ich den Examinandus darauf aufmerksam machen, daß wir hier mit trockenem Mund sitzen." Otto springt as 'n Hirsch nah den Klingeltog un bestellt drei Schnitt Bier; denn möt hei aftreden. Wat hei tauhopschrewen hett, weit ick nich mihr, dat Schriftstück is verluren gahn, blot dat dat luter Quatsch west is, kann ick betügen. Emil verkünnigt em dat Urdeil von den hogen Gerichtshof. „Lieber Otto, du siehst, daß unsere Gläser leer sind; (hei let sei füllen). Deine Antworten sind leider mangelhaft (hei ward ganz käsig utseihn), bei Frage 1 hast du den Hauptunterschied nicht erkannt, daß der Student sich vom Philister unterscheidet, wie das Säugetier vom Frosch. Die Antwort zu 2 konnte nur lauten „alle Beide", zu 3 hättest du sagen müssen: möglichst oft. Aber wir hoffen, wenn wir neues Bier haben werden (de Kellner bringt uns den drüdden Schnitt), daß du dich mündlich herauspauken wirst." Wat Emil em denn fragt un wat hei taurechtstamert hett, heww ick vergeten; dat was äwer son Unsinn, dat wi Mäuh hadden, unse ihrbare Hollung tau bewohren. Hei ward nu „bei milder Beurteilung" upnamen un dörf mit Handslag un Graddelatschon bi uns sick hensetten. Dortau möt hei wedder Bier kamen laten. Up dise Ort kemen wi drei in sonen lütten dunen Swung, un Otto kem sick vör, as hadd hei sin geistreichen Fragen machten ihm Kopfzerbrechen; wir sahen ihn tiefsinnig sitzen und grübeln, er nahm die Sache sehr ernst, und das machte unsere Freude auf das, was Dienstagnachmittag um drei Uhr vor sich gehen sollte, noch größer. Wir sitzen dann auch hinter dem langen Tisch, feierlich, steif und aufgeregt wie eine Gerichtskommission, die einen gemeinen Verbrecher aburteilen soll. Otto Z. kommt, begrüßt uns und gibt Emil das Papier; dabei spricht er zittrig und stottert doller als sonst. Emil steht auf und sagt: „Bevor wir in die Verhandlung eintreten, muss ich den Prüfling darauf aufmerksam machen, dass wir hier mit trockenem Mund sitzen." Otto springt wie ein Hirsch zur Klingel und bestellt drei Bier; dann musste er abtreten. Was er zusammengeschrieben hat, weiß ich nicht mehr, das Schriftstück ist verloren gegangen, bloß dass es lauter Quatsch gewesen ist, kann ich bezeugen. Emil verkündet ihm das Urteil vom hohen Gerichtshof: „Lieber Otto, du siehst, dass unsere Gläser leer sind (er lässt sie füllen). Deine Antworten sind leider mangelhaft (er wurde ganz blass), bei Frage 1 hast du den Hauptunterschied nicht erkannt, dass der Student sich vom Philister unterscheidet, wie das Säugetier vom Frosch. Die Antwort zu 2 konnte nur lauten ‚alle beide', zu 3 hättest du sagen müssen ‚möglichst oft'. Aber wir hoffen, wenn wir neues Bier haben werden (der Kellner bringt uns die dritte Lage), dass du dich mündlich bewähren wirst." Was Emil ihn dann fragt und was er zurechtgestottert hat, habe ich vergessen; es war aber so ein Unsinn, dass wir Mühe hatten, unsere ehrbare Haltung zu bewahren. Er wurde nun „bei milder Beurteilung" aufgenommen und durfte sich mit Handschlag und Gratulation zu uns setzen. Dazu musste er wieder Bier kommen lassen. Auf diese Art kamen wir drei zu einem kleinen Schwips, und Otto kam sich vor, als hätte er sein

Staatsexamen bestahn ore den irsten Pries in't Wettrennen gewunnen.

Ick smet nu de Frag up: Wat maken wi nu? Wi möten doch wat dauhn, wat tau son grotes Fest passen deid. Uns' Emil wüßt wat Gaudes. „Wir spielen das gemütliche, unterhaltende und lehrreiche Quodlibet." Dat is en Kortenspill för vier Speelers, dei mit Supen un Singsang von infamig dütliche Riemels vele Stunnen lang ehren Ulk hewwen, am mihrsten tauletzt, wenn't an't Betahlen geiht, wil ümmer dei den ganzen Kitt betahlen möt, dei nicks dorvon versteiht; dat ward mit Fixigkeit so berekent, un dat verstünn Emil utgeteikent. As Vadding – so näumten wi unsen Gastwirt Kräuger in de Fischstrat – Otto Z. de Reknung vörleggt: säbentig Schnitt Bier, sößtein Kurn, acht Bottings un twintig Ziehgarn, dunn seggt hei: „Ja, ja, nee, nee, a–a–ber K–K–Quodlibet s–s–spiel ich nicht öfter."

Dise Nachmiddag was en Glanzpunkt in mine Studententid; sovel Vergnäugen up enen Hümpel verlewt de Minsch nich oft. Otto Z. hett, as wi dat vörutsegen, uns wenig Ihr makt, sine Witze wiren unner Dörchschnitt un meist upgesnapte Redensarten.

3. De Schatten

Bi all dit lustige Lewen lagg äwer up Emil Althoffen sin Gemäud en Schatten; woher dei kam, kregen wi irst rut, as twei Vöß bi uns intreden, dei ok ut Blasebalg wiren. Sei vertellten, dat sine Mudder de Dochter von enen Murer was, dei sick mit Snideri ehr Brot verdeint; sei hadd gaude Kunnschaft, ok up de Gäuder bet nah Mekelborg hen, un dor fünn de Sähn von den riken Grafen v. P. Gefallen an ehr. As hei nahst in Blasebalg Kavallrioffzier was, kam hei ehr neger, un ut de Leiwschaft würd en lüttes Malür, un dit

Staatsexamen bestanden oder den ersten Preis im Wettrennen gewonnen.
Ich warf nun die Frage auf: „Was machen wir nun? Wir müssen doch etwas tun, was zu so einem großen Fest passt." Unser Emil wusste etwas Gutes: „Wir spielen das gemütliche, unterhaltende und lehrreiche Quodlibet." Das ist ein Kartenspiel für vier Spieler, die mit Saufen und Gesang anstößiger Lieder viele Stunden lang ihren Spaß haben, am meisten zuletzt, wenn es ans Bezahlen geht, weil immer der den ganzen Kitt bezahlen muss, der nichts davon versteht; das wurde mit einer Geschwindigkeit so berechnet, und das verstand Emil ausgezeichnet. Als Vadding – so nannten wir unseren Gastwirt Krüger in der Fischstraße – Otto Z. die Rechnung vorlegte: siebzig Bier, sechzehn Korn, acht Butterbrote und zwanzig Zigarren, da sagte er: „Ja, ja, nee, nee, a–a–ber K–K–Quodlibet s–s–spiele ich nicht öfter."
Dieser Nachmittag war ein Glanzpunkt in meiner Studentenzeit; so viel Vergnügen auf einen Haufen erlebt der Mensch nicht oft. Otto Z. hat, wie wir vorhersagten, uns wenig Ehre gemacht, seine Witze waren unter Durchschnitt und meist aufgeschnappte Redensarten.

3. Der Schatten
Bei all diesem lustigen Leben lag aber auf Emil Althoffs Gemüt ein Schatten; woher der kam, bekamen wir erst raus, als zwei junge Studenten bei uns eintraten, die auch aus Blasebalg waren. Sie erzählten, das seine Mutter die Tochter eines Maurers war, die sich mit Schneiderei ihr Brot verdiente; sie hatte gute Kundschaft, auch auf den Gütern bis nach Mecklenburg hin, und da fand der Sohn des reichen Grafen v. P. Gefallen an ihr. Als er später in Blasebalg Kavallerieoffizier war, kam er ihr näher, und aus der Liebschaft wurde ein kleines Malheur, und dieses

Malür was en lütten Jung, dei keinen rechten Vadder hatt. De Herr Graf hett ja riklich Geld gewen, dat Emil wat lihren künn, äwer tau sin Glück hett dat wol nich henlangt. Emil hett mit de Tid doch wol rutmarkt, woans dat stünn mit sin Mudding, un wenn wi ok doran kenen Anstot nammen, em sülwst möt dat dunn all quält hewwen; wi künnen männigmal nich begripen, dat hei up den Plutz midden in lustige Gesellschaft nachdenklich un irnst würd un sick denn twei bet drei Dag' nich seihn let. Dat möt em noch mihr bedrückt hewwen, as hei ut uns' harmlose Gesellschaft rintreckt was in dat Philisterium; hei hadd sine Exams taun Rewrendor un Akzessor tau rechte Tid makt. Ick besöcht' em eins, as hei tau Hus was und bi de schriftlichen Arbeiten set. Hei was verlegen, solang wi in de lütte Wahnung bi sin Mudding wiren, un daugt' irst up, as hei mi in en Gasthus rinlotst hadd. Sine Rewrendortid makte hei in Anklam af, un dor hett hei, dat hewwen mi de Lüd' vertellt, as ick dor an't Gymnasium Kannedat un Lihrer würd, dat dull drewen mit Supen un Schullenmaken. Ick heww em nich wedderseihn, uns' Weg' güngen utenanner; ick hürt blot, dat hei Akzessor un Amtsrichter west is in Polschow un Pagelun, bet ick in en Stettiner Zeitung lest „E. Althof, Amtsrichter a. D. erteilt Rat in Rechtsfragen usw." Wo heww ick mi verfirt un bedröwt! Min oll fidel un begawt Fründ möt so sin Lewen besluten? Wo is dat einmal mäglich! Wat hett di sowit dalbröcht, oll Jung? Is dat de Düwel Alkohol west, hett de Schatten din Lewen so verdüstert, dat du den rechten Weg verlurn hest? Up all dise Fragen fünn ick blod de Antwurt: dat hei unihrlich burn wir, dat was de Schatten, dei em verfolgt, dei up sinen Harten legen un em ut de Gesellschaft von sine Standsgenossen verdrewen hett. Wat hei

Malheur war ein kleiner Junge, der keinen richtigen Vater hatte. Der Herr Graf hat ja reichlich Geld gegeben, damit Emil etwas lernen konnte, aber zu seinem Glück hat das wohl nicht gelangt. Emil hatte mit der Zeit mitbekommen, wie es um seine Mutter stand, und wenn wir auch keinen Anstoß daran nahmen, ihn selbst muss es damals gequält haben; wir konnten manchmal nicht begreifen, dass er plötzlich mitten in lustiger Gesellschaft nachdenklich und ernst wurde und sich dann zwei, drei Tage nicht sehen ließ. Es muss ihn noch mehr bedrückt haben, als er aus unserer harmlosen Gesellschaft in das Berufsleben gewechselt war; er hat seine Examen zum Referendar und Akzessor zur rechten Zeit gemacht. Ich besuchte ihn eines Tages, als er zu Hause war und über den schriftlichen Arbeiten saß. Er war verlegen, solange wir in der kleinen Wohnung bei seiner Mutter waren und taute erst auf, als er mich in ein Gasthaus gelotst hatte. Seine Referendarzeit machte er in Anklam ab, und da hat er, das haben mir die Leute erzählt als ich dort am Gymasium Kandidat und Lehrer wurde, es doll getrieben mit Saufen und Schuldenmachen. Ich habe ihn nicht wiedergesehen, unsere Wege gingen auseinander; ich hörte bloß, dass er Akzessor und Amtsrichter gewesen ist in Polschow und Pagelun, bis ich in einer Stettiner Zeitung las „E. Althof, Amtsrichter a. D. erteilt Rat in Rechtssachen" usw. Wie habe ich mich erschrocken und war betrübt! Mein alter fideler und begabter Freund muss sein Leben so beschließen? Wie ist es möglich! Was hat dich so tief fallen lassen, alter Junge? Ist es der Teufel Alkohol gewesen, hat der Schatten dein Leben so verdüstert, dass du vom rechten Weg abgekommen bist? Auf all diese Fragen fand ich nur die Antwort, dass er unehelich geboren war, das war der Schatten, der ihn verfolgte, der auf seinem Herzen gelegen und ihn aus der Gesellschaft seiner Standesgenossen vertrieben hat. Was er dat Meist' dorvon sick blot inbillt, wat hei glöwt hett, sei hollen em nich för glikberechtigt un kiken em äwer de Schuller an, as enen, den en Makel anhackt, ore wat em son Lorbaß von Philister warraftig eins sine Afstammung vörhollen hett, dat hett hei keinen anvertrugt. Mäglich is't, dat em 'ne Verlawung mir ene Dirn ut gaude Familje hadd redden künnt; äwer hei hett dat wol nich wagt ore hei hett enen Korw kregen. Ick kann mi nich anners verkloren, dat hei Dag för Dag in de Gasthüs' set un sine Gedanken dörch Alkohol dalstöten deed, bet hei verkamen is.

4. De Unnergang

Nach sinen Dod, hei is vör twintig Johr storwen, hew ick rutkregen, up wekke Wis' „Schuld und Schicksal" an sinen Unnergang arbeit't hewwen. Bi ene Festtafel hadd ick minen Platz neben enen Rechnungsrat Lobek, dei allerhand spaßige Erlewnisse ut sine Amtstid as Gerichtssekletär in Vör- un Achterpommern vertellte, besonners ut de lütte Stadt Polschow. Dorbi föl mi furts Fründ Althof in, un ick frög em, tau wekke Tid hei in Polschow west is un wat hei Emil Althof kennt hett. Ja, säd hei, sihr gaud kenn ick den, un nu vertellt hei mi 'n ganzen Stremel, un ick heww sihr upmarksam tauhürt; ick fäuhlt glik rut, dat Lobek ok vel von Emil Althof hollen un em bedurt hett.

Eines Abends sitt Lobek in dat Gasthus „Blücherhof" bi't Abendeten, dunn hürt hei, dat en frömden Herr, dei mit de Postkutsch ankamen is, den Kellner frögt, wat hei den Gerichtssekletär spreken künn. De Kellner bringt em ran, hei stellt sick vör „Amtsrichter Althof" un seggt: „Was trinken Sie da? Mosel? Trinken Sie nicht diesen Surius, besser ist sich davon bloß eingebildete, was er geglaubt hat, sie halten ihn nicht für gleichberechtigt und sehen ihn über die Schulter an wie einen, dem ein Makel anhaftet, oder das ihm so ein Lümmel von Philister seine Abstammung vorgehalten hat, das hat er keinem anvertraut. Möglich ist, dass ihn die Verlobung mit einem Mädchen aus guter Familie hätte retten können; aber er hat es wohl nicht gewagt oder er hat einen Korb bekommen. Ich kann es mir nicht anders erklären, als dass er Tag für Tag in den Gasthäusern saß und seine Gedanken mit Alkohol niederhielt, bis er verkommen war.

4. Der Untergang

Nach seinem Tod, er ist vor zwanzig Jahren gestorben, habe ich herausbekommen, auf welche Weise „Schuld und Schicksal" an seinem Untergang gearbeitet haben. Bei einer Festtafel hatte ich meinen Platz neben einem Rechnungsrat Lobek, der einige spaßige Erlebnisse aus seiner Amtszeit als Gerichtssekretär in Vor- und Hinterpommern erzählte, besonders aus der kleinen Stadt Polschow. Dabei fiel mir sofort Freund Althof ein, und ich fragte ihn, zu welcher Zeit er in Polschow gewesen ist und ob er Emil Althof gekannt hat. Ja, sagte er, sehr gut kenne ich den, und nun erzählte er mir sehr viel von ihm, und ich habe sehr aufmerksam zugehört; ich fühlte gleich raus, dass Lobek auch viel von Emil Althof gehalten und ihn bedauert hat.

Eines Abends sitzt Lobek im Gasthaus „Blücherhof" beim Abendessen, da hört er, dass ein fremder Herr, der mit der Postkutsche angekommen ist, den Kellner fragt, ob er den Gerichtssekretär sprechen könne. Der Kellner bringt ihn ran, er stellt sich als Amtsrichter Athof vor und sagt: „Trinken Sie nicht diesen Surius (verächtlich für sauren Wein, besonders Moselwein, d. Hrsg.), besser ist ein wärmender Schnabus oder ein Glas Rotspohn. Kellner, schleifen Sie eine Flasche Schatoh heran und einen guten Likör." Sei spraken denn dat Amtliche un Nichtamtliche von Polschow dörch „zur Information des neuen Richters" un verlöten dat gaude Verhältnis mit vel Win un Bramwin. Sei wahnen beid as Junggesellen in den Blücherhof, eten un drinken tausam, un för dat Drinken sorgt Emil Althof. An de Gasthüs' kamen sei nich vörbi. Wo süllen sei in de lütte Stadt ahn Iserbahn ok hen? Wi känen dat de jungen Lüd' nich äwelnemen, blot Emil äwerdrew dat.

En Dag ut sin Lewen in Polschow verlep so: Taum Kaffee drünk hei 'ne halw Buddel Sherri, nah enen lütten Spaziergang von teihn Minuten güng hei vör Anker bei den „Konsul von Transvaal", so näumten sei den Kopmann L., dei ok Bier un Win utschenken deed; unner fief Glas Bier un ebensovel Brumbi deed Emil dat nich. Tau Middag nahm hei 'ne Buddel Win tau Bost un speelte nahst mit Lobeken un de Reisenden enen Kaffeeskat, den hei meist verlur, wil hei immertau vertellte un allerlei Rupen in den Kopp hadd. Wenn hei utslapen hadd, güng hei nah de Kegelbahn un göt sovel Bier un Snaps in den Liew, dat hei von den Staul föl. Denn slöp hei enen Striemel, et tau Abend un set denn bet in de deipe Nacht. Af un an güng hei tau Termin ore Unnerschriften up't Gericht. Hadden sick de Restakten tau sihr ansammelt, denn arbeit't hei den ganzen Krempel in enen Dag up, un hei was 'n fixen Arbeiter. Nahst müßt hei sick dorvon verhalen un sick belohnen mit vel Alkohol. Ut de dunen Taustand kem hei nich oft rut, ut de Schullen ok nich. Hei schrew alle Johr enen Breiw an sin Mudding, un dei wedder an den Grafen. Was dat Geld ankamen, denn was Emil wedder baben up un säd tau ein wärmender Schnaps oder ein Glas Rotspohn. Kellner, schleifen Sie eine Flasche Chateau heran und einen guten Likör." Sie sprachen dann das Amtliche und Nichtamtliche von Polschow durch „zur Information des neuen Richters" und verfestigten das gute Verhältnis mit viel Wein und Branntwein. Sie wohnen beide als Junggesellen im Blücherhof, essen und trinken zusammen, und für das Trinken sorgt Emil Althof. An den Gasthäusern kommen sie nicht vorbei. Wo sollen sie in der kleinen Stadt ohne Eisenbahn auch hin? Wir können es den jungen Leuten nicht übelnehmen, bloß Emil übertrieb es.

Ein Tag in seinem Leben in Polschow verlief so: Zum Kaffee trank er eine halbe Flasche Sherri, nach einem kleinen Spaziergang von zehn Minuten ging er vor Anker bei dem „Konsul von Transvaal", so nannten sie den Kaufmann L., der auch Bier und Wein ausschenkte; unter fünf Glas und ebenso viel Brumby (brauner Likör mit Zucker und Gewürzen, d. Hrsg.) tat Emil es nicht. Zu Mittag nahm er eine Flasche Wein zur Brust und spielte danach mit Lobek und den Reisenden einen Kaffeeskat, den er meist verlor, weil er immerzu erzählte und Gedanken durch seinen Kopf gingen. Wenn er ausgeschlafen hatte, ging er zur Kegelbahn und goss soviel Bier und Schnaps in den Leib, dass er vom Stuhl fiel. Dann schlief er sich was aus, aß zu Abend und saß dann bis in die tiefe Nacht. Ab und an ging er wegen Termin oder Unterschrift zum Gericht. Hatten sich die Restakten zu sehr angesammelt, dann arbeitete er den ganzen Krempel in einem Tag auf, und er war ein schneller Arbeiter. Danach musste er sich erholen und sich belohnen mit viel Alkohol. Aus dem trunkenen Zustand kam er nicht oft raus, aus den Schulden auch nicht. Er schrieb alle Jahre einen Brief an seine Mutter, und die wieder an den Grafen. War das Geld angekommen, dann war Emil wieder obenauf und sagte zu

Lobeken: „Nun haben wir wieder Moses und die Propheten. Kellner, die Weinkarte!" Sihr kandidel wiren sei, wenn sei taum Lokaltermin up dat Land führen müßten. Nah dat Amtliche kem dat Gemäudliche; sei kutschirten von Dörp tau Dörp, von Kraug tau Kraug, bet de Diäten all wiren, un wat sei mihr utgewen, dat betahlt de Amtsrichter.

As Stuwendirn deint in den Blücherhof Marie Schult; sei was 'ne smucke Dirn von Johrener twintig, un Emil seg ok nich slicht ut; ut den Weg gahn können sei sick nich, un son beten jökeln un scharmieren deed hei gor tau girn; hei spaßt mit ehr, hei strakt sei äwer un giwwt ehr enen Säuten, un sei mücht em ok liden un strüwt sick nich. Dat durt sine Tid, bet eines Dags Mariing em tau Liew güng wegen Frigeratschon; sei höl em bi de Slafittken. Wat nu? Hei äwerleggt de Sak; sall hei de Dirn in Schimp un Schann sitten laten? Nee, dortau was hei tau ihrenhaft un dacht ok an sin eigen Malür; hei wull gaud maken, wat sine Öllern an em sünnigt hadden, un sin Kind enen ihrlichen Namen gewen. Hei reist nah Stettin un stellt sinen Präsidenten de Angelegenheit vör. Dei lawt em wegen sine Afsicht, sick tau verfrigen, künnigt em äwer an, dat hei em wegen diese unpäßliche Heirat, ok wegen „dienstliche Bedenken" versetten möt. Emil kümmt taurügg; de Hochtid ward fiert un nahst bald de Kinnelbier, un denn treckt hei nah Pagelun. Äwer wat hülp dat all? Mit sin Mariing un ehre Billung künn hei nahrens bestahn; un wat in Polschow passirt wir, würd in Pagelun bekannt; dat hewwen „gaude" Minschen dorhen schrewen.

Emil let dat Supen nich nah, un as hei in sine Besapenheit gotteslästerliche Würd' gegen Kark un Preister säd, würd hei nah baben hen verklagt un mit halwe Pangsion

Lobek: „Nun haben wir wieder Moses und die Propheten. Kellner, die Weinkarte!" Sehr vergnügt waren sie, wenn sie zum Lokaltermin aufs Land fahren mussten. Nach dem Amtlichen kam das Gemütliche, sie kutschierten von Dorf zu Dorf, von Krug zu Krug, bis die Diäten alle waren, und was sie darüber hinaus ausgaben, bezahlte der Amtsrichter.

Als Stubenmädchen diente im „Blücherhof" Marie Schult; sie war ein schmuckes Mädchen von zwanzig Jahren, und Emil sah auch nicht schlecht aus; aus dem Weg gehen konnten sie sich nicht, und so ein bisschen Spaß machen und charmieren tat er gar zu gern; er spaßte mit ihr, er streichelt sie und gibt ihr einen Kuss, und sie kann ihn auch leiden und sträubt sich nicht. Es dauert seine Zeit, bis Marie ihm eines Tages zu Leibe ging wegen Heiraten; sie packte ihn am Schlafittchen. Was nun? Er überlegte die Sache; sollte er das Mädchen in Schimpf und Schande sitzen lassen? Nein, dazu war er zu ehrenhaft und dachte auch an sein eigenes Malheur; er wollte gutmachen, was seine Eltern an ihm gesündigt hatten, und seinem Kind einen ehrlichen Namen geben. Er reist nach Stettin und stellt seinem Präsidenten die Angelegenheit vor. Der lobt ihn wegen seiner Absicht, zu heiraten, kündigt ihm aber an, dass er ihn wegen dieser unpasslichen Heirat, auch wegen „dienstlicher Bedenken" versetzen muss. Emil kommt zurück; die Hochzeit wird gefeiert und danach bald die Kindstaufe, und dann zieht er nach Pagelun. Aber was half das alles? Mit seiner Marie und ihrer Bildung konnte er nirgends bestehen; und was in Polschow passiert war, wurde in Pagelun bekannt; das haben „gute" Menschen dorthin geschrieben.

Emil ließ das Saufen nicht, und als er in seinem Suff gotteslästerliche Worte gegen Kirche und Priester sagte, wurde er nach oben hin verklagt und mit halber Pension in afdankt. Dunn treckt hei mit Fru un drei Kinner nah Stettin as Linksanwalt.

Sine Fomilje blew nah sinen Dod in Not un Elend sitten; de Kinner wiren schier wussen un anseihnlich von Gesicht, de öllst', sei heit Emming, föl up mit ehr kastanjenbrunes, welliges Hor, ehre brunen Rehogen un ehre zarten Farwen. De Kirls keken sick nah ehr üm un güngen ehr nah. Up enen Utflug in de Bäukheid' bi Finkenwalde makt sick en Herr, nich tau olt un nich tau jung, mit de Fomilje Althof bekannt; hei wir ut Berlin, will sick den schönen Wald anseihn un mücht sick ansluten. Sei ströpen mit em rüm, un hei giwwt nahst den Kaffee taum besten. Hei unnerhölt sick meist mit Emming un söcht ehr de grötsten Stücken Kauken ut. Bi den Afscheid fröggt hei, wo sei wahnen, un hei mücht sei besäuken. Na, kort un gaud, dat kümmt tau'r Verlawung un Hochtid; hei hett allens betahlt, un dat künn hei as riken Architekt; Mudder Althof un Kinner treckten mit nah Berlin.

Vör twei Johr bin ick mit Fründ Lobek nah Polschow führt, un as wi dor up den lütten Marcht stünnen, un hei mi de Stuw wist, wo Emil Althof wahnt hett, up de anner Sid den „Konsul von Transvaal" un nah links dat Rathus un Gericht, dunn würd mi sihr wehmäudig, un ick säd tau Lobeken: „Ick kann minen gauden Emil nich vergeten, ick verdank em tauv eel lustige Stunnen, hei was en Sünnenminsch mit sin Lachen, sinen Humor un sine Unnerhollung. Schad üm den anstännigen un klauken Mann, dat hei so tau Grunn' gahn is. Wovel dortau dat Schicksal un de „leiwen" Mitminschen, up de anner Sid sine eigne Swackheit bidragen hett, dat känen wi nich faststellen. Wi möten uns äwer häuden, up em enen Stein tau smiten, ahn in sinen Harten tau lesen."

Ruhestand geschickt. Dann zog er mit Frau und drei Kindern nach Stettin als Linksanwalt.

Seine Familie blieb nach seinem Tod in Not und Elend sitzen; die Kinder waren gut gewachsen und ansehnlich, die Älteste, sie heißt Emma, fiel auf mit ihrem kastanienbraunen, welligen Haar, ihren braunen Rehaugen und ihrer zarten Farben. Die Männer sahen sich nach ihr um und gingen ihr nach. Auf einem Ausflug in die Buchheide bei Finkenwalde machte sich ein Herr, nicht zu alt und nicht zu jung, mit der Familie Althof bekannt; er war aus Berlin, will sich den schönen Wald ansehen und mochte sich anschließen. Sie streifen mit ihm umher, und er spendiert danach den Kaffee. Er unterhält sich meist mit Emma und suchte ihr die größten Stücke Kuchen aus. Zum Abschied fragt er, wo sie wohnen, und er möchte sie besuchen. Na, kurz und gut, es kommt zur Verlobung und Hochzeit; er hat alles bezahlt, und das konnte er als reicher Architekt; Mutter Althof und Kinder zogen mit nach Berlin.

Vor zwei Jahren bin ich mit Freund Lobek nach Polschow gefahren, und als wir dort auf dem kleinen Marktplatz standen und er mir die Stube zeigte, wo Emil Althof gewohnt hat, auf der anderen Seite den „Konsul von Transvaal" und links Rathaus und Gericht, da wurde mir sehr wehmütig, und ich sagte zu Lobek: „Ich kann meinen guten Emil nicht vergessen, ich verdanke ihm zu viele lustige Stunden, er war ein Sonnenmensch mit seinem Lachen, seinem Humor und seiner Unterhaltung. Schade um den anständigen und klugen Mann, dass er so zugrunde gegangen ist. Wie viel dazu das Schicksal und die „lieben" Mitmenschen, auf der anderen Seite seine eigene Schwachheit beigetragen hat, das können wir nicht feststellen. Wir müssen uns aber hüten, auf ihn einen Stein zu schmeißen, ohne in seinem Herzen zu lesen."

Uns' irste Deinstdirn

Harwst 1882 hadden wi uns verfrigt un in Anklam 'ne Wahnung von fief lütte Stuwen meid't. Tau sonen Husstand, dachten wi, mit soveel Stuwen un mit sone Herrschaft – wi wiren Oberlihrers – gehürt ok 'ne Deinstdirn. Den tweiten Oktober kem dat Wunnerdirt an, Martha ut Koserow, föfteihn Johr alt, frischgebacken von't Dörp in de Stadt, gänzlich unschüllig in Husarbeit un Kaken. „Dat schad't nich", säd min Emming, „ick ward sei nah mine Ansichten anlihren, dat sall mi Spaß maken."
„Na, denn man tau", säd ick, „un wenn sei eins upsternatsch is, kann ick di helpen, ick bin ja Schaulmeister un heww mine Method'."
Je ja, je ja, wat hülp de Geduld un Fründlichkeit von mine junge Fru, wat mine stramme Method' mit Dunnerweder un Mulschellen; Martha was uns äwer mit ehre Dammlichkeit un Dickfelligkeit, un dat Lohn von twölf Daler för't Johr was nich tau wenig, dat segen wi bald in.
Dat irst', wat wi ehr bibringen wullen, was de gaude Manier gegen uns un unsen Besäuk. „Warden wi di raupen, denn seggst du, Herr Oberlihrer ore Fru Oberlihrer. Kümmt Besäuk, denn heit dat „Wen darf ich melden?" Sei het dat nich lihrt, sei säd ejal tau uns Herr Oberleder, Fru Oberleder, un wenn wi repen, antwurt't sei „ja". Enen Nahmiddag rep mine Fru von den Kaffeedisch nah de Käk, dei glik bian leg, Mar–tha, mit den Tonfall von e–c, un akke-rat so klüng dat taurügg. Ja–a. Wi müßten lachen äwer dise musikalische Begawung.
De Kollegen un anner Herrschaften, bi dei wi vörspraken hadden, besöchten uns meist Sündags wedder. As eins de letzten weggahn wiren, frög Martha: „Kamen hüt noch mihr Lüd', dei de

Unser erstes Dienstmädchen

Herbst 1882 hatten wir geheiratet und in Anklam eine Wohnung mit fünf kleinen Stuben gemietet. Zu so einem Haushalt, dachten wir, mit so viel Stuben und mit so einer Herrschaft – wir waren Oberlehrer – gehörte auch ein Dienstmädchen. Am zweiten Oktober kam das Wundertier an, Martha aus Koserow, fünfzehn Jahre alt, frischgebacken vom Dorf in die Stadt, gänzlich unerfahren in Hausarbeit und Kochen. „Das schadet nicht", sagte meine Emma, „ich werde sie nach meinen Ansichten anlernen, das soll mir Spaß machen."
„Na, dann man zu", sagte ich, „und wenn sie starrköpfig ist, kann ich dir helfen, ich bin ja Schulmeister und habe meine Methoden."
Je, ja, je ja, was half die Geduld und Freundlichkeit meiner jungen Frau, was meine stramme Methode mit Donnerwetter und Maulschellen. Martha war uns über mit ihrer Dämlichkeit und Dickfelligkeit, und der Lohn von zwölf Talern im Jahr war nicht zu wenig, das sahen wir bald ein.
Das erste, was ihr beibringen wollten, war die gute Manier gegenüber uns und unserem Besuch. „Wenn wir dich rufen, dann sagst du ‚Herr Oberlehrer oder Frau Oberlehrer'. Kommt Besuch, dann heißt es ‚Wen darf ich melden?' " Sie hat es nicht gelernt, sie sagte egal zu uns Herr Oberleder, Frau Oberleder, und wenn wir riefen, antwortete sie „ja". Eines Nachmittags rief meine Frau vom Kaffeetisch in die Küche, die gleich nebenan lag, Mar–tha, mit dem Tonfall von e–c, und akkurat so klang es zurück. Ja–a. Wir mussten lachen über diese musikalische Begabung.
Die Kollegen und andere Herrschaften, bei denen wir zu Besuch gewesen waren, besuchten uns meist sonntags wieder. Als eines Tages die letzten gegangen waren, fragte Martha: „Kommen heute noch mehr Leute, die sich die

nigen Möbel bekieken willen?" So ganz verkihrt was dise Frag' nich, en beten Niglichkeit spelt taum wenigsten bi de leiwen Frugens mit; ick heww wol seihn, dat en von de Dams uns' Dischdeck mang ehre Knäwel rew, üm tau präuwen, wat dat Plüsch ore Baumwoll wir. As en Junggesell uns nich tau Hus andrapen deed un sin Kort' afgew, säd Martha: „Sei sünd wol nich von hier?" Annermal klingelt dat, ick sitt an minen Schriewdisch, un de Dirn mellt bi apne Dören: „Herr Oberleder, dor steiht 'n Kirl up de Deel." Ick müßt glöwen, dat wir en Snurrer, un wekker was dort? Herr von Bugenhagen, dei mit mi äwer sinen Sähn Bernhard spräken wull. Ick müßt em man bidden, hei süllt nich äwelnehmen, de Dirn wir tau dwatsch.

Nu kümmt dat Malür mit den Kälwerbraden. Dei was tau Für bröcht, as wedder en Besäuk ankem. Mine Fru smet fixing de Käkenschört af un remst Martha in „Gaud uppassen! Nich anbrennen laten! Water taugeiten!" Wi sitten in de „gaude Stuw", de beiden Dams up dat Kanapee, wi Herrn jensid den Disch, achter uns de apen Dör nah de anner Stuw. Nah 'ne Wil föllt mi up, dat min Emming gar nich henhürt, wat de anner Dam fröggt, dat ehre brunen Ogen sonen bänglichen Utdruck kriegen, un dat sei af un an schüddelköppt. As sei mi nahst vertellt hett, is Martha tweimal an de Dör kamen un hett ehr tauwinkt. Äwer wegen de fine Manier blew sei sitten, un as de Besäuk weggeiht, snüffelt de Herr up de Deel in de Luft un seggt: „Hier brennt was." Kum sünd sei de Trepp hendal, dunn ritt Emming de Käkendör up. Wat wi tau seihn kregen, was nicks as Rok, ut den Rok hürten wi zischen un knastern un hausten, un ut den Kakpott sleit dat Für rut, de Braden brennt. Water löscht wol den Brand, äwer tau redden is dat Fleisch nich mihr.

neuen Möbel ansehen wollen?" So ganz verkehrt war diese Frage nicht, ein bisschen Neugier spielt jedenfalls bei den lieben Frauen mit; ich habe wohl gesehen, dass eine von den Damen unsere Tischdecke zwischen ihre Finger nahm, um zu prüfen, ob es Plüsch oder Baumwolle war. Als ein Junggeselle uns nicht zu Hause antraf und seine Karte abgab, sagte Martha: „Sie sind wohl nicht von hier?" Ein anderes mal klingelt es, ich sitze an meinem Schreibtisch, und das Mädchen meldet mir bei offenen Türen: „Herr Oberleder, da steht ein Kerl auf der Diele." Ich musste glauben, es wäre ein Bettler, und wer war dort? Herr von Bugenhagen, der mit mir über seinen Sohn Bernhard sprechen wollte. Ich musste ihn bitten, es nicht übel zu nehmen, das Mädchen wäre zu tölpelhaft.

Nun kommt das Malheur mit dem Kälberbraten. Der wurde zubereitet, als wieder Besuch kam. Mein Frau warf schnell die Küchenschürze ab und trichterte Martha ein „Gut aufpassen! Nicht anbrenne lassen! Wasser zugießen!" Wir sitzen in der „guten Stube", die beiden Damen auf dem Kanapee, wir Herren auf der anderen Seite vom Tisch, hinter uns die offene Tür zur anderen Stube. Nach einer Weile fällt mir auf, dass meine Emma gar nicht zuhört, was die andere Dame fragt, dass ihre braunen Augen eine ängstlichen Ausdruck bekommen, und dass sie ab und an den Kopf schüttelt. Wie sie mir später erzählte, ist Martha zweimal an die Tür gekommen und hat ihr zugewinkt. Aber wegen der guten Manieren blieb sie sitzen, und als der Besuch geht, schnüffelt der Herr auf der Diele in die Luft und sagt: „Hier brennt was". Kaum sind sie die Treppe hinunter, reißt Emma die Küchentür auf. Was wir sehen, ist nichts als Rauch, aus dem Rauch hörten wir zischen und knastern und husten, und aus dem Kochtopf schlagen die Flammen, der Braten brennt. Wasser löscht wohl den Brand, aber zu retten ist das Fleisch nicht mehr.

Emming rohrt, Martha haust, un ick will sei achter de Uhren haugen, äwer dortau kam ick nich. Dat bliwwt bi Utschellen un Bescheid seggen, sei sall dat nächst' Mal mellen, wowid dat mit den Braden is.

Dat hett Martha denn ok dahn. Wi sitten wedder so as vör acht Dag', dunn mellt sei „Fru Oberleder, nu sust hei!" Antwurt: Water tau! Kum is den Besäuk verklort, wat dit tau bedüden hett, dunn kümmt de tweite Mellung: Nu schriggt hei! un na ne Wil: Nu krischt hei! Nu is de Husfru nich mihr tau hollen; wat hier, wat dor Besäuk un Manier, de Geldbüdel is ehr neger, sei löppt rut, den Braden tau redden. Martha as Käksch uttaubillen, hett sei nu doch upgewen.

De Wäsch' is in jeden Husstand en grotes Ereignis, dat all lang vörher bespraken ward un för den Husherrn veel Verdreitlichkeit bringt; üm em ward sick nich so kümmert as süs, dat Eten is anners, un üm de Waschkäk geiht hei in groten Bagen rüm. In Anklam was de Upstand för Husfru un Dirns noch gröter, wil dise dat Water von de Peen' rupdrägen müßten. Twei Emmer mit blank geputzte Missingbesläg' hüngen an de Dracht, dei sei up de Schullern hadden; dortau 'ne witte Schört. Wat dat hüt noch so makt ward, weit ick nich; de Stadt mag ja wol Waterleitung hewwen. Nahst dat Späulen würd ok an de Peen' besorgt. Wil dat bi uns' irste Wäsch' November un kolles Weder was, gew mine Fru de Waschfru un Martha enen gadlichen Pott vull heit Water mit. Dortau säd de klauke Dirn: Dorvon ward de Peen ok nich warm. As wenn sei dat heite Water in den Strom geiten süll. Son Twall hett die Welt nich seihn.

Dat Johr geiht rüm, uns' Georg schriggt sid vierteihn Dag', wat hei kann, nah Nahrung. Dunn kamen wi äwerein,

Emma heulte, Martha hustete, und ich will ihr eins hinter die Ohren geben, aber dazu kam ich nicht. Es blieb bei Ausschimpfen und Bescheid sagen, sie soll das nächste Mal melden, wie weit es mit dem Braten ist.
Das hat Martha dann auch getan. Wir sitzen wieder so wie vor acht Tagen, da meldet sie: „Frau Oberleder, nun säuselt er!" Antwort: „Wasser dazu!" Kaum ist dem Besuch erklärt, was das zu bedeuten hat, da kommt die zweite Meldung: „Nun schreit er!" Und nach einer Weile: „Nun kreischt er!" Nun ist die Hausfrau nicht mehr zu halten, was heißt hier Besuch und Manieren, der Geldbeutel ist ihr näher, sie läuft hinaus, den Braten zu retten. Martha zur Köchin auszubilden, hat sie nun doch aufgegeben.
Die Wäsche ist in jedem Hausstand ein großes Ereignis, welches lange vorher besprochen wird und für den Hausherren viel Verdrießlichkeit bringt; um ihn wird sich nicht so gekümmert wie sonst, das Essen ist anders, und um die Waschküche macht er einen großen Bogen. In Anklam waren die Umstände für Hausfrau und Dienstmädchen noch größer, weil das Wasser von der Peene nach oben getragen werden musste. Zwei Eimer mit blank geputzten Messingbeschlägen hingen an der Schultertrage; dazu wurde eine weiße Schürze getragen. Ob es heute noch so gemacht wird, weiß ich nicht; die Stadt mag ja wohl Wasserleitung haben. Danach das Spülen wurde auch an der Peene besorgt. Weil unserer erste Wäsche im November war bei kaltem Wetter war, gab meine Frau der Waschfrau und Martha einen großen Topf voll heiß Wasser mit. Dazu sagte das kluge Mädchen: „Davon wird die Peene auch nicht warm". Als wenn sie das heiße Wasser in den Strom gießen sollte. So einen Schafskopf hat die Welt nicht gesehen.
Das Jahr geht herum, unser Georg schreit seit vierzehn Tagen, was er kann, nach Nahrung. Wir kamen überein,

dat wi unsen Kronensähn den Dussel nich anvertrugen känen; sei ward künnigt un treckt af. Wi süngen ehr nach „Martha, Martha, du entschwandest". De Antwurt „Mag der Himmel euch vergeben", kennt sei nich. Sei hett sick nah Koserow begewen un sick dor mit Swinfaudern, Käuhmelken, Meßstreuen un Tüffelplanten befat't un dormit beter bestahn, as bi Oberlihrers mit Kaklepel un Bedeinung.

Olle Kamellen von't Gericht

I.

Dat gew vör föftig Johr in A. drei Richter, von dei de en mit Namen K. en groten Nölpeter was. Vör luter Pinlichkeit un Bedenklichkeit kem hei nich vörwärts mit sine Termins, un wenn Gott den Schaden besach, hadd hei den ganzen Dag drei bet vier Saken farig kregen. So hadden de Lüd' ut Stadt un Land, dei as Tügen bestellt würden, Tid naug, dat Täuwen tau lihren. Von enen Tügen, dei dörchut nich täuwen wull, sall hier vertellt warden.

De Hannelsmann Lüders ut Leopoldshagen was eins Dags tau Klock teihn vörlädt; hei is ok dor, kriggt äwer von den Gerichtsdeiner den Bescheid, dat dat noch 'ne gaude Stunn' durn künn. Is gaud, seggt oll Lüders, dei as 'n rabiaten Kirl un Süper bekannt was, un geiht bian in dat Schüttenhus, üm sik de Tid mit Bier un Bramwin tau verdriewen. Klock elwen fröggt hei wedder un ward nu all 'n beten ungedüllig, as em seggt ward: „Ne, wi hewwen noch anner Saken vör." Lüders möt taurügg in't Schüttenhus un hett sik bet Klock twölf sone Dunigkeit antüdert, dat hei stracks in den Sittungssaal rinstampt is, vör Amtsgerichtsrat K. up de Disch haugt un frögt: „Willn sei mi nu dass wir unseren Kronsohn diesem Dussel nicht anvertrauen können; sie wurde gekündigt und zog ab. Wir sangen ihr nach: „Martha, Martha, du entschwandest". Die Antwort „Mag der Himmel euch vergeben" kannte sie nicht. Sie hat sich nach Koserow begeben und sich dort mit Schweine füttern, Kühe melken, Mist streuen und Kartoffeln pflanzen befasst und damit besser bestanden, als bei Oberlehrers mit Kochlöffel und Bedienung.

Alte Geschichten vom Gericht

I.
Es gab vor fünfzig Jahren in Anklam drei Richter, von denen der eine mit Namen K. ein großer Nölpeter war. Vor lauter Peinlichkeit und Bedenklichkeit kam er nicht voran mit seinen Terminen, und wenn Gott den Schaden besah, hat er am ganzen Tag drei bis vier Sachen fertig bekommen. So hatten die Leute aus Stadt und Land, die als Zeugen bestellt wurden, Zeit genug, das Warten zu lernen. Von einem Zeugen, der durchaus nicht warten wollte, soll hier erzählt werden.
Der Handelsmann Lüders aus Leopoldshagen war eines Tages zu zehn Uhr vorgeladen. Er ist auch da, bekommt aber vom Gerichtsdiener den Bescheid, es könnte noch eine gute Stunde dauern. Ist gut, sagt Lüders, der als ein rabiater Kerl und Säufer bekannt war, und geht ins Schützenhaus nebenan, um sich die Zeit mit Bier und Branntwein zu vertreiben. Um elf fragt er wieder und wird nun ein bisschen ungeduldig, als ihm gesagt wird: „Nein, wir haben noch andere Sachen vor." Lüders muss zurück ins Schützenhaus und ist um zwölf so besoffen, dass er schnurstracks in den Sitzungssaal geht, vor Amtsgerichtsrat K. auf den Tisch haut und fragt: „Wollen Sie mich nun

verhüren ore nich? Ick heww kein Tid. Dit is ja 'ne infamtige Wirtschaft." K. makt grote Ogen, unnerbrekt de Verhannlung, treckt sik mit de beiden Schöffen taurügg un lett Lüders verhaften „wegen Ungebühr vor Gericht".

De Gerichtsdeiner geiht mit Lüders af. „Nu kumm man mit nah baben, ick möt di inspunnen. Wat rittst du din Mul so up; dat kümmt dorvon". Lüders makt sik von em los un schimpt äwer Swineri un Ungerechtigkeit; hei ward sik besweren. Middewil sin sei twei Treppen rup, un de Gerichtsdeiner slütt 'ne Dör up un seggt: „So, hier sast du brummen."

„Wat, seggt Lüders, dor sall ick rin? Föllt mi gor nich in, künn ja 'ne Falldör sin. Nee, irst gah du vörut!" Üm den Larm tau stürn, geiht de anner rin, un bauts, smitt Lüders de Dör tau, slütt af, leggt dat grote Slätelbund up dat Flurfinster un reist af nah Leopoldshagen.

Dat Gericht verhannelt wierer, un K. klingelt, de Deiner sall enen Tügen upraupen, hei klingelt noch eins un taum drüdden Mal, dor kümmt kein. „Herr Referendar, suchen Sie doch mal den Menschen; wenn er sich eigenmächtig absentiert hat, soll ihn der Teufel holen." De Referendar kann em nich finnen. Nu ward de Sak den ollen K. tau bunt, dat ganze Schöffengericht möt utschwärmen, un as sei nah baben stiegen, hüren sei all von wither en dulles Ballern un Raupen: „Makt up, ick sitt hier fast, de verdammtige Lüders hett mi inspunnt." Sei halen em nu rut, un dat Gericht verknackt den Verbreker wegen „Ungebühr, Beleidigung, Freiheitsberaubung und Versäumung eines Termins" tau Gefängnis.

verhören oder nicht? Ich habe keine Zeit. Das ist ja eine infame Wirtschaft." K. macht große Augen, unterbricht die Verhandlung, zieht sich mit den beiden Schöffen zurück und lässt Lüders verhaften „wegen Ungebühr vor Gericht".

Der Gerichtsdiener geht mit Lüders ab. „Nun komm man mit nach oben, ich muss dich einsperren. Was reißt du dein Maul so auf, das kommt davon". Lüders macht sich von ihm los und schimpft über Schweinerei und Ungerechtigkeit; er wird sich beschweren. Mittlerweile sind sie zwei Treppen rauf, und der Gerichtsdiener schließt die Tür auf und sagt: „So, hier sollst du brummen."

„Was", sagt Lüders, „da soll ich rein? Fällt mir gar nicht ein, da kann ja eine Falltür sein. Nein, erst gehst du voraus!" Um ihn zu beruhigen, geht der andere rein, und mit lautem Knall schmeißt Lüders die Tür zu, schließt ab, legt das große Schlüsselbund auf das Flurfenster und reist ab nach Leopoldshagen.

Das Gericht verhandelt weiter, und K. klingelt, der Diener soll einen Zeugen aufrufen, er klingelt nochmals und zum dritten Mal, es kommt keiner. „Herr Referendar, suchen Sie doch mal den Menschen. Wenn er sich eigenmächtig entfernt hat, soll ihn der Teufel holen." Der Referendar kann ihn nicht finden. Nun wird die Sache dem alten K. zu bunt, das ganze Schöffengericht musste ausschwärmen, und als sie nach oben gingen, hörten sie von weitem wütendes Ballern und Rufen: „Macht auf, ich sitze hier fest, der verdammte Lüders hat mich eingesperrt." Sie holen ihn nun raus, und das Gericht verurteilt den Verbrecher wegen „Ungebühr, Beleidigung, Freiheitsberaubung und Versäumung eines Termins" zu Gefängnis.

II.

Dat was in Gripswold in den Novembermand 1876; wi hadden bi Fischkräugern tau Middag eten un wullen uns nahst de Bein verpedden. Wi güngen de Schasseh längs nah Wiek un Eldena, ick, de Jurist A. Pagels, de Mediziner K. Taubner un de Apteiker Otto Zäske; Otto was min gaude Landsmann ut Üsdum, äwer 'ne olle Bangbüx un en Stamerbuck.

Wi kihrten tauirst in den Kraug bi Käppen Kurth in Wiek an; as dat schummrig würd, verleggten wi uns' Quartier nah Eldena; as wi den Damm verlängs paddeln deeden, dei gegen Hochwater dwars dörch de Wisch geiht, vörut ick mit Taubner, achter uns de annern, kemen uns twei Minschen in de Möt, en Kirl un en Frugensminsch, beid' inge-öst. Sei müßt em wol stütten, wil hei hen un her wiwakt. „Du", segg ick tau Taubner, „dei is besapen; wenn hei uns anrempelt, denn laten wi em lopen, wi sünd ja twei gegen einen." Dat kem ok so, un wi blewen stahn un täuwten af, woans de annern mit em farig warden. Sei kregen sik mit em tau faten; as wi rangüngen, söchten sei ehren Knieper un Haut. Wi schüllen sei ut, dat sei sik mit em inlaten hewwen. Dunn säd Otto Zäske: „Ja, ja, ä–wer hei füng an t–tau sch–schupsen, un ick h–heww em eins g–gewen mit m–minen H–Husslätel." Ick dacht, de Sak wir nu afmakt, äwer dat kem anners, un wat wi nahst belewt hewwen, hett uns Otto Zäske inbrockt.

In Eldena güngen wi in dat Gasthus „Zur schönen Hilda" vör Anker; dor was Danzvergnäugen (in de Studentensprak „Schwoof"). Dat geföl uns äwer nich, de sweitigen Dirns rümtauswenken, wi blewen bi Bier un Botting in en Gast-stuw', wo noch anner Studikers seten. Miteins störten son Stücker fief bet söß Matrosen rin, vörut en Kirl mit 'ne lütte Smarr in't

II.

Es war in Greifswald im November 1876; wir hatten bei Fischkrüger zu Mittag gegessen und wollten uns danach die Beine vertreten. Wir gingen auf der Chaussee nach Wiek und Eldena, ich, der Jurist A. Pagels, der Mediziner K. Taubner und der Apotheker Otto Zäske; Otto war mein guter Landsmann aus Usedom, aber ein Angsthase und ein Stotterer.

Wir kehrten zuerst im Krug bei Kapitän Kurth in Wiek ein; als es schummrig wurde, verlegten wir unser Quartier nach Eldena. Als wir auf dem Damm liefen, der gegen Hochwasser quer durch die Wiese geht, voraus ich mit Taubner, hinter uns die anderen, kamen uns zwei Menschen entgegen, ein Mann und eine Frau, beide untergehakt. Sie musste ihn wohl stützen, weil er hin und her wankte. „Du", sage ich zu Taubner, „der ist besoffen, wenn er uns anrempelt, dann lassen wir ihn laufen, wir sind ja zwei gegen einen." Es kam auch so, und wir blieben stehen und warteten ab, wie die anderen mit ihm fertig werden. Sie gerieten mit ihm aneinander. Als wir dazukamen, suchten sie ihre Brille und ihren Hut. Wir schimpften sie aus, dass sie sich mit ihm eingelassen hatten. Darauf sagte Otto Zäske: „Ja, ja, a–ber er fing an z–zu sch–schubsen, und ich h–hab ihm eins g–gegeben mit m–meinem H–Hausschlüssel." Ich dachte, die Sache wäre nun erledigt, aber es kam anders, und was wir dann erlebt haben, hat uns Otto Zäske eingebrockt.

In Eldena gingen wir im Gasthaus „Zur schönen Hilda" vor Anker; dort war Tanzvergnügen, (in der Studentensprache „Schwoof"). Es gefiel uns aber nicht, die schweißigen Mädchen herumzuschwenken, wir blieben bei Bier und Butterbroten in einer Gaststube, in der noch andere Studenten saßen. Mit einem Mal stürzen fünf, sechs Matrosen rein, voraus ein Kerl mit einer kleinen Wunde im

Gesicht, dei rep: „Hier möten dei sitten, de Swienhunn', dei mi slahn hewwen." De Kirls randalierten nu üm unsen Disch un twei börten enen Staul mitsamt den Studenten tau Höcht un smeten em dal. Ick wull mi verdeffendieren, wenn sei mi angriepen, un nem minen Husslätel tau Hand, den wi, wil hei för de Taschen tau grot was, achter an den Büxenbund drögen. Dat kem äwer nich so wit. Up den Larm kem en Schandor rin un frög, as de Schipper mit de Smarr em Bescheid seggt hadd, wekker em dat Ding bibröcht hett. Wenn nu kein sick mellt, denn künn hei uns nich ankamen; all twölf, dei dor seten, künn hei doch nich verhaften. Dunn steiht oll Otto Zäske up un stamert: „Ja, ja, i–ich, Herr Schandarm". Dat was 'ne Dömlichkeit, ick hadd em mulschellen künnt. De Schandor güng mit em af, un hei kem nich wedder. Mein Gott, denk ick, wat is mit em? Wenn de Matrosen em tau faten kriegen, geiht em dat slicht; spillrich is hei man. Ick gah rut un sök em in Hof un Goren; hei mellt sick nich; ick gah vör de Dör un kiek de Strat verlängs nah Gripswold tau. Mine Vermaudung, dat hei utknepen is, was richtig, hei is in sonen lütten Draww unnerwegs. Ick rop em un will em inhalen. Hei löppt immer duller. Nu sett ick mi ok in Draww mit mine langen Bein, bet ick em an den Arm fat. Ut Pust un Aten dreigt hei sick üm, ritt Äwertrecker, Rock un West up un schriggt: „T – töten Sie mich, i–ich w–wehr mich nicht."

„Herrjeh", segg ick, „Otto, wat makst du för Saken! Kumm taurügg, uns kann nicks passieren."

„Ach, ach", stähnt hei un jappt nah Luft, „ich d–dacht, die M–Matrosen wären hinter mir; bring mich nach Hause." Wat bliwwt mi äwrig, ick fat den Jammerprinzen unner un bring em nah Fischkräugern. Unnerwegs vertellt hei

Gesicht, der rief: „Hier sitzen sie, die Schweinehunde, die mich geschlagen haben." Die Kerls randalierten nun um unseren Tisch und zwei hoben einen Stuhl mitsamt dem Studenten in die Höhe und warfen ihn runter. Ich wollte mich verteidigen, wenn sie mich angreifen, und nahm meinen Hausschlüssel zur Hand, den wir, weil er für die Taschen zu groß war, hinten am Hosenbund trugen. Es kam aber nicht so weit. Auf den Lärm kam ein Gendarm herein und fragte, nachdem der Schiffer mit der Wunde ihm Bescheid gesagt hatte, wer von uns ihm das Ding beigebracht hat. Wenn sich nun keiner meldet, dann könnte er uns nichts anhaben; alle zwölf, die da saßen, konnte er doch nicht verhaften. Da steht Otto Zäske auf und stottert: „Ja, ja, i–ich, Herr Gendarm". Das war dämlich, ich hätte ihm eine Maulschelle geben können. Der Gendarm ging mit ihm raus, und er kam nicht wieder. Mein Gott, denke ich, was ist mit ihm? Wenn die Matrosen ihn zu fassen bekommen, geht es ihm schlecht; er ist man schmächtig. Ich gehe raus und suche ihn in Hof und Garten; er meldet sich nicht; ich gehe vor die Tür und sehe die Straße entlang in Richtung Greifswald. Meine Vermutung, er wäre ausgekniffen, war richtig, er ist in leichtem Trab unterwegs. Ich rufe ihn und will ihn einholen. Er läuft immer schneller. Nun setzt ich mich auch in Trab mit meinen langen Beinen, bis ich ihn am Arm zu fassen kriege. Außer Puste und Atem dreht er sich um, reißt Überzieher, Rock und Weste auf und schreit: „T – t ö t e n   S i e   m i c h, i – i c h   w – w e h r   m i c h   n i c h t."

„Herrjeh", sage ich, „Otto, was machst du für Sachen! Komm zurück, uns kann nichts passieren."

„Ach, ach", stöhnt er und japst nach Luft, „ich d–dachte, die M–Matrosen wären hinter mir; bring mich nach Hause." Was bleibt mir übrig, ich fasse den Jammerprinzen unter und bringe ihn zu Fischkrüger. Unterwegs erzählt er mi, dat hei den Schandor uns' Nams anseggt hett.

Klock ein in de Nacht kamen uns' beiden Frünn' ok an; wat wiren de Bengels dun! Ut ehr Vertellsel würden wi irst nich klauk. De Schandor hadd sei, as blot noch sei un de Matrosen in de „Schöne Hilda" wiren, upföddert, mit em tau Stadt tau gahn, sin Deinst wir nu tau Enn'; süs künn sei dat slicht gahn mit de besapen Schippers. De Schandor is denn up sin Pird stegen, un sei hewwen rechtsch un linksch an de Stiegbögel sick fasthollen. So sind sei de Schasseh langschrögelt; ick kann mi dat Bild vörstellen.

As ick mi dacht heww, dat gerichtliche Nahspill blew nich ut. Nah acht Dag' kloppt de Pedell Köpke bi uns an un bringt de Vörladung – hei säd citatus! – vör dat Unneversitätsgericht. De Verhannlung würd irst gruglich, denn äwer pläsirlich. Wi stahn vör de „Schranken des Gerichts", up de anner Sid de Herr Richter un achter de Sekletär taum Protokolliren, un tau rechten Hand de Ankläger mit en Frugensminsch. Uns' Namen un anner Personalien warden faststellt, dat heit, von uns drei, de viert', Arthur Pagels, hadd wegen Krankheit afseggt. Dunn steiht de Herr Richter up, stemmt sine Hänn' up de Schrank, rallögt mit de Ogen un dunnert uns an, as will hei uns freten: „S i e s t e h e n u n t e r d e r A n k l a g e d e r W e g e l a g e r e i ! Herr Scherping, verlesen Sie das Protokoll." Wi verfiren uns un kieken uns ganz verbast an, wil wi an den Damm den Schippstimmermann Malte Burmeister uplurt, em äwerfallen un mit enen scharpen Gegenstand süllen slahn hewwen. Dat schütt' uns bannig in de Knaken. Denn ward de Dirn verhürt, Friederike Topp, dei mit den Richter, wil sei hochdütsch nich verstünn, nich klor warden kann, wat sei mit Malte Burmeister verlawt ore verfrigt is, bet sei seggt, „ick bin man sin Brut". Sei

mir, er habe dem Gendarmen unsere Namen gesagt.

Um eins in der Nacht kamen unsere beiden Freunde auch an, was waren die Bengels betrunken! Aus ihren Erzählungen wurden wir zuerst nicht klug. Der Gendarm hat sie, als nur noch sie und die Matrosen in der „Schönen Hilda" waren, aufgefordert, mit ihm zur Stadt zu gehen, sein Dienst wäre nun zu Ende; sonst könnte ihnen das schlecht gehen mit den besoffenen Schiffern. Der Gendarm ist dann auf sein Pferd gestiegen, und sie haben sich rechts und links an den Steigbügeln festgehalten. So sind sie die Chaussee entlanggewackelt; ich kann mir das Bild vorstellen.

Wie ich mir dachte, blieb das gerichtliche Nachspiel nicht aus. Nach acht Tagen klopft der Gerichtsdiener Köpke bei uns an und bringt die Vorladung – er sagt citatus – vor das Universitätsgericht. Die Verhandlung wurde erst unheimlich, dann aber vergnüglich. Wir stehen vor den „Schranken des Gerichts", auf der anderen Seite der Herr Richter und hinter ihm der Protokollsekretär, und zur rechten Hand der Ankläger mit einer Frau. Unsere Namen und andere Personalien werden festgestellt, das heißt, von uns drei, der vierte, Arthur Pagels, hat wegen Krankheit abgesagt. Dann steht der Herr Richter auf, stemmt seine Hände auf den Schrank, verdreht die Augen und donnert uns an, als wolle er uns fressen: „S i e s t e h e n u n t e r d e r A n k l a g e d e r W e g e l a g e r e i ! Herr Scherping, verlesen Sie das Protokoll." Wir erschrecken und sehen uns ganz verdutzt an, weil wir an dem Damm dem Schiffszimmermann Malte Burmeister aufgelauert, ihn überfallen und mit einem scharfen Gegenstand geschlagen haben sollen. Das schoss uns mächtig in die Knochen. Dann wurde die Frau verhört, Friederike Topp, die dem Richter, weil sie hochdeutsch nicht verstand, nicht erklären kann, ob sie mit Malte Burmeister verlobt oder verheiratet ist, bis sie sagt: „Ich bin man seine Braut". Sie

vertellt den Äwerfall so, as hei ehr dat inremst hadd. Ein von uns möt utseggen, woans de Sak sick afspeelt hett. Nu will de Richter weiten, wekker den Schippstimmermann slahn hett. Dei seggt un wist up mi: „Ick glöw, de Lang' dor." Un ick heww em doch nich anrögt. De Richter frögt: „Erkennen Sie die Herren wieder? Sie haben doch ausgesagt, es wären vier gewesen. Wo ist denn der vierte?"
„D o r s i t t h e i ja", seggt Malte, un wist up den Sekletär.
„Herr Scherping, stehen Sie mal auf. War der Herr dabei?"
„Ja, dat is ja mäglich, dat was ja all düster." Bi dise Wennung von dat Verhür fangen wi an tau lachen, ha, ha, ha, ho, ho, ho un Zäske meckert dormang: he, he, he. Dit kann den Richter nich passen, hei vermahnt uns, nich tau vergeten, dat wi vör dat hoge Gericht stahn; hei möt sick utbidden, dat nich as Spaß tau nehmen. Na, denken wi, de Sak kann nich slimm utlopen.
Malte Burmeister sall nu Tügen angewen, dei dat betügen känen, dat ein von de Studikers in de „Schöne Hilda" den Husslätel in de Hand dreigt hett. Hei seggt, Korl Peters ut Wiek. In den nigen Termin stellt sick rut, dat de Tüg' den Abend gor nich in Eldena west is; hei meint, dat ward Fritz Peters ut Eldena sin. In de drüdden Termin is Fritz Peters dor, äwer dei weit von de Sak nicks; hei hett wol enen Husslätel seihn, äwer nich, wekker em dreiht hett.
Dormit ennigt de gruglíche Prinzeß; wi hewwen nicks mihr seihn ore hürt. Mi is nahst de Äwertügung upgahn, dat de Herr Richter, sin Nam' was Bath, sin Vergnäugen doran hadd hett, uns mit „Wegelagerei" en beten bang tau maken. Min Vadder, tauletzt Kammergerichtsrat, künn sick sihr högen, wenn ick em dise beiden Komedi vör Gericht vertellen deed, un hett mi öfters anpurrt, wenn hei in gaude Stimmung was.

erzählt den Überfall so, wie er ihn ihr eingebläut hat. Einer von uns muss aussagen, wie sich die Sache abgespielt hat. Nun will der Richter wissen, wer den Schiffszimmermann geschlagen hat. Der sagt und zeigt auf mich: „Ich glaube, der Lange da." Und ich habe ihn doch nicht angerührt. Der Richter fragt: „Erkennen Sie die Herren wieder? Sie haben doch ausgesagt, es wären vier gewesen. Wo ist denn der Vierte?"

„D a   s i t z t   e r   j a", sagt Malte, und zeigt auf den Sekretär.

„Herr Scherpin, stehen Sie mal auf. War der Herr dabei?"

„Ja, das ist ja möglich, es war ja dunkel." Bei dieser Wendung des Verhörs fangen wir an zu lachen, ha, ha, ha, ho, ho, ho und Zäske meckert dazwischen: he, he, he. Das passt dem Richter nicht, er ermahnt uns, nicht zu vergessen, dass wir vor dem hohen Gericht stehen; er möchte sich ausbitten, das nicht als Spaß anzusehen. Na, denken wir, die Sache kann nicht schlimm ausgehen.

Malte Burmeister soll nun Zeugen angeben, die es bezeugen können, dass einer von den Studenten in der „Schönen Hilda" den Hausschlüssel in der Hand gedreht hat. Er sagt, Karl Peters aus Wiek. Beim neuen Termin stellt sich raus, dass der Zeuge an dem Abend gar nicht in Eldena war; er meint, es wird Fritz Peters aus Eldena sein. Zum dritten Termin ist Fritz Peters da, aber der weiß von der Sache nichts, er hat wohl einen Hausschlüssel gesehen, aber nicht, wer ihn gedreht hat.

Damit endet der unheimliche Prozess. Wir haben nichts mehr gesehen oder gehört. Später war ich überzeugt, der Richter, sein Name war Bath, hatte sein Vergnügen daran, uns mit „Wegelagerei" ein wenig zu verängstigen. Mein Vater, zuletzt Kammergerichtsrat, amüsierte sich sehr, wenn ich ihm diese beiden Gerichtskomödien erzählte, und er hat mich öfters angepikst, wenn er in guter Stimmung war.

– „Du, Großer, wie war das doch mit dem eingesperrten Gerichtsdiener und mit Otto Zäske und der Wegelagerei."

De Hochtidswin

Vadder Barzen sine Dochter friegt enen Schippskaptein, un de Hochtid ward grotorig in dat irste Gasthus „Taum blagen Hekt" fiert; föfig Gäst sünd inlad't. Barz künn dat bi sin grotes Vermägen, äwer hei will ok nicks verquasen, besonners den Win nich. Den besorgt hei sülwst un betahlt 1 M Korkengeld. Nu äwwerleggt hei, woans von den Win nicks stahlen ore up anner Ort verluren gahn kann, un will dat ganz klauk inrichten. Hei wennt sick an Hellwigen, den ollen trugen un ihrlichen Husdeiner in den Blagen Hekt; dei möt em 'ne lütte Stuw mit en Dör un en Finster wiesen, dor warden de hunnert Buddel henstellt, jede Sort' för sick, de Rotspohn, de Wittwin, de Schepandi un de Konjack. Hellwig sall sick an de Dör postieren, wenn dat Eten losgeiht, un den Win an de Kellners rutgewen, immer ene vulle Buddel gegen ene leddige. So kann ja wol nicks passieren, un en anstänniges Drinkgeld ward em tausäkert.

De Sak geiht los, un passiert is doch wat. Dat Eten is tau Gang, af un an schriggt de Gesellschaft hoch un hurra, wenn up dat Brutpor, de Brutöllern, de Brüjamsöllern, de Dams un tauletzt up de unmünnigen Kinner en Hoch utbröcht ward. Hellwig is up sinen Posten, hürt dat Schriegen, dat Klingen von de Gläs' un giwwt den Win so, as afmakt is. Dat durt gor nich lang, denn nimmt de Ümtusch mit de Winbuddels bannig tau. Min Gott, denkt oll Hellwig, wat supen's dor binnen, wat möten de Köllners rönnen, dat ward 'ne

– „Du, Großer, wie war das doch mit dem eingesperrten Gerichtsdiener und mit Otto Zäske und der Wegelagerei."

Der Hochzeitswein

Vater Barz' Tochter heiratet einen Schiffskapitän, und die Hochzeit wird großartig im ersten Gasthaus „Zum blauen Hecht" gefeiert; fünfzig Gäste sind eingeladen. Barz konnte das bei seinem großen Vermögen, aber er will auch nichts verschwenden, besonders den Wein nicht. Den besorgt er selbst und bezahlt eine Mark Korkengeld. Nun überlegt er, wie von dem Wein nichts gestohlen wird oder auf andere Art verloren geht und will es ganz klug einrichten. Er wendet sich an Hellwig, den alten treuen und ehrlichen Hausdiener im „Blauen Hecht". Der muss ihm eine kleine Stube mit Tür und Fenster zeigen, da werden die hundert Flaschen hingestellt, jede Sorte für sich, der Rotspohn, der Weißwein, der Champagner und der Cognac. Hellwig soll sich an der Tür postieren, wenn das Essen losgeht, und den Wein an die Kellner ausgeben, immer eine volle Flasche gegen eine leere. So kann ja wohl nichts passieren, und ein anständiges Trinkgeld wird ihm zugesichert.
Die Sache geht los, und passiert ist doch etwas. Das Essen ist im Gange, ab und an schreit die Gesellschaft Hoch und Hurra, wenn auf das Brautpaar, die Brauteltern, die Bräutigamseltern, die Damen und zuletzt auf die unmündigen Kinder ein Hoch ausgebracht wurde. Hellwig ist auf seinem Posten, hört das Schreien, das Klingen der Gläser und gibt den Wein so aus, wie es abgemacht ist. Es dauert gar nicht lange, da nimmt der Umtausch der Weinflaschen mächtig zu. Mein Gott, denkt Hellwig, was saufen die dort drinnen, was müssen die Kellner rennen, das wird eine

schöne Besapenheit gewen mang de Gesellschaft. Äwer de Köllners gefallen em nich, dei kriegen blanke Ogen, griflachen un jökeln mit em, un wenn hei sei anranzen will, lachen's em ut. De en lett 'ne vulle Buddel fallen, dat sei utlöppt, de anner gütt enen Herrn den halwen Pott Bradensoß äwer dat Krüz.

Nah drei Stunnen sünd de hunnert Buddels ümtuscht, un hunnert leddige stahn in de Kamer. Wat nu? Hellwig möt dat, so sur em dat ward, Barzen mellen. Dei springt tau Höcht un ward likenwitt. Wat is dit? Wie kümmt dit? Hunnert Buddeln sallen all sin, un ken Gast is besapen? Dat geiht nich mit rechten Dingen tau. Hei röppt den Gastwirt, un dei lett sin ganzes Personal antreden, ok ut de Käk. Sei kamen, äwer gahn känen sei nich, sei schregeln an de Wand lang, sei sünd alltohop so dun, dat sei blot noch stamern känen, un de Pikkolo liggt up de Deel un slöppt. Sei warden tau Bedd' schickt mit den Bescheid: Wi spräken uns morgen. De Wirt un Hellwig äwernehmen de Bedeinung so gaud, as't geiht, sei halen nigen Win ut den Keller, un so kamen de Hochtidsgäst' noch tau ehr Recht. Wat de Köllners makt hewwen, hett de Wirt nahst rutkreegen; sei hewwen ut dat ganze Hus, ok ut de Nahwerschaft alle leddigen Buddel tausamslept un den Win ut Biergläs' un Tassen dalgaten, un dat in son Tempo, dat de Dunigkeit nich utbliewen künn. Un oll Hellwig hett gor nich nah de Etiketts un Upschriften an de Flaschen keeken. So was't kamen, un so hett dat Barzen begrismult. Hellwig kreeg kenen Pennig Drinkgeld. Worüm de Wirt de Besapenheit von sine Lüd' nich ihrer markt hett, un wekker för den Schaden upkamen is, dat weit ick ok nich; ick heww mi blot bannig högt, as ick de Geschicht hürt heww. Sei sall all Hochtidsvadders lihren, woans dat mit den Win nich makt ward.

schön besoffene Gesellschaft geben. Aber die Kellner gefallen ihm nicht, sie bekommen blanke Augen, grinsen und machen ihren Spaß mit ihm, und wenn er sie anschnauzen will, lachen sie ihn aus. Der eine lässt eine volle Flasche fallen, dass sie ausläuft, der andere gießt einem Herrn den halben Topf Bratensoße übers Kreuz.

Nach drei Stunden sind die hundert Flaschen umgetauscht, und hundert leere stehen in der Kammer. Was nun? Hellwig muss es, so schwer es ihm fällt, Barz melden. Der springt auf und wird leichenblass. Was ist das? Wie kommt das? Hundert sollen alle sein, und kein Gast ist besoffen? Das geht nicht mit rechten Dingen zu. Er ruft den Gastwirt, und der lässt sein ganzes Personal antreten, auch aus der Küche. Sie kommen, aber gehen können sie nicht, sie gehen wacklig an der Wand lang , sie sind alle zusammen so besoffen, dass sie bloß noch stammeln können, und der Piccolo liegt auf der Diele und schläft. Sie werden zu Bett geschickt mit dem Bescheid: „Wir sprechen uns morgen". Der Wirt und Hellwig übernehmen die Bedienung so gut es geht, sie holen neuen Wein aus dem Keller, und so kommen die Hochzeitsgäste noch zu ihrem Recht. Was die Kellner gemacht haben, hat der Wirt später herausbekommen. Sie haben aus dem ganzen Haus, auch aus der Nachbarschaft alle leeren Flaschen zusammengeholt und den Wein aus Biergläsern und Tassen getrunken, und das in so einem Tempo, das die Wirkung nicht ausbleiben konnte. Und der alte Hellwig hat nicht auf die Etiketten und Aufschriften auf den Flaschen gesehen. So war es gekommen, und so wurde Barz betrogen. Hellwig bekam keinen Pfennig Trinkgeld. Warum der Wirt die Trunkenheit seiner Leute nicht eher bemerkt hat, und wer für den Schaden aufgekommen ist, das weiß ich auch nicht; ich habe mich bloß mächtig amüsiert, als ich die Geschichte hörte. Sie soll alle Hochzeitsväter lehren, wie es mit dem Wein nicht gemacht wird.

Verwesselung

1. Gustav Döring

Gustav Döring up Korthagen was 'n staatschen Kirl, so ein, dei taum Kummandieren burn is. Bi sine Grött von binah söß Faut, sine stramme Hollung un sinen forschen Gang seg ein em up teihn Schritt an, dat hei Offzier west wier; sin Gesicht mit de blagen Ogen, de Hakennäs', de frischen Farwen und den blonnen Snurrbort möt as „männlich schön" beteikent warden. As Ökonomiker was hei wit und sid bekannt; hei makte de besten Arnten, hadd de schiersten Käuh un 'ne Fahlentucht, dei einen gauden Happen Geld afsmet dörch de Remonten. Hei güll as'n riken Gaudsbesitter un was äwerall, bi Manns un Frugens, beleiwt wegen sinen Humor un sin Danzen; Walzer un Polka, Schimmi un Foßdraww künn hei as gesmert. Wat Wunner, dat em veele junge Dirns ansmachten un de Mudders 'n Og up em smeten un em as Swiegersähn angeln wullen. Man – hei bet nich an; hei künn kein finnen, dei so ganz nah sinen Sinn wier; de ein was em tau lütt, de anner tau sihr upvijolt, de ein hadd tau korte Röck an, de anner rokte Zigaretten un drünk Snaps; un dat künn hei in den Dod nich liden. Hei wull ein hewwen, dei so recht natürlich un düchtig un hüslich, dorbi äwer doch ok anseihnlich un gebillt wier; so ein as sin leiw Mudding. Hei dacht tauletzt, dies Sort' is wol utstorwen, un dat Frigen is eklicher as de Pierhannel, wil ein de Dirns nich so von alle Siden bekieken kann as 'ne Mähr. Dorüm hadd hei sick de Sak all tämlich begewen, un dörchut nödig was't ja ok nich, solang sin Mudder em dat Tüg un de Wirtschaft in Ornung höl.

Verwechslung

1. Gustav Döring

Gustav Döring aus Korthagen war ein stattlicher Mann, so einer, der zum Kommandieren geboren ist. Bei seiner Größe von etwa 1,80 m, seiner strammen Haltung und seinem forschen Gang sah man ihm auf zehn Schritt an, dass er Offizier gewesen war. Sein Gesicht mit den blauen Augen, die Hakennase, die frische Farbe und der blonde Schnurrbart muss als „männlich schön" bezeichnet werden. Als Ökonom war er weit und breit bekannt. Er machte die besten Ernten, hatte die besten Kühe und eine Fohlenzucht, die einen ordentlichen Happen Geld abwarf durch die Remonten (Ergänzung des militärischen Pferdebestandes durch Jungpferde, d. Hrsg.). Er galt als reicher Gutsbesitzer und war überall, bei Männern und Frauen, beliebt wegen seines Humors und als Tänzer; Walzer und Polka, Shimmy und Foxtrott konnte er perfekt. Was Wunder, das ihn viele junge Mädchen anschmachten und die Mütter eine Auge auf ihn warfen und ihn als Schwiegersohn angeln wollten. Nur – er biss nicht an; er konnte keine finden, die so ganz nach seinem Geschmack war; die eine war ihm zu klein, die andere zu sehr aufgedonnert, die eine hatte zu kurze Röcke an, die andere rauchte Zigaretten und trank Schnaps; und das konnte er auf den Tod nicht leiden. Er wollte eine haben, die so recht natürlich und tüchtig und häuslich, dabei aber doch auch ansehnlich und gebildet war; so eine wie seine liebe Mutter. Er dachte zuletzt, diese Sorte ist wohl ausgestorben, und das Freien ist unangenehmer als der Pferdehandel, weil er sich die Mädchen nicht so von allen Seiten ansehen kann wie ein Pferd. Darum hatte er die Sache ziemlich abgehakt, und durchaus nötig war es ja auch nicht, solange seine Mutter ihm das Zeug und die Wirtschaft in Ordnung hielt.

2. Sei speelen Theater

Eins Dags möt Döring verreisen; in Updrag von de Pommersche Landschaft sall hei dat Riddergaud Nigendörp, de Hüs' den Acker, dat lewige un dodige Infentor aftaxieren; hei kennt dat Gaud un den Besitter Schlüter blot von Hürenseggen. In Statschon Potthagen stiggt hei ut den Tog un röppt nah dat Fuhrwark. Ja, de Kutscher mellt sick. As sei sin Reis'tasch up den Wagen leggt, süht hei bian twei Dirns stahn; de ein is wat gröter as de anner, all beid' hewwen de Hänn' vull Paketen un Schachteln; nah wat Fins seihn sei em in ehre grisen Mantängs grad nich ut. Gaudmäudig un fründlich, as hei is, will hei sei mitnehmen, wenn sei ut Nigendörp ore nich wit dorvon tau Hus sin, un fröggt: „Na, willen ji ok nah Nigendörp?"

„Ja", seggt de Grötere, „dor willen wi grad hen."

„Na", seggt hei, „denn stigt man vör up, ick will noch irst in den Bahnhof gahn un mi en Ziehgar anroken."

De twei Dirns kieken sick an, lachen un flustern. „Dat is Döring ut Korthagen, von den Vadding säd; dei verwesselt uns un hölt uns wol för Deinstdirns; wi willen em dorbi laten." Sei klemmen sick up den Buck bi den Kutscher un seggen tau em: „Wilke, nicks marken laten, hüren Sei?"

De Fohrt geiht los. Unnerwegs fröggt de grötere Dirn, dei so an fiefuntwintig Johr olt is: „Känen wi den groten Karton bi Sei dalsetten?"

Döring seggt: „Jawolling, hier is ja Platz naug." Denn fröggt hei: „Stahn ji bi Schlütern in Deinst?"

„Ja", antwurt' de grote, „all Johr un Dag, ick as Stuwendirn, min Swester as Käksch." Dorbi stöten sei sick an un huchen. Wilke vertreckt keine Mien' un sitt stief as 'ne Figur ut Isen. Nah 'ne lütte

2. Sie spielen Theater
Eines Tages muss Döring verreisen. Im Auftrag der „Pommersche Landschaft" (Pfandbriefbank in Pommern mit Sitz in Stettin, 1781 bis 1945; d. Hrsg.) soll er das Rittergut Neuendorf, die Häuser, den Acker, das lebende und tote Inventar abtaxieren. Er kennt das Gut und den Besitzer Schlüter nur vom Hörensagen. In Station Potthagen steigt er aus dem Zug und ruft nach dem Fuhrwerk. Ja, der Kutscher meldet sich. Als er seine Reisetasche auf den Wagen legt, sieht er nebenan zwei Mädchen stehen; die eine ist etwas größer als die andere, alle beide haben die Hände voller Pakete und Schachteln. Nach feinen Damen sehen die beiden in ihren grauen Mänteln grad nicht aus. Gutmütig und freundlich, wie er ist, will er sie mitnehmen, wenn sie aus Neuendorf oder nicht weit davon zu Hause sind und fragt: „Na, wollt ihr auch nach Neuendorf?"
„Ja", sagt die die Größere, „da wollen wir hin."
„Na", sagt er, „dann steigt man vorne auf, ich will noch in den Bahnhof gehen und mir ein Zigarre anrauchen."
Die zwei Mädchen sehen sich an, lachen und flüstern. „Das ist Döring aus Korthagen, von dem Vater spricht; der verwechselt uns und hält uns wohl für Dienstmädchen, wir wollen ihn in dem Glauben lassen." Sie klemmen sich auf den Bock beim Kutscher und sagen zu ihm: „Wilke, nichts merken lassen, hören Sie?"
Die Fahrt geht los. Unterwegs fragt die größere Dame, die so fünfundzwanzig Jahre alt ist: „Können wir den großen Karton bei Ihnen absetzen?"
Döring sagt: „Jawohl, hier ist ja Platz genug." Dann fragt er: „Steht ihr bei Schlüter in Dienst?"
„Ja", antwortet die Große, „seit Jahr und Tag, ich als Stubenmädchen meine Schwester als Köchin." Dabei stoßen sie sich an und kichern. Wilke verzieht keine Miene und sitzt steif wie eine Figur aus Eisen. Nach einer knappen

Stunn' sind sei in Nigendörp. De Weg geiht an den Goren längs un swenkt denn achter de grote Schün un de Daglöhnerhüs' rüm in den Gaudshof. De beiden Dirns willen afstiegen un von achtern in dat Herrenhus gahn; de Herr mag dat nich liden, wenn sine Lüd' up sinen Wagen sitten un vörführen. „Is gaud", seggt Döring, „ji möten dat ja weiten. Schlüter schient 'n scharpen Herr tau sin." So huschen sei dörch den Goren un hewwen noch Tid, ehre Öllern tau instruieren. Sei willen de Verwesselung furtsetten, Hildegard, de öllst von den beiden, will in de Stuw upwohren un Greting sall in de Käk bliewen. De Ollen will dat nich in den Sinn, sei sallen keinen Spijök mit Döringen bedriewen. „Wat sall hei von jug denken?"
„Ach", seggt Hildegard, „hei kümmt wol in sin Lewen nich wedder mit uns tausam; lat uns man maken. Wie spaßen ja blot mit em." Ihrer Schlüter noch wat inwennen kann, rummelt de Wagen up den Hof, un hei möt den Gast in Empfang nehmen. Dat Frühsück is all prat, 'ne Schöttel mit Bottings un 'ne Buddel Rodwien; Bedeinung is nich nödig, un nah 'ne halwe Stunn – Wilke hett gor nich utspannt – kutschieren de beiden Herren los, üm den halwen Acker tau beseihn. Klock twölf sind sei taum Middageten wedder tau Hus. Sei eten tau Drei, dat Döring glöwen möt, dat kein Kinner vörhannen sind. Fru Schlüter klingelt, un de Stuwendirn bringt irst de Supp, nahst den Braden un denn noch 'ne säute Spies', tauletzt Botter un Käs'. Döring kiekt sei an. Ja, dat is de grote von sine Bekanntschaft. Dunnermissing, wat süht de Dirn propper ut! Dat dunkelblage, wittpunktierte Waschkleid, de witte Latzenschört un de lütte Huw in dat vulle brune Hor lett ehr allerliewst, un wenn sei em mit ehre brunen Ogen ankiekt, is em so, as wenn sei wat

Stunde sind sie in Neuendorf. Der Weg geht am Garten entlang und schwenkt dann hinter der großen Scheune und den Tagelöhnerhäusern vorbei in den Gutshof. Die beiden Mädchen wollen absteigen und von hinten in das Herrenhaus gehen; der Herr mag es nicht leiden, wenn seine Leute auf seinem Wagen sitzen und vorfahren. „Ist gut", sagt Döring, „ihr müsst es ja wissen. Schlüter scheint ein scharfer Herr zu sein." So huschen sie durch den Garten und haben noch Zeit, ihre Eltern zu instruieren. Sie wollen die Verwechselung fortsetzen, Hildegard, die Ältere der beiden, will in der Stube aufwarten und Grete soll in der Küche bleiben. Den Alten will es nicht in den Sinn, sie sollen keinen Spaß mit Döring treiben. „Was soll er von euch denken?"

„Ach", sagt Hildegard, „er kommt wohl in seinem Leben nicht wieder mit uns zusammen; lasst uns man machen. Wir spaßen ja bloß mit ihm." Bevor Schlüter noch etwas einwenden kann, rumpelt der Wagen auf den Hof, und er muss den Gast in Empfang nehmen. Das Frühstück ist bereitet, eine Schüssel mit Butterbroten und eine Flasche Rotwein; Bedienung ist nicht nötig, und nach einer halben Stunde – Wilke hat gar nicht ausgespannt – kutschieren die beiden Herren los, um den halben Acker zu besehen. Punkt zwölf sind sie zum Mittagessen wieder zu Hause. Sie essen zu dritt, so dass Döring glauben muss, dass keine Kinder vorhanden sind. Frau Schlüter klingelt, und das Stubenmädchen bringt erst die Suppe, danach den Braten und dann noch eine Süßspeise, zuletzt Butter und Käse. Döring sieht sie an. Ja, das ist die Große von seiner Bekanntschaft. Donnerwetter, was sieht das Mädchen gut aus. Das dunkelblaue, weißpunktierte Waschkleid, die weiße Latzschürze und der kleine Hut in dem vollen braunen Haar kleiden sie allerliebst, und wenn sie ihn mit ihren braunen Augen ansieht, ist ihm so, als wenn sie etwas

seggen will un dat Lachen sick verkniepen möt. Un Schlüters raupen sei „Hildegard" un „du". Süh, denkt Döring, de Nam geföllt mi un dat Dutzen ok; dat was bi mine Öllern ok so. Nahmiddag ward dat anner Stück Acker beseihn, denn dat Veih, un as Döring afführt, bringt Hildegard, so as dat sick gehürt, Mantäng un Reis'deck; hei will er Drinkgeld gewen un hett all en Dreimarkstück in de Knäwel, äwer Schlüter stürt em; dat wier nich nödig för dat beten Upwohren, un de Dirns kreegen up Stunn's Lohn naug. Hildegard was all lang utkneepen un högt sick buten mit ehr Gretenswester äwer de Kemedi, dei sei mit Döringen speelt hett.

3. De Hagelslag un wat hei anrichten deid

Unnerwegs sitt Döring in de Eck in de Iserbahn un simmeliert äwer dat, wat hei in Nigendörp aflewt het. Hei kann Hildegard nich glik vergeten. 'Ne hübsche, schiere Dirn, hm, allens wat recht is. Wenn dei sick as Dam uptömt in Sanft un Sid', denn stekt sei teihn anner ut, dei wegen ehre Schaulbillung ore ehre Gröschens de Näs' hoch drägen un son Mäken äwer de Schuller ankieken. Dat helpt nu allens nich, wat sall ein lang grüweln un janken, sei deint un ward wol all enen Brüjam hewwen, enen Kutscher ore Deiner; un ein Weddersiehn is nah minschliche Berekung gor nich mäglich.

Dat kem äwer anners. Nah vierteihn heite Dag' – dat Land is drög as Pulver, dat Gras ward geel, de Saaten laten matt un swack de Köpp dalhängen, un de Wind driwwt den Stoww in Wischen un Gorens – treckt ein Unweder up. Dat rummelt un lücht' in de Firn ut pickswarte Wulken, stotwies' weiht de Storm un schüddelt de Böm un Halms, dat sei sick bögen, as will

sagen will und sich das Lachen verkneifen muss. Und Schlüters rufen sie „Hildegard" und „du". ‚Siehe', denkt Döring, ‚der Name gefällt mir und das Dutzen auch; das war bei meinen Eltern auch so.' Nachmittags wird das andere Stück Acker besehen, dann das Vieh, und als Döring abfährt, bringt Hildegard, so wie sich das gehört, Mantel und Reisedecke; er will ihr Trinkgeld geben und hat ein Dreimarkstück in der Hand, aber Schlüter stört ihn; das wäre nicht nötig für das bisschen Aufwartung, und die Mädchen bekommen Lohn genug. Hildegard war inzwischen heimlich weggelaufen und freute sich draußen mit ihrer Schwester Grete über die Komödie, die sie mit Döring gespielt hatten.

3. Der Hagelschlag und was er anrichtet

Unterwegs sitzt Döring in der Ecke in der Eisenbahn und denkt darüber nach, was er in Neuendorf erlebt hat. Er kann Hildegard nicht gleich vergessen. Ein hübsches, ordentliches Mädchen, hm, alles was recht ist. Wenn die sich als Dame zurechtmacht in Samt und Seide, dann sticht sie zehn andere aus, die wegen ihrer Schulbildung oder ihres Geldes die Nase hoch tragen und so ein Mädchen über die Schulter ansehen. Es hilft nun alles nicht, was soll langes grübeln und jammern, sie dient und wird wohl einen Bräutigam haben, einen Kutscher oder Diener; und ein Wiedersehen ist nach menschlicher Berechnung gar nicht möglich.

Es kam aber anders. Nach vierzehn heißen Tagen – das Land ist trocken wie Pulver, das Gras wird gelb, die Saaten lassen matt und schwach die Köpfe hängen, und der Wind treibt den Staub in Wiesen und Gärten – zieht ein Unwetter auf. Es rummelt und leuchtet in der Ferne aus pechschwarzen Wolken, stoßweise weht der Sturm und schüttelt die Bäume und Halme, dass sie sich biegen, als wolle hei sei vermahnen, dat kümmt glik äwer jug. Denn mit eins is de ganze Hewen düster un gruglich, dat blitzt un dunnert un regnet, as wenn de Welt unnergahn sall. Veel Kurn ward von dat Water dalsmeten, un wat denn noch steiht, kriggt de Hagel tau faten, dei in Stücken as Hasselnöt dalprasselt. Taum Glück föllt hei man strichwies', un weck Gäuder kriegen nicks af. So geiht hei an Nigendörp vörbi, un oll Schlüter makt wedder ein fründlich Gesicht; vörher hadd hei vull bange Sorg' in dat Weder seihn. Nich wit af, in Semlow, süht dat bös' ut, de Besitter Pagenkopp möt de Hagelkummischon kamen laten, dat sei den Schaden aftaxiert. Up dise Wis' kümmt Gustav Döring, dei dortau gehürt, in Semlow an. Sei besorgen ehr Geschäft, un 'ne gaude Hagltax is kein Ursak tau Trur un Tranen. Pagenkopp un Fru laden de drei Herrn in, taum Abendeten un tau Nacht tau bliewen, un seggen, sei hadden ok en poor Familjen ut de Nahwerschaft infentiert, taum Bispill Schlüters ut Nigendörp. Na, dei kennt ja Döring un freugt sick up dat Wedderseihn.

De Wagens führen Klock säben vör, de Herrschaften leggen in den Angtreh ehre Saken af, un de Vörstellung geiht vör sich. „Herr Döring ut Korthagen – Herr un Fru Schlüter, Fräulein Hildegard un Margarete Schlüter." De Bibel vertellt von Loten sin Wiw; dei keek sick üm nah den Unnergang von Sodom „und ward zur Saltsäule". Tau Solt würd ja Döring grad nich, äwer hei steiht as'n Pahl, hei vergett sine Verbeugung, so verjagt hei sick. „Gott erbarm di", denkt hei, „wat heww ick makt! Woans treck ick mi rut ut den Nettel. Dat sind ja de beiden Damen, die ick as Deinstdirns behannelt heww; dei heww ick mit ji anred't un up de Kutschbock nödigt. Un denn hett Hildegard, de Racker, mi bei Disch bedeint, un ick wull ehr enen Daler schenken. Kiek, wo sei

er ihnen sagen, es kommt gleich über euch. Dann mit einem mal ist der ganze Himmel dunkel und unheimlich, es blitzt und donnert und regnet, als wenn die Welt untergehen soll. Viel Korn wird von dem Wetter umgeworfen, und was noch steht, bekommt der Hagel zu fassen, der in Stücken groß wie Haselnüsse niederprasselt. Zum Glück fällt er nur strichweise, und einige Güter bekommen nichts ab. So geht er an Neuendorf vorbei, und der alte Schlüter macht wieder ein freundliches Gesicht; vorher hatte er voll banger Sorge das Wetter beobachtet. Nicht weit ab, in Semlow, sieht es böse aus, der Besitzer Pagenkopf muss die Hagelkommission kommen lassen, damit sie den Schaden abtaxiert. Auf diese Weise kommt Gustav Döring, der dazu gehört, in Semlow an. Sie besorgen ihr Geschäft, und eine gute Hageltaxierung ist keine Ursache für Trauer und Tränen. Pagenkopf und Frau laden die drei Herren ein, zum Abendessen und zur Nacht zu bleiben und sagen, sie haben auch ein paar Familien aus der Nachbarschaft eingeladen, zum Beispiel Schlüters aus Neuendorf. Na, die kennt ja Döring und freut sich auf das Wiedersehen.
Die Wagen fahren um sieben vor, die Herrschaften legen im Eingangsraum ihre Sachen ab, und die Vorstellung geht vor sich. „Herr Döring aus Korthagen, – Herr und Frau Schlüter, Fräulein Hildegard und Margarete Schlüter." Die Bibel erzählt von Lots Weib; die sah sich um nach dem Untergang von Sodom „und wurde zur Salzsäule". Zu Salz wurde ja Döring gerade nicht, aber er steht wie ein Pfahl, er vergisst seine Verbeugung, so erschrickt er sich. ‚Gott erbarme dich', denkt er, ‚was habe ich gemacht! Wie ziehe ich mich raus aus den Nesseln. Das sind ja die beiden Damen, die ich als Dienstmädchen behandelt habe; die habe ich mit ‚ihr' angeredet und auf den Kutschbock genötigt. Und dann hat Hildegard, der Schlingel, mich bei Tisch bedient, und ich wollte ihr einen Taler schenken. Sieh, wie sie

sick rod ansteken. Dei sind ok in Verlegenheit." Dat giwwt em wedder Maud, un hei geiht drist up den Fiend los, as Hindenburg up de Russen bi Tannenberg.
„Wi kennen uns ja von nülich, as wi von Potthagen nah Nigendörp führt sind. Entschulligen Sei man, dat ick Sei so minder inschätzt heww; doran wieren ehre grisen Mantängs un de veelen Paketen schuld."
„Nee", seggt Hildegard, „dat hewwen wi nich äwel nahmen; uns hett dat Spaß makt."
„Dat heww ick markt, Sei hewwen mit mi Theater speelt. Sei leten mi in minen falschen Glowen un gewen sick bi Disch as Stuwendirn ut."
„Nehmens's man nich äwel, Herr Döring, wi dachten, Sei kemen nich wedder in disse Gegend. Sünd Sei bös' up uns?" Dorbi kiekt Hildegard em so truhartig an, dat hei ehr un Greting de Hand giwwt un seggt: „Denn sind wi wol quitt. Dat ick Sei so fix wedderseihn kann, wat mi sihr willkamen is, verdank' ick blot den Hagelslag." Wildes kümmt Vadder Schlüter dortau un seggt: „Dat is recht, schellen Sei man de Dirns: ick wull glik nicks weiten von de Kemedi."
„Nee, Herr Schlüter", antwurt' Döring, „schellen dauh ick nich; sone fründlichen Frölens kann ein nich gram sin. Un Schuld an de Verwesselung hadd ick doch ok."
Bi Disch sitt hei twischen de beiden Swestern, un de Unnerhollung is idel vergnäugt. Nah dat Eten sett't sick Tanten Adele, Pagenkoppen sine olle Swester, an dat Klawezimbel un speelt taum Danz up. Döring halt sick tauirst Hildegarden, all de Vadders un Mudders seihn de beiden nah un denken, wat för'n staatsches Por! Un Fru Schlüter seggt lising tau ehren Mann: „Süh dor, Vadding, uns' Hilding mit Döringen. Hest du all twei Minschen seihn, dei so tausam passen? Un wo fien walzen sei. Ick hadd nich dacht, dat hei sonen flotten Dänzer is. Hei schient sick gaud

rot werden. Die sind auch in Verlegenheit.' Das gibt ihm wieder Mut, und er geht dreist auf den Feind los, wie Hindenburg auf die Russen bei Tannenberg.

„Wir kennen uns ja von neulich, als wir von von Potthagen nach Neuendorf gefahren sind. Entschuldigen Sie man, dass ich Sie so minder eingeschätzt habe; daran waren ihre grauen Mäntel und die vielen Pakete schuld."

„Nein", sagt Hildegard, „das haben wir nicht übel genommen; uns hat es Spaß gemacht."

„Das habe ich gemerkt, Sie haben mit mir Theater gespielt. Sie lassen mich in meinem falschen Glauben und geben sich bei Tisch als Stubenmädchen aus."

„Nehmen Sie es nicht übel, Herr Döring, wir dachten, Sie kommen nicht wieder in diese Gegend. Sind Sie böse auf uns?" Dabei sieht Hildegard ihn so treuherzig an, dass er ihr und Grete die Hand gibt und sagt: „Dann sind wir wohl quitt. Dass ich Sie so schnell wiedersehen kann, was mir sehr willkommen ist, verdanke ich bloß dem Hagelschlag." Währenddessen kommt Vater Schlüter dazu und sagt: „Das ist recht, schelten Sie die Mädchen; ich wollte gleich nichts wissen von der Komödie."

„Nein, Herr Schlüter", antwortet Döring, „so freundlichen Mädchen kann man nicht böse sein. Und Schuld an der Verwechslung hatte ich doch auch."

Bei Tisch sitzt er zwischen den beiden Schwestern, und die Unterhaltung ist sehr vergnügt. Nach dem Essen setzte sich Tante Adele, Pagenkopfs ältere Schwester, ans Klavier und spielt zum Tanz auf. Döring holt sich zuerst Hildegard, alle Väter und Mütter sehen den beiden nach und denken, was für ein ansehnliches Paar! Und Frau Schlüter sagt leise zu ihrem Mann: „Sieh da, Vater, unsere Hilde mit Döring. Hast du je zwei Menschen gesehen, die so zusammenpassen? Und wie fein tanzen sie. Ich hatte nicht gedacht, dass er so ein flotter Tänzer ist. Er scheint sich gut mit ehr tau verdrägen." Döring föddert sei immer wedder up, sei danzt ok gor tau schön; dat geiht rechtsch üm un linksch üm, immer enjal as gesmert. Un dorbi kiekt hei ehr in de schelmschen Ogn un unnerhölt sick so iwrig mit ehr, dat hei männgmal ut den Takt kümmt. De Abend geiht hen, de Stuwendirn mellt, dat de Wagens anspannt sind, un Döring seggt tau Hildegard Adjüs un up Wedderseihn; hei kiekt ehr noch eins recht deip in de Ogen, un sei drückt em hartlich de Hand un seggt ok „up Wedderseihn!"

4. Sei kriegen sick

Disen Abend kann Döring gor nich glik inslapen; immer klingt em de olle säute Walzer in de Uhren „An der schönen blauen Donau", immer fäuhlt hei Hildegard in sinen Arm un süht hei ehr hübsches Gesicht. Dat is 'ne leiwe Dirn, ja, dei mag hei liden, dei mücht' hei in Korthagen as Husfru üm sick hewwen. Nu is blot de Frag', wat sei em ok en beten girn hett, un dat schient em so; sei säd so hartlich „up Wedderseihn" un drückt em de Hand mihr, as dat 'n fremden Kirl taukümmt. Dormit slöppt hei in.
Den annern Morgen is hei mit sick klor, hüt noch will hei weiten, woan hei is. Hei fröggt Pagenkoppen, wat die em enen Wagen gewen will nah Nigendörp, hei möt mit Schlütern noch wat bespreken wegen de Aftaxierung, un von dor will hei nah Hus führen. So kümmt hei so üm Klock elwen an; de Oll is äwer Feld, Fru Schlüter hantiert mit Greting in den Melkkeller, so dat Hildegard allein dor is; sei kümmt ut de Käk, wo sei mit de Mamsell dat Middag besorgt, un entschulligt sick un will fix de Käkenschört afbinnen. „Nee, nee", seggt Döring, „Frölen Schlüter, dauh's mi den Gefallen un bliwen Sei as Sei sind. So mag ick't grad liden, dat steiht Sei

mit ihr zu verstehen." Döring fordert sie immer wieder auf, sie tanzt auch gar zu schön; es geht rechts rum und links rum, immer egal weg wie geschmiert. Und dabei sieht er ihr in die schelmischen Augen und unterhält sich so eifrig mit ihr, dass er so manches mal aus dem Takt kommt. Der Abend geht hin, das Stubenmädchen meldet, dass die Wagen angespannt sind, und Döring sagt zu Hildegard tschüs und auf Wiedersehen; er sieht ihr noch recht tief in die Augen, und sie drückt ihm herzlich die Hand und sagt auch „auf Wiedersehen!"

4. Sie kriegen sich

An diesem Abend kann Döring gar nicht gleich einschlafen; immer klingt ihm der süße Walzer „An der schönen blauen Donau" in den Ohren, immer fühlt er Hildegard in seinem Arm und sieht ihr hübsches Gesicht. Das ist ein liebes Mädchen, ja, die mag er, die möchte er in Korthagen als Hausfrau um sich haben. Nun ist bloß die Frage, ob sie ihn auch ein bisschen gern hat, und es scheint ihm so; sie sagte so herzlich auf „Wiedersehen" und drückte ihm die Hand mehr, als es einem fremden Mann zukommt. Damit schläft er ein.

Am anderen Morgen ist er mit sich klar, heute noch will er wissen, woran er ist. Er fragt Pagenkopf, ob er einen Wagen bekommen kann nach Neuendorf, er muss mit Schlüter noch etwas besprechen wegen der Abtaxierung, und von dort will er nach Hause fahren. So kommt er gegen elf an; der Alte ist auf den Feldern, Frau Schlüter hantiert mit Grete im Milchkeller, so dass Hildegard allein da ist; sie kommt aus der Küche, wo sie mit der Mamsell das Mittag besorgt, und entschuldigt sich und will schnell die Küchenschürze abbinden. „Nein, nein", sagt Döring, „Fräulein Schlüter, tun Sie mir den Gefallen und bleiben Sie, wie Sie sind. So mag ich es leiden, das steht Ihnen

wunnerschön, dat is dat Ihrenkleid för junge Dirns. Hewwen Sei einen Ogenblick Tid? Ick möcht Sei girn unner vier Ogen spreken."
„Ach", denkt Hildegard, „nu fängt hei am Enn' wedder von de emfamtige Verwesselung an, un ick dacht, dat wier nu allens vergeten." Wildes gahn sei in den Goren un setten sick in de Lauw von Jasmin. „Na, Herr Döring, wat willen Sei von mi weiten?" seggt Hildegard; dat kümmt äwer son beten benaut rut, wil hei so fierlich utsüht, un ehr Hart fängt an tau puckern. Denn leggt hei los, apen un ihrlich: „Ick möcht Sei blot seggen, dat ick nich blot Ehr Schört liden mag; Sei ganz un gor gefallen mi. Frölen Hildegard, nüllich wull ick Sei ein Drinkgeld gewen, hüt beid ick Sei mine Hand. Hier is sei, haugen Sei in, wenn Sei mi ollen Junggesellen ok en beten leiw hewwen."
Dit is ja ein Leiwsandrag, un den is Hildegard sick nich vermauden; ehr geföllt sine Uprichtigkeit, un dat hei so gradut up sin Gewarw losstürti. Kirls, dei forsch uptreden, dei ehre Kraft wiesen, dei sei in de Knaken un in den Kopp hewwen, importieren, as Bräsig seggt (Onkel Bräsig ut Fritz Reuters „Ut mine Stromtid", d. Hrsg.), de Frugens mihr as sone, dei wat engböstig un slap ore benaut un ängsterlich sind. „Ja, Herr Döring", seggt sei, „hier is mine Hand". Hei fat't sei üm, giwwt ehr den irsten Säuten un strakt ehre Hand. „Dei is mi mihr as dusend Daler wirt; ick mag nich de quabbligen, sanften Hänn' liden, dei kein Arbeit gewennt sind. Min leiw Hilding, nu segg ok Gustav tau mi."
„Ja, min Gustaving, ick heww dat in min Gefäuhl, du makst mi glücklich. Nu willen wi tau mine Öllern gahn."
„Un ick will min Mudding Nachricht gewen. Wat ward dei sick freugen!" Schlüter un Fru ümarmen em un ehr Döchting. Schlüter seggt: „Un nülich drewst Du noch

wunderschön, das ist das Ehrenkleid für junge Mädchen. Haben Sie einen Augenblick Zeit? Ich möchte Sie gern unter vier Augen sprechen."

„Ach", denkt Hildegard, „nun fängt er am Ende wieder von der Verwechselung an, und ich dachte, das wäre nun vergessen." Währenddessen gehen sie in den Garten und setzten sich in die Laube aus Jasmin. „Na, Herr Döring, was wollen Sie von mir wissen?" sagt Hildegard; es hört sich aber etwas bedrückt an, weil er so feierlich aussieht, und ihr Herz fängt an zu puckern. Dann legt er los, offen und ehrlich: „Ich möchte Ihnen bloß sagen, dass ich nicht bloß Ihre Schürze mag; Sie ganz und gar gefallen mir. Fäulein Hildegard, neulich wollte ich Ihnen ein Trinkgeld geben, heute biete ich Ihnen meine Hand. Hier ist sie, schlagen Sie ein, wenn Sie mich alten Junggesellen auch ein bisschen lieb haben."

Das ist ja ein Liebesantrag, und den hatte Hildegard nicht erwartet; ihr gefiel seine Aufrichtigkeit, und dass er sich ohne viel Gerede um sie bewarb. Männer, die forsch auftreten, die ihre Kraft zeigen, die sie in den Knochen und im Kopf haben, „importieren", wie Bräsig sagt (Onkel Bräsig aus Fritz Reuters „Ut mine Stromtid", d. Hrsg.), den Frauen mehr als solche, die kurzatmig und schlapp oder zurückhaltend und ängstlich sind. „Ja, Herr Döring", sagt sie, „hier ist meine Hand." Er fasst sie um, gibt ihr den ersten Kuss und streichelt ihre Hand. „Die ist mir mehr als tausend Taler wert; ich mag die quabbligen, sanften Hände nicht, die keine Arbeit gewohnt sind. Meine liebe Hilde, nun sage auch Gustav zu mir."

„Ja, mein Gustaving, ich habe das im Gefühl, du machst mich glücklich. Nun wollen wir zu meinen Eltern gehen."

„Und ich will meiner Mutter Nachricht geben. Was wird die sich freuen!" Schlüter und Frau umarmen ihn und ihre Tochter. Schlüter sagt: „Und neulich triebst du noch

dinen Spijök mit em. Dit hewwen ji fix taurecht kreegen."
„Ja", seggt Hildegard, „du wullst dorvon nicks weiten. Mi deiht dat gor nich leed."
Döring klingelt dat Telefon in Korthagen an; hei fröggt irst, woans dat sin Mudding geiht un wat allens in Hus un Hof un Acker in Ornung is; hei künn irst den annern Dag nah Hus kamen. Fru Döring will denn weiten, wat em noch in Semlow uphölt. „Nee", antwurt hei, „ick sprek ja ut Nigendörp. Nu paß up, leiw Mudding, un holl di wiß. Ick heww mi verlawt."
„Ach Gott, Gustäving, ick heww ja kein Ahnung. Mit wekker denn? So, so, mit Hildegard Schlüter. Dat möt ein gaudes Mäken sin, dei din Hart betwungen het. Nee, wo freug ick mi!"
„Ja", seggt Gustav, „sei is 'ne leiwe, smucke Dirn, sei ward di gefallen. Sei steiht achter mi un giwwt mi'n lütten Klapps, ick sall sei nich so sihr lawen. Täuw ins, ick möt ehr fix einen Kuß gewen." Nu nimmt Hilding dat Sprekdings un stellt sick als Brut vör un versprekt, 'ne gaude Swiegerdochter tau warden.
„Du bist mi willkamen. Nee, wat bin ick glücklich, dat ick dat verlewen kann. Gott sei Low un Dank! Woans is dat so fix kamen?"
„Von de Verwesselung. Gustav ward di dat verkloren. Un nu heww ick kein Tid mihr, hei let mi nich los!"

deinen Ulk mit ihm. Das habt ihr ja schnell hinbekommen."

„Ja", sagt Hildegard, „du wolltest davon nichts wissen. Mir tut es gar nicht leid."

Döring ruft in Korthagen an; er fragt erst, wie es seiner Mutter geht und ob alles in Haus und Hof und Acker in Ordnung ist; er könne erst am anderen Tag nach Hause kommen. Frau Döring will wissen, was ihn noch in Semlow aufhält. „Nein", antwortet er, „ich spreche ja aus Neuendorf. Nun pass auf, liebe Mutter, und halte dich fest. Ich habe mich verlobt."

„Ach Gott, Gustav, ich habe ja keine Ahnung. Mit welcher denn? So, so, mit Hildegard Schlüter. Das muss ein gutes Mädchen sein, die dein Herz bezwungen hat. Nein, wie freue ich mich!"

„Ja", sagt Gustav, „sie ist ein liebes, schmuckes Mädchen, sie wird dir gefallen. Sie steht hinter mir und gibt mir einen kleinen Klapps, ich soll sie nicht so sehr loben. Warte kurz, ich möchte ihr schnell einen Kuss geben." Nun nimmt Hilde die Sprechmuschel und stellt sich als Braut vor und verspricht, eine gute Schwiegertochter zu werden.

„Du bist mir willkommen. Nein, was bin ich glücklich, dass ich das noch erleben kann. Gott sei Lob und Dank! Wie ist das so schnell gekommen?"

„Von der Verwechselung. Gustav wird dir das erklären. Und nun habe ich keine Zeit mehr, er lässt mich nicht los!"

Blot Schaulmeister?

Min Doktor hett mi disen Sommer stramm nahmen. Hei unnersöcht' mi, as ick dalsackt was mit de Influenza (nu näumen sei ja dise emfamtige Sük „Grippe"), hei bekloppt un behorkt mi von alle Siden un schüddelköppt; min Hart geföl em nich, dat wier wat klapprig; un doran wier nich blot min Öller schuld, nee, ok ick sülwst. Ick makt' tauveel mit, drew mi in Vereine un Gesellschaften rüm, ja, hei hadd hürt, dat ick dat Danzen noch nich laten künn. Dat müßt anners warden; un hei schrew mi 'ne Badkur vör, wenn ick min Lewen för mine Sähns un Frünn' erhollen wull.
Ick gew em recht un gonnelt denn in den Maimand af bet wit achter Berlin, tauletzt immer höger rup mang de schlesische Barg'. De Badarzt säd mi beinah so, as sin Kolleg'. „Ihr Herz hat keinen organischen Fehler, muß aber ruhiger werden. Wir wollen es mit Bädern und Massage behandeln; dazu müssen Sie langsam gehen, keine Berge ersteigen und Alkohol, Nikotin, Kaffee, Tee vermeiden." So heww ick de Barg' von unnen, de Gasthüs' von buten un de Kerk von binnen beseihn. Hulpen hett de Kur, äwer ick kam mi vör, as wier ick mit eins föftig Johr öller worden; ick hadd bether immer vergeten, dat de Minsch sick nah sin Öller richten möt; ein kann ewig ümherhüppen as ein Tertianer.
Dat Baden in kohlensures Water geföl mi am besten. De Badmeister behannelt mi gaud; hei makt mi allens iwrig farig, fröggt nah mine Gesundheit, un mi schient, hei behannelt mi mit Utteiknung. Mit de Tid let hei nah mit de fixe Bedeinung, hei ward so glikgüllig un kort in sine Reden. Ick wunner mi un vertell dat einen Schaulrat, dei hier all bekannter is. „Ja", seggt hei, „hewwen sei em Drinkgeld gewen?"

Bloß Schulmeister?

Mein Doktor hat mich diesen Sommer stramm rangenommen. Er untersuchte mich, als ich niedergesackt war mit Influenza (nun nennen sie ja diese Seuche „Grippe"), er beklopfte und behorchte mich von allen Seiten und schüttelte den Kopf; mein Herz gefiel ihm nicht, es war klapprig; und daran war nicht bloß mein Alter schuld, nein, auch ich selbst. Ich machte zu viel mit, trieb mich in Vereinen und Gesellschaften rum, ja, er hatte gehört, dass ich das Tanzen noch nicht lassen konnte. Das müsste anders werden; und er schrieb mir eine Badekur vor, wenn ich mein Leben für meine Söhne und Freunde erhalten wollte.
Ich gab ihm recht und gondelte dann im Mai ab bis weit hinter Berlin, zuletzt immer höher hinauf in die schlesischen Berge. Der Badearzt sagte mir beinahe so wie sein Kollege: „Ihr Herz hat keinen organischen Fehler, muss aber ruhiger werden. Wir wollen es mit Bädern und Massage behandeln; dazu müssen Sie langsam gehen, keine Berg ersteigen und Alkohol, Nikotin, Kaffee, Tee vermeiden." So habe ich die Berge von unten, die Gasthäuser von außen und die Kirche von innen gesehen. Geholfen hat die Kur, aber ich kam mir vor, als wäre ich fünfzig Jahre älter geworden; ich hatte bisher immer vergessen, dass der Mensch sich nach seinem Alter richten muss; er kann nicht immer umherhüpfen wie ein Tertianer.
Das Baden in kohlensaurem Wasser gefiel mir am besten. Der Bademeister behandelte mich gut; er machte mir alles eifrig fertig, fragte nach meiner Gesundheit, und mir schien, er behandelte mich mit Auszeichnung. Mit der Zeit lässt er nach mit der schnellen Bedienung, er wird so gleichgültig und kurz in seinen Reden. Ich wundere mich und erzähle das einem Schulrat, der hier schon bekannter ist. „Ja", sagt er, „haben Sie ihm Trinkgeld gegeben?"

„Nee", segg ick, „dat wull ick irst dauhn, wenn de Kur tau Enn geiht."
„Is nich richtig", antwurt hei, „kieken's eins, de Mann lurt dorup, wil hei gor kein Gehalt betrekt. Un dat giwwt Proleten, dei em dörchbrennen un afreisen, ahn em tau bedenken. Sall hei Sei nich för sonen Banausen hollen un Sei beter behanneln, denn gewen's em alle fief Bäder wat."
Aha, nu geiht mi ein Talglicht up; den annern Dag kriggt hei twei Mark in de Fust. Dat was wol mihr, as hei vermauden was, hei makt sine Sak nu sihr gaud, einen fründlichern und bedeinlichern Kirl künn ick mi nich wünschen; hei deinert, hei beid't mi einen Stauhl an taum Utraugen, bet min Badzell fri is. Na, denk ick, den hest du kregen, dei hett gaud anbeten, ick ward em noch eins den sülwigen Köder hensmiten, bi dat teigente Bad wedder twei Mark.
Nu will sick de Kerl rein äwerslagen vör Ergewenheit un Freud, hei schient tau sinnieren, woans hei mi anreden sall, ob mit Exzellenz ore Herr Baron; wat Hoges möt ick in sine Ogen sin, denn mit eins fröggt hei mi, ahn dat ick dorup anspeelt hadd, wat ick wol 'n Jäger wier. Ick verfier mi en beten un segg, nee, in mien Lewen heww ick noch keinen Buck schaten. Mi is hüt noch nich klor, worüm hei grad dise Frag upsmet; hei wull wol rutkriegen, wat för ein hoges Diert vör em stünn, ein General ore Forstmeister ore Riddergaudsbesitter. Ick frag em denn, wofür hei mi hollen deid. Dunn kiekt hei mi 'ne korte Wil an un seggt, dat künn hei nich weiten. „Na", segg ick, „Sei raden dat doch nich, ick bin Schaulmeister." Von mi ut stimmt dat ja, un ick weit keinen Titel, dei finer un ihrenvuller is, as Meister in min Fach. De Badmeister äwer is anner Ansicht. Hei kiekt mi wehleidig an un seggt: „Na ja,

„Nein", sage ich, „das wollte ich erst tun, wenn die Kur zu Ende geht."

„Ist nicht richtig", antwortete er, „sehen Sie, der Mann wartet darauf, weil er gar kein Gehalt bezieht. Und es gibt Proleten, die ihm durchbrennen und abreisen, ohne ihn zu bedenken. Soll er Sie nicht für so einen Banausen halten und Sie besser behandeln, dann geben Sie ihm alle fünf Bäder etwas."

Aha, nun geht mir ein Talglicht auf; am anderen Tag bekommt er zwei Mark in die Faust. Das war wohl mehr, als er vermutete, er machte seine Sache nun sehr gut; einen freundlicheren Menschen konnte ich mir nicht wünschen, er dienert, er bietet mir einen Stuhl an zum Ausruhen, bis meine Badzelle frei ist. „Na", denke ich, „den hast du gekriegt, der hat gut angebissen, ich werde ihm nochmals den selben Köder hinwerfen, beim zehnten Bad wieder zwei Mark.

Nun will der Mensch sich rein überschlagen vor Ergebenheit und Freude, er scheint zu überlegen, wie er mich anreden soll, ob mit Exzellenz oder Herr Baron; was Hohes musste ich in seinen Augen sein, denn mit einem Mal fragte er mich, ohne dass ich darauf angespielt hatte, ob ich wohl Jäger wäre. Ich erschrecke mich ein bisschen und sage, nein, in meinem Leben habe ich noch keinen Bock geschossen. Mir ist heute noch nicht klar, warum er gerade diese Frage aufwarf; er wollte wohl herausbekommen, was für ein hohes Tier vor ihm steht, ein General oder Forstmeister oder Rittergutsbesitzer. Ich frage ihn, wofür er mich hält. Er sieht mich eine kurze Weile an und sagt, das kann er nicht wissen. „Na", sage ich, „Sie raten es doch nicht, ich bin Schulmeister". Von mir aus stimmt das ja, und ich weiß keinen Titel, der feiner und ehrenvoller ist, als Meister in meinem Fach. Der Bademeister aber ist anderer Ansicht. Er sieht mich wehleidig an und sagt: „Na ja,

das schadet ja auch nicht, wenn man nur gesund ist."
De Mann will mi trösten äwer minen Beraup, den hei nich alltau hoch inschätzen deid, un von einen Lihrer is hei sovel Drinkgeld wol nich vermauden west. De Klas was nich klauk, sowat tau denken. Ick künn mi dat Lachen kum verbieten un müßt lospruschen, as hei de Dör tauslaten hadd.

Nahwer Bleek un sin Unfall

Discher Bleek in Wolgast hadd sick von ne lütte Warkstäd' mit enen Gesellen ruparbeid't tau ne Dampmaschin, dei dat Hobeln, Fräsen und Bohren besorgen deed. Dat Geschäft güng gaud, Bleek näumt sick Fabrikbesitter un rögt keen Handwarkstüg mihr an. Hei was nu en von de Flitigen, dei anner Lüd' för sick scharwarken laten, un en von de Klauken, dei de Flöh hausten hüren un dat Gras wassen seihn känen. Abends set hei an den Stammdisch bi Nahwer Kiekbusch in dat Gasthus „Drei Kronen", snackt klauk un speelt girn Billard ore Schopskopp.
Eins Dags führt hei mit de Iserbahn nach Achterpommern taum Holtköpen un hadd dat Malür, dat in Züssow (twischen Gripswold un Anklam) sin Tog up en falsch Geleis' sust un dor up en halw Mannel Gäuderwagens, dei em im Weg stünnen, uplopen deed. Dat gew 'n bannigen Stot un Larm, in de Kumpees flögen Minschen un Kufferts dörchenanner. Weck müßten glik nah Gripswold in de Klinik bröcht warden von wegen braken Arm un Been, weck kemen mit Schrammen un Bulen dorvon af. So ok Nahwer Bleek. Tau Hus äwerleggt hei, wat em dit Malür inbringen künn, wil hei gegen Unfall versäkert was.

das schadet ja auch nicht, wenn man nur gesund ist."
Der Mann will mich trösten über meinen Beruf, den er nicht allzu hoch einschätzt, und von einem Lehrer hat er soviel Trinkgeld nicht erwartet. Der Klaus war nicht klug, so etwas zu denken. Ich konnte mir das Lachen kaum verkneifen und musste lospruschen, als er die Tür zugeschlossen hatte.

Nachbar Bleek und sein Unfall

Tischler Bleek in Wolgast hatte es mit seiner kleinen Werkstatt und einem Gesellen zu einer Dampfmaschine gebracht, die das Hobeln, Fräsen und Bohren besorgte. Das Geschäft ging gut, Bleek nannte sich Fabrikbesitzer und rührte kein Handwerkszeug mehr an. Er war nun einer von den Fleißigen, die andere Leute für sich arbeiten lassen, und einer von den Klugen, die die Flöhe husten hören und das Gras wachsen sehen können. Abends sitzt er am Stammtisch bei Nachbar Kiekbusch im Gasthaus „Drei Kronen", redet klug und spielt gern Billard oder Schafskopf.
Eines Tages fährt er mit der Eisenbahn nach Hinterpommern um Holz zu kaufen und hat das Malheur, das in Züssow (zwischen Greifswald und Anklam) sein Zug auf ein falsches Gleis saust und dort auf acht Güterwagen, die ihm im Weg standen, aufläuft. Es gab einen mächtigen Stoß und Lärm, in den Abteilen flogen Menschen und Koffer durcheinander. Einige mussten gleich nach Greifswald in die Klinik gebracht werden wegen gebrochener Arme und Beine, andere kamen mit Schrammen und Beulen davon. So auch Nachbar Bleek. Zu Hause überlegte er, was ihm das Malheur einbringen könnte, weil er gegen Unfall versichert war.

Hei seg ja tauirst mit all de Plasters an de rechte Sid gruglich ut, un sin Dätz brummt em acht Dag' lang. Äwer hei künn eten un drinken. Hei mellt denn den Unfall an un äuwt sick vör den Spiegel dat swore Leiden gehürig in; hei höl den Kopp scheif nah rechtsch, dat rechte Og knep hei tau, mit dat rechte Been schurrt hei up den Irdbodden un deed ok so, as künn hei nich orig spreken. De Versäkerung let em irst von enen, denn von enen annern Dokter unnersäuken, un all beid' betügten em, dat hei man blot fiefuntwintig Perzent „arbeitsfähig" wir un för den Schaden betahlt warden möt. De Versäkerung möt in den suren Appel biten un giwwt em alle Mand dreehunnert Mark.

Dat kem Bleeken gaud tau Paß, dat was 'n gaudes Taschengild, un dat durt keen vier Wochen, denn set hei wedder mang sine Kumpans an den Stammdisch. Tauirst wunnerten sick de Lüd', dat hei so fix wedder tau Gang kem, mit de Wil äwer kemen nige Saken up, Verlawung, Bankerott, Starwen, Schäulermord un anner Malür, un von den rieken Bleek un sinen Unfall spräk keen Düwel mihr. So was allens will un woll; Bleek högt sick, dat hei de Versäkerung belurt hedd un sine gaude Rent' instrieken künn. Äwer dat kem anners, as hei bereken deed.

En Halwjohr was so in't Land gahn, dunn logierten sick in de „Drei Kronen" twee Herrn in, dei von Morgens tau in de Feller un Wischen un Wäller mit grote, gräune Bleckbüssen sick ümherdriewen un Planten insammeln deeden. Dat wiren – so stünn in dat Fremdenbauk – Perfesser Negenklauk ut Gripswold un sin Aksistent Dokter Strebsam. Nahst, wenn sei all de Gräs', Blaumen, Krut un Unkrut bekeken un in ehre Bäuker inschrewen hadden, speelten sei Billard. Den drüdden Dag frögen sei Kiekbuschen, wat hier nich en anstännigen

Er sah ja zuerst mit all den Pflastern an der rechten Seite graulich aus, und sein Kopf brummte ihm acht Tage. Aber er konnte essen und trinken. Er meldet den Unfall an und übt sich vor dem Spiegel das schwere Leiden gehörig ein; er hielt den Kopf schief nach rechts, das rechte Auge kniff er zu, mit dem rechten Bein schurrte er über den Erdboden und tat auch so, als könne er nicht richtig sprechen. Die Versicherung lässt ihn erst von einem, dann von einem anderen Doktor untersuchen, und beide bezeugen ihm, dass er bloß fünfundzwanzig Prozent „arbeitsfähig" wäre und für den Schaden bezahlt werden muss. Die Versicherung muss in den sauren Apfel beißen und gibt ihm jeden Monat dreihundert Mark.

Das kam Bleek gut zu Pass, das war ein gutes Taschengeld, und es dauerte keine vier Wochen, dann saß er wieder zwischen seinen Kumpanen am Stammtisch. Zuerst wunderten sich die Leute, dass er so schnell wieder in Gang kam, mit der Zeit aber kamen neue Sachen auf, Verlobung, Bankrott, Sterben, Schülermord und anderes Malheur, und vom reichen Bleek und seinem Unfall sprach kein Teufel mehr. So war alles wieder wie immer; Bleek freute sich, dass er die Versicherung belogen hatte und seine gute Rente einstreichen konnte. Aber es kam anders, als er kalkulierte.

Ein halbes Jahr war so ins Land gegangen, dann logierten sich in die „Drei Kronen" zwei Herren ein, die sich von morgens an in den Feldern und Wiesen und Wäldern mit großen, grünen Blechbüchsen umhertrieben und Pflanzen einsammelten. Es waren – so stand es im Fremdenbuch – Professor Neunmalklug aus Greifswald und sein Assistent Doktor Strebsam. Danach, wenn sie all die Gräser, Blumen, Kraut und Unkraut besehen und in ihre Bücher eingeschrieben hatten, spielten sie Billard. Am dritten Tag fragen sie Kiekbusch, ob hier nicht ein anständiger

Minsch an den Stammdisch set, mit den sei ene Partie maken künnen. „Jawolling", säd Kiekbusch, „gaud un ok girn speelt Nahwer Bleek." Hei halt em ran, un de Herrn maken sick bekannt. Jedwede Partie geiht um 'ne Buddel Rotspohn, dei glik utdrunken ward. As sei de drüdde Buddel intus hadden – dat mihrste hadden sei mit Prost un Anstöten Bleeken intrichtert –, setten sei sick dal un fängen 'ne gebillte un fründliche Unnerhollung an, un so bi lütten spreken de twee Gelihrten von de Iserbahn un wat 'n Minsch dor aflewen kann.

„Ja", seggt Negenklauk, „ick bin bi en Entgleisung schlicht wegkamen, min krankes Bein hett mi veel Geld kost."

„Nanu", seggt Bleek, „wiren Sei denn nich versäkert?"

„Ja, dat wir ick woll, äwer ick wull nich so unbescheiden sin."

„Wat", schriggt Bleek, „unbescheiden? Sei sünd woll up den Puckel nich klauk, nehmen's mi dat nich äwel. Dat heww ick anners fingeriert." Un nu vertellt hei mit grote Wichtigkeit, woans dat makt ward, wenn ein sinen Unfall orig utslachten will.

„Na", meint de Perfesser, „dat is mi sihr interessant, ick bin nämlich de Direkter Rechneviel von de Stralsunner Versäkerung un dit is uns' irst Prokurist Stilauge."

Bi dise Utkunft verfiert sick Bleek dägern; hei sackt tauhop, plirt mit dat ene Og, höllt den Kopp scheif un fängt an tau stamern, as is sine Tung ok lahm.

„Nee, Herr Bleek, gewen's sick keen Mäuh, wi weiten nu Bescheid. Ick beid' Sei ne Affinnung von vierdusend Mark. Nehmen Sei dei an, ore sall ick de Sak vör Gericht bringen?" Oll Bleek süht denn in, dat de Versäkerung em belurt hett, un unnerschriwwt den Verdrag.

Mensch am Stammtisch sitze, mit dem sie eine Partie spielen könnten. „Ja", sagte Kiekbusch, „gut und gerne spielt Nachbar Bleek." Er holt ihn ran, und die Herren machen sich bekannt. Bei jeder Partie geht es um eine Flasche Rotspohn, die gleich ausgetrunken wird. Als sie die dritte Flasche intus hatten – das meiste davon hatten sie mit Prost und Anstoßen Bleek eingetrichtert –, setzten sie sich hin und fingen eine gebildete und freundliche Unterhaltung an, und so beiläufig sprechen die zwei Gelehrten von der Eisenbahn und was der Mensch dort erleben kann.
„Ja", sagt Neunmalklug, „ich bin bei einer Entgleisung schlecht weggekommen, mein krankes Bein hat mich viel Geld gekostet."
„Nanu", sagt Bleek, „waren Sie denn nicht versichert?"
„Ja", das war ich schon, aber ich wollte nicht so unbescheiden sein."
„Was", schreit Bleek, „unbescheiden? Sie sind wohl nicht ganz richtig, nehmen Sie mir das nicht übel. Das habe ich anders geregelt." Und nun erzählt er mit großer Wichtigkeit, wie es gemacht wird, wenn einer seinen Unfall ordentlich ausschlachten will.
„Na", meint der Professor, „das ist ja sehr interessant, ich bin nämlich der Direktor Rechneviel von der Stralsunder Versicherung und das ist unser Prokurist Stilauge."
Bei dieser Auskunft erschrickt sich Bleek sehr; er sackt zusammen, blinzelt mit dem einen Auge, hält den Kopf schief und fängt an zu stottern, so als ob seine Zunge auch gelähmt sei.
„Nein, Herr Bleek, geben Sie sich keine Mühe, wir wissen nun Bescheid. Ich biete Ihnen eine Abfindung von viertausend Mark. Nehmen Sie die an, oder soll ich die Sache vor Gericht bringen?" Der alte Bleek sieht ein, dass die Versicherung ihn beobachtet hat, und unterschreibt den Vertrag.

Sörre disen Rinfall güng hei sine Frünn' ut'n Weg, wil sei em brüden deeden. Un ick segg, sowat kümmt von sowat her, un ihrlich is immer beter as Bedreigeri un Uhlenspeigeli.

Hei möt dorbi sin

Dat giwwt Lüd', die ut Niglichkeit un Upspelerie ehre Näs' äwerall rinsteken; wo en Hund mit den Swanz wedelt, stahn Sei dorbi. Son Kirl was de Kopmann Michel Stüber in Schwerin. Gew de Börgerverein ore de Schüttengill ehr Danzvergnäugen, denn marschiert hei an de Spitz von de Pullenäs'; bröcht' de Kriegerverein einen Kameraden tau de letzte Rauh, was hei middenmang; Theater un Kunzert, Kummers un Versammlung künnen ahn em gar nich afhollen warden. Un as de „Sparer- und Gläubiger-Schutzverband" un de „Zickenzuchtverein" 'ne nige Partei grünnen un Kannedaten taum Rieksdag upstellen deed, wat ja tau de Rettung von uns' Vaderland dörchut notwendig is, – stünn ok Stüber up de List'; as echten dütschen Michel müßt hei ok disen Quatsch mitmaken. Kort gesegt, hei was Hans in alle Hägen un bekannt as'n bunten Hund. Un dat würd mit em noch duller, sitdem sine Mitbörgers em taum Senater in den Magistrat makt hadden. Dormit kreeg hei ja nu „amtlichen Charakter" un was noch mihr von sine Bedüdung äwertügt.
Un grad as Senater hett em dat eins begrismult. Ein Hallunk von Mürder würd von dat Schwurgericht taum Dod dörch dat scharpe Biel verurdeilt. De Hinrichtung süll nah Vörschrift in den Gefängnishof losgahn, un Taukiekers süllen man wenig taulaten warden. Sei kreegen dortau 'ne Kort. Oll Stüber let sick ok eine gewen, hei

Seit diesem Reinfall ging er seinen Freunden aus dem Weg, weil sie ihn aufzogen. Und ich sage, so was kommt von so was, und ehrlich ist immer besser als Betrügerei und Eulenspiegelei.

Er muss dabei sein

Es gibt Leute, die aus Neugier und Aufspielerei ihre Nase überall reinstecken.; wo ein Hund mit dem Schwanz wedelt, stehen sie dabei. So ein Mensch war Kaufmann Michel Stüber in Schwerin. Gab der Bürgerverein oder die Schützengilde ihr Tanzvergnügen, dann marschierte er an der Spitze der Polonaise; brachte der Kriegerverein einen Kameraden zur letzten Ruhe, war er mittenmang; Theater und Konzert, festliche Veranstaltungen und Versammlungen können ohne ihn gar nicht abgehalten werden. Und als der „Sparer- und Gläubiger-Schutzverband" und der „Zickenzuchtverein" eine neue Partei gründen und Kandidaten für den Reichstag aufstellten, was ja für die Rettung unseres Vaterlandes durchaus notwendig ist, – stand auch Stüber auf der Liste; als echter deutscher Michel musste er auch diesen Quatsch mitmachen. Kurz gesagt, er war Hans in allen Gassen und bekannt wie ein bunter Hund. Und es wurde mit ihm noch doller, seitdem seine Mitbürger ihn zum Senator im Magistrat gemacht hatten. Damit bekam er ja nun „amtlichen Charakter" und war noch mehr von seiner Bedeutung überzeugt.
Und gerade als Senator hat ihm das zum Schaden gereicht. Ein Halunke von Mörder wurde vom Schwurgericht zum Tod durch das scharfe Beil verurteilt. Die Hinrichtung soll nach Vorschrift im Gefängnishof losgehen, und als Zuschauer sollen nur wenige zugelassen werden. Sie bekommen dazu eine Karte. Stüber lässt sich auch eine geben, er

as Vertreder von de Börgerschaft müßt doch dit Theater mitanseihn. De Verbreker ward an dat Schaffot ranbröcht, de Keden warden em afnamen, de Hals fri makt un dat Urdeil mit de Unnerschrift von den Grotherzog em vörläst un unner de Näs' hollen. Hei seggt tauirst nicks, hei kiekt sick blot noch eins üm nah de Herrn, dei em de letzte Ihr gewen. Dunn kriggt hei Stübern tau seihn un seggt recht vernehmlich: „Kein Vergnäugen ahn Stübern". De Kirl hadd Humor, dei em in sine Dodstunn nich verlet; en poor Sekunden dornah was hei enen Kopp körter. Oll Stüber äwer güng nich sihr taufreden nah Hus.

Wenn ein wat arwen deit

Dat giwwt en Sprückwurd, ick weit nich, wo dat upkamen is, dat heit: Wer nichts erheiratet und nichts ererbt, der bleibt ein armes Luder, bis er sterbt. Dreigt ein dat üm, denn sitt dei in Fortuna ehren Schot, den so ore so dat Geld tauföllt. Wat hei dorbi glücklich ward, dat steiht up en anner Blatt. Dat heww ick erlewt an minen Fründ Willem Schümann in Schlawe.

1. De Arwunkel
Vör son Johrener föftig is Ferdinand Schümann, de tweite Sähn von Bur Schümann in Krolow (dat liggt twischen Stolfmünn' un Rügenwalde), mit en lüttes Kaptal nah Nurdamerika utwannert. Hei vermeid't sick as Knecht bi enen Farmer in Ohio un kann, wil hei sparsam un flitig is, 'ne lütte Farm köpen. Nah teihn Johr hett hei 'ne grote Farm, makt grote Ernten un ward 'n sihr riken Mann. Frigen deed hei nich; de Tid geiht hen, un as ollen Knaw kriggt hei

als Vertreter der Bürgerschaft musste doch dieses Theater auch ansehen. Der Verbrecher wird zum Schafott gebracht, die Ketten werden ihm abgenommen, der Hals freigemacht und das Urteil mit der Unterschrift vom Großherzog ihm vorgelesen und unter die Nase gehalten. Er sagt zuerst nichts, er sieht sich bloß noch einmal um zu den Herren, die ihm die letzte Ehre geben. Dann sieht er Stüber und sagt recht vernehmlich: „Kein Vergnügen ohne Stübern". Der Kerl hat Humor, der ihn in seiner Todesstunde nicht verlässt; ein paar Sekunden danach war er einen Kopf kürzer. Stüber aber ging nicht sehr zufrieden nach Hause.

Wenn einer was erbt

Es gibt ein Sprichwort, ich weiß nicht, wo es aufgekommen ist, das heißt: „Wer nichts erheiratet und nichts erbt, der bleibt ein armes Luder, bis er stirbt". Dreht man das Sprichwort um, dann sitzt der in Fortunas Schoß, dem so oder so das Geld zufällt. Ob er dabei glücklich wird, das steht auf einem ganz anderen Blatt. Das habe ich erlebt bei meinem Freund Wilhelm Schümann in Schlawe.

1. Der Erbonkel
Vor etwa fünfzig Jahren ist Ferdinand Schümann, der zweite Sohn von Bauer Schümann in Krolow (das liegt zwischen Stolpmünde und Rügenwalde), mit einem kleinen Kapital nach Nordamerika ausgewandert. Er vermietet sich als Knecht bei einem Farmer in Ohio und kann, weil er sparsam und fleißig ist, eine kleine Farm kaufen. Nach zehn Jahren hat er eine große Farm, macht große Ernten und wird ein sehr reicher Mann. Er heiratete nicht; die Zeit geht hin, und als alter Knabe bekommt er

dat Janken nah Hus, nah Krolow, nah dat Vadderhus. Hei halt enen Barg Geld von sine Bank in Cincinnati un reist af, üm Brauder Korl, Swester Dürten un Brauder Willem tau besäuken un tau beschenken. Up den Damper „Provientia" föhrt hei mit Kurs up Bremen. As klauken un vörsichtigen Mann hett hei sin Testament in de Tasch; hei seggt sik, ein kann nich weiten, wat mi up den Damper taustöten kann. Un so kem dat. De Influenza smet em dal un let em nich ut de Klawen; hei stürw. Sin Geld un de Poppieren nem de Kaptein an sik un gew sei an den Nurddütschen Lloyd in Bremen af. So kem denn an Korl Schümann de Nachricht, dat Unkel Nante dodbleven is un dat dörtigdusend Dollars dorliggen, dei em gegen de nödigen Vullmachten utbetahlt warden. Dei föhrt glik hen, nimmt sinen Notorius mit un hürt ut dat Testament, dat de drei, Korl, Dürten un Willem, de alleinigen Arwen sünd, ok von de Farm, dei vör 90 000 Dollar verköfft warden sall.

2. Willem as Knecht

Willem hett dat nich wierer bröcht as taum Knecht un deint nu all veele Johr bi Gastwirt Schulten in Schlawe, dei buten Kösliner Dur 'ne lütte Ackerwirtschaft hett; un dor hett Willem sin Rebeit. Hei hett dat Veih tau fäudern un tau häuden, de Swien, de Hamel, de Anten un Puten, de Häuhner un Duwen. Sine Wahnung hett hei in den Stall in de ingebugte Stuw. Jeden Middag, den Gott warden let, wannert hei nah Schulten sin Gasthus, et dor sine Mahltid un halt den Käkenaffall för sin Veihtüg. Ick kenn em all lang un sprek girn en poor Würd' mit den ihrlichen, bescheidenen Mann; un wenn ick buten spazieren gah, denn besäuk ick em hen un wedder up de „Wisch", wo de Ackeri liggt. Denn sitten wi vör den Stall up de Naturbänk, vertellen von olle

Heimweh, nach Krolow, nach seinem Vaterhaus. Er holt einen Berg Geld von seiner Bank in Cincinnati und reist ab, um Bruder Karl, Schwester Dürte und Bruder Wilhelm zu besuchen und zu beschenken. Auf dem Dampfer „Providentia" fährt er mit Kurs auf Bremen. Als kluger und vorsichtiger Mann hat er sein Testament in der Tasche; er sagt sich, man kann nicht wissen, was mir und dem Dampfer zustoßen kann. Und so kam es. Die Influenza warf ihn nieder und ließ ihn nicht aus den Klauen; er starb. Sein Geld und die Papiere nahm der Kapitän an sich und gab sie an den „Norddeutschen Lloyd" in Bremen ab. So bekam Karl Schümann die Nachricht, Onkel Nante wäre verstorben und dreißigtausend Dollar wären hinterlegt, die ihm gegen die nötigen Vollmachten ausbezahlt werden. Der fährt gleich hin, nimmt seinen Notar mit und hört aus dem Testament, dass die drei, Karl, Dürte und Wilhelm, die alleinigen Erben sind, auch von der Farm, die für 90 000 Dollar verkauft werden soll.

2. Wilhelm als Knecht

Wilhelm hat es nicht weiter gebracht als bis zum Knecht und dient seit vielen Jahren bei Gastwirt Schulte in Schlawe, der vor dem Kösliner Tor eine kleine Ackerwirtschaft hat; und da ist Wilhelms Revier. Er hat das Vieh zu füttern und zu hüten, die Schweine, die Hammel, die Enten und Puten, die Hühner und Tauben. Seine Wohnung hat er im Stall in der eingebauten Stube. Jeden Mittag, den Gott werden ließ, wanderte er in Schultes Gasthaus, aß dort seine Mahlzeit und holte den Küchenabfall für sein Viehzeug. Ich kenne ihn schon lange und spreche gern ein paar Worte mit dem ehrlichen, bescheidenen Mann; und wenn ich draußen spazieren gehe, dann besuche ich ihn hin und wieder auf der „Wiese", wo der Acker liegt. Dann sitzen wir vor dem Stall auf der Naturbank, erzählen von alten

Tiden un kieken tau, woans dat Fedderveih freten deiht; hei rokt sine korte Piep dortau. De Freud an sine Arbeit kann ein em anseihn; hei kennt jedes enzelte Stück Veih un sei kennen em; hei brukt blot tau fläuten, denn lopen un fleigen sei von alle Siden tausam un krawweln em üm de Fäut. Un wil hei sei meist uptreckt hett, leiwt hei sei, as wiren't sine Kinner. Wo kann hei jammern un wehklagen, wenn ein lütt Küken dodbliwwt, un sei starwen gor tau licht bi käuhles un nattes Weder. Wenn dat denn so steiht un bewert, den Kopp ingetreckt, de Flüchten hängen dal un dat Fauder smeckt nich mihr, denn is't kattut mit em. Grot is äwer Willem sin Högen, wenn em dat eins glückt, sonen Dodeskannedaten in de Pudelmütz uptauwarmen un tau redden. Sin Stolt ist de grote Hahn mit starke Knaken un en prächtiges Kleid ut sülwerne Franjen mit den gräunschillrigen Swanz. Sin Kreigen dröhnt as en Trumpet, un hei steiht mang de Häuhnerfrugens as'n Pascha in den Harem, dei dor seggt: Dies alles ist mir untertänig.

3. Willem arwt

In dit geruhige un taufredene Lewen föl mit eins en Dunnerslag. Ick fünn em verännert. „Wat is mit Sei?", frög ick, „wat schad't Sei? Sei roken nich un äwer Ehre Häuhner kieken Sei weg, as säuken Sei wat in de Firn; Sei hewwen 'ne spitze Näs' kregen un seihn bleik ut." Un nu vertellt hei, äwer nich so in enen Ruck, as dat hier steiht, nee, man so quanswis'; ick müßt dat ut em ruthalen. „Min Dürten-Swester besöcht mi. Ick denk bi mi, na, wat will dei, sei kümmt doch süs nich, dor känen teihn Johr ver-gahn, un sei süht so fierlich ut. Sei sett sik hen un seggt tau mi: Willem, seggt sei, nu sett di ok hen un holl di wiß. Un dorbi aten sei wat kort. Ick frag ehr denn:

Zeiten und sehen zu, wie das Federvieh frisst; er raucht seine kurze Pfeife dazu. Die Freude an seiner Arbeit sieht man ihm an, er kennt jedes einzelne Stück Vieh und sie kennen ihn; er braucht bloß zu pfeifen, dann laufen und fliegen sie von allen Seiten zusammen und krabbeln ihm um die Füße. Und weil er sie fast alle aufgezogen hat, liebt er sie, als wären sie seine Kinder. Er jammert und wehklagt, wenn ein Küken eingeht, und sie sterben gar zu leicht bei kühlem und nassem Wetter. Wenn es dann so steht und zittert, den Kopf eingezogen, die Flügel hängen runter und das Futter schmeckt nicht mehr, dann ist es zu Ende mit ihm. Groß ist aber Wilhelms Freude, wenn es ihm glückt, so einen Todeskandidaten in der Pudelmütze aufzuwärmen und zu retten. Sein Stolz ist der große Hahn mit starken Knochen und einem prächtigen Kleid aus silbernen Fransen mit dem grün schillernden Schwanz. Sein Krähen dröhnt wie eine Trompete, und er steht zwischen den Hühnerfrauen wie ein Pascha im Harem, der sagt: „Dies alles ist mir untertänig."

3. Wilhelm erbt

In dieses ruhige und zufriedene Leben fiel mit einem Mal ein Donnerschlag. Ich fand ihn verändert. „Was ist mit Ihnen?", frage ich, „was schadet Ihnen? Sie rauchen nicht und über Ihre Hühner sehen Sie weg, als suchten Sie etwas in der Ferne; Sie haben eine spitze Nase bekommen und sehen bleich aus." Und nun erzählte er, aber nicht so in einem Ruck, wie es hier steht, nein, nur so nach und nach; ich musste es aus ihm herausholen: „Meine Schwester Dürte besuchte mich. Ich denke bei mir, was will die, sie kommt doch sonst nicht, da können zehn Jahre vergehen, und sie sieht so feierlich aus. Sie setzt sich hin und sagt zu mir: ‚Wilhelm‘, sagt sie, ‚nun setze dich auch hin und halte dich fest.‘ Und dabei atmet sie kurz. Ich frage sie dann:

Wat hest du? Wat is 'e los? Is Korl-Brauder wat ankamen? – Ne, seggt sei, dat is wegen Unkel Nante, den Amerikaner. Na, segg ick, denn is't man gaud. Lewt dei noch un hett hei schrewen? Ja, seggt Dürten, wi hewwen Nahricht, äwer nich von em sülwst, von den Nurddütschen Lloyd in Bremen. Wat is dat?, frag ick. Na, dat is 'ne grote Hannelsgesellschaft, dei grote Dampers äwer dat grote Water swemmen let un de Utwannerer räwerbringt. Aha, segg ick, nu verstah ick, wat weiten dei von Unkel Nante? Denn vertellt Dürten, wat wi all weiten, wickelt ehr Knüppdauk up un leggt 10 000 Dollars up den Disch. Dat is din Andeil, un dreimal soveel kriegen wi noch, du ok. Dunn fat ick mi an den Kopp, mi ward ganz däsig tau Maud. Soveel Geld up enen Hümpel heww ick nich seihn, so olt ick bünn, un dat sall alls min sin? Woveel is dat wol nah uns' Geld? Na, meint Sei, viertigdusend Mark un mihr. Herregott, is wol nich mäglich? Wat sall ick dormit? Ick heww ja tau lewen." Denn seggt sei noch: „Dat lat ick di hier, un du möst äwerleggen, wat du dormit makst. Adjüs ok un bliew gesund." „Nu sitt ick hier un simmelier Dag un Nacht, ick finn keinen Slap. Wat is't för'n Unglück, Herr Dokter."
Ick will em beraubigen un rad' em, hei sall keinen Minschen wat afgewen un dat Geld up de Bank ore Sporkass' anleggen. „Wo hewwen Sei't upbewohrt?" Hei wiest up sin Bedd: „Dor unner in den Strohsack liggt de Strumpschacht." Un dorvon is hei nich aftaubringen.

4. Willem sin Unglück

Nah Mandstid, ick was up Reisen, seih ick em wedder. Min Gott, woans süht de Mann ut; hei is afmagert un kann mit de Bein nich vorwärts, hei jappt nah Luft un sprekt so swack as en Minsch, dei bald afkratzen ward. De Lüd

Was hast du? Was ist los? Ist Bruder Karl etwas zugestoßen? ‚Nein', sagt sie, ‚es ist wegen Onkel Nante, dem Amerikaner.' Na, sage ich, dann ist es man gut. Lebt er noch und hat er geschrieben? ‚Ja', sagt Dürte, ‚wir haben Nachricht, aber nicht von ihm selbst, vom „Norddeutschen Lloyd" in Bremen.' Was ist das? frage ich. ‚Na, das ist eine große Handelsgesellschaft, die große Dampfer über das große Wasser schwimmen lässt und die Auswanderer rüberbringt.' Aha, sage ich, nun verstehe ich, was wissen die von Onkel Nante? Dann erzählt Dürte, was wir schon wissen, wickelt ihr Knüpftuch auf und legt 10 000 Dollar auf den Tisch. ‚Das ist dein Anteil, und dreimal so viel kriegen wir noch, du auch.' Da fasse ich mir an den Kopf, mir wird ganz schwindlig. So viel Geld auf einem Haufen habe ich noch nicht gesehen, so alt ich bin, und das soll alles meins sein? Wieviel ist das wohl nach unserem Geld? ‚Na', meint sie, ‚vierzigtausend Mark und mehr.' Herrgott, ist wohl nicht möglich? Was soll ich damit? Ich habe ja genug zum Leben. Dann sagt sie noch: ‚Das lasse ich dir hier, und du musst überlegen, was du damit machst. Adjüs auch und bleibe gesund.' Nun sitze ich hier und überlege Tag und Nacht, ich finde keinen Schlaf. Was ist das für ein Unglück, Herr Doktor."
Ich will ihn beruhigen und rate ihm, er soll keinem Menschen etwas abgeben und das Geld auf der Bank oder Sparkasse anlegen. „Wo haben Sie es aufbewahrt?"
Er zeigt auf sein Bett: „Dort unten im Strohsack liegt die Strumpfschachtel." Und davon ist er nicht abzubringen.

4. Wilhelms Unglück
Nach einem Monat, ich war auf Reisen, sehe ich ihn wieder. Mein Gott, wie sieht der Mann aus; er ist abgemagert und kann kaum laufen, er schnappt nach Luft und spricht so schwach wie ein Mensch, der bald stirbt. Die Leute

hewwen em dat Hus inlopen, sine Arwschaft hadd sick rümspraken, un jedwerein wull em anpumpen, de ein taum Husbu, de anner taum Geschäft, de drüdd' taum Schullenbetahlen un noch ein tau sine Utstür. Un wat wieren dat all för gaude Kirls, sei wullen ja taumeist un tauirst em helpen, hei süll hoge Tinsen kriegen un uterdem ward hei grot dorstahn as Minschenfründ. Hei gew nicks, äwer de Upregung makt em krank, hei kreeg de Watersucht, un tweimal hett em de Dokter dat Water aflaten. Mit dat Finanzamt hadd hei ok noch tau dauhn wegen Arwschaftsstür, un besonners glimplich fött dat de Unnerdanen nich an.

Willem deed mi leid, un ick wull em girn helpen. Ick äwerlegg' nu mit em, wat hei dauhn sall, dat hei wedder tau Kräften kümmt. Dat Geld möt anleggt warden, dormit dat säker is vör Deiw un Für, un denn mak ick em Vörsläg för de Taukunft: hei sall sick tau Rauh setten un Rentjee speelen; „nee", seggt hei, „dat holl ick nich ut, ahn Arbeit kann ick nich bestahn. Un wat ward ut mine Anten un Häuhner?"

„Denn wat anners, gahn Sei up Reisen."

„Wat", seggt hei, „ick reisen? Heww ick einmal versöcht un bin in't Bramborgsche west. Äwer dat hett mi gor nich gefallen, luter anner Lüd' un anner Sprak; mi hewwen sei utlacht."

„Na, denn friegen Sei, denn kriegen Sei einen Husstand un lewen beter."

„Ja, dat seggen Sei so hen. Ick künn ja ok wol son oll Frugensminsch bruken, dei mi bekakt un bereinigt, äwer dei paßt denn mine Wahnung hier nich." Tauletzt meint' ick, hei sal nah Krolow trecken, un dat lücht' em am mihrsten in, äwer dat sall nich glik losgahn.

haben ihm das Haus eingelaufen, seine Erbschaft hatte sich rumgesprochen, jeder wollte ihn anpumpen, der eine zum Hausbau, der andere zum Geschäft, der dritte zum Schuldenbezahlen und noch einer für seine Aussteuer. Und was waren das alles für gute Männer, sie wollten ja zumeist und zuerst ihm helfen, er soll hohe Zinsen bekommen und außerdem wird er groß dastehen als Menschenfreund. Er gibt nichts, aber die Aufregung macht ihn krank, er bekommt die Wassersucht, und zweimal hat ihm der Doktor das Wasser abgelassen. Mit dem Finanzamt hat er auch noch zu tun wegen der Erbschaftssteuer, und besonders glimpflich fasst das die Untertanen nicht an.
Wilhelm tat mir Leid, und ich wollte ihm gern helfen. Ich überlegte nun mit ihm, was er tun soll, damit er wieder zu Kräften kommt. Das Geld muss angelegt werden, damit es sicher ist vor Dieben und Feuer, und dann mache ich ihm Vorschläge für die Zukunft: er soll sich zur Ruhe setzen und Rentner spielen. „Nein", sagt er, „das halte ich nicht aus, ohne Arbeit kann ich nicht bestehen. Und was wird aus meinen Enten und Hühnern?"
„Dann was anderes, gehen Sie auf Reisen."
„Was", sagt er, „ich reisen? Habe ich einmal versucht und bin im Brandenburgischen gewesen. Aber das hat mir gar nicht gefallen, lauter andere Leute und andere Sprache; mich haben sie ausgelacht."
„Na, dann heiraten Sie, dann bekommen Sie einen Hausstand und leben besser."
„Ja, das sagen Sie so hin. Ich könnte ja auch wohl eine Frau brauchen, die mich bekocht und bereinigt, aber der passt dann meine Wohnung hier nicht." Zuletzt meinte ich, er soll nach Krolow ziehen, und das leuchtete ihm am meisten ein, aber es soll nicht gleich losgehen.

5. Willem bliwwt bi Schulten
Hei kann sick nich entsluten, sinen Deinst tau verlaten, hei bliwwt bi sine Anten un Häuhner un bi Schulten, solang hei de Arbeit leisten kann. Un hei kann sei leisten, wil sine Fäut wedder gesund sünd. Nahst, ja denn sall't nah Krolow gahn, dor will hei sik upbugen un de letzten Johr in Rauh henbringen. Denn sall em dat Geld tau Paß kamen, hei brukt nich tau darwen. Un so seih ick den ollen trugen Mann einen Dag as alle Dag bi Schulten, kein Minsch markt em an, dat hei soveel Geld achter sik hett. Blot soveel spandiert hei sik, hei rokt nich mihr sonen Stinkadorus ut sin Piep un hei dröggt Sünndags einen beteren Antog. As ick em mit „Herr Schümann" anreden wull, verbed hei sik dat. „Näumens mi man Willem, Sei kennen mi ja lang nog." So is hei bescheiden un taufreden blewen; up em paßt de olle Vers, den ick all 1860 up de Schaulbank bi Lihrer Nikolaus in Üsdum sungen heww: Was frag ich viel nach Geld und Gut, wenn ich zufrieden bin.
Nah Geld fröggt hei nich veel, dat hett em nicks as Unrauh, Arger un Krankheit bröcht, em makt de Arbeit glücklich, un ick kann blot raden, em dat nahtaumaken.

Slichte Tiden

Mien Schaulfründ un Lannsmann Konrad Mielke in Nigenbramborg was 'n gauden un ok 'n klauken Bengel; hei hadd enen behöllern Kopp un keem fiks vöran von ein Klaß in de anner. Sine Öllern un Lihrers säden: Ut em ward wat, un wi dachten dat ok. Wat uns an em nich geföl, was sine Inbillung, dat hei tau wat Högeres up disen Irdball beraupen wier un dorna

5. Wilhelm bleibt bei Schulte
Er kann sich nicht entschließen, seinen Dienst zu verlassen, er bleibt bei seinen Enten und Hühnern und bei Schulte, solange er die Arbeit leisten kann. Und er kann sie leisten, weil seine Füße wieder gesund sind. Später, ja dann soll es nach Krolow gehen, dort will er sich niederlassen und die letzten Jahre in Ruhe verbringen. Dann soll ihm das Geld zu Pass kommen, er braucht nicht zu darben. Uns so sehe ich den alten treuen Mann Tag für Tag bei Schulte, kein Mensch merkt ihm an, dass er so viel Geld hinter sich hat. Bloß so viel spendiert er sich, er raucht nicht mehr seinen Stinkadorus aus seiner Pfeife und er trägt sonntags einen besseren Anzug. Als ich ihn mit „Herr Schümann" anreden wollte, verbat er sich das. „Nennen Sie mich man Wilhelm, Sie kennen mich ja lange genug." So ist er bescheiden und zufrieden geblieben; auf ihn passt der alte Vers, den ich 1860 auf der Schulbank bei Lehrer Nikolaus in Usedom gesungen habe: „Was frag ich viel nach Geld und Gut, wenn ich zufrieden bin".
Nach Geld fragt er nicht viel, das hat ihm nichts als Unruhe, Ärger und Krankheit gebracht, ihn macht die Arbeit glücklich, und ich kann bloß raten, ihm das nachzumachen.

Schlechte Zeiten

Mein Schulfreund und Landsmann Konrad Mielke in Neubrandenburg war ein guter und auch kluger Bengel; er hatte ein gutes Gedächtnis und kam schnell voran von einer Klasse in die andere. Seine Eltern und Lehrer sagten: Aus ihm wird was, und wir dachten das auch. Was uns an ihm nicht gefiel, war seine Einbildung, dass er zu etwas Höherem auf diesem Erdball berufen wäre und danach uptreden müßt; immer as Schentelmenn mit hoge Kragens un Glaseehanschen, mit Ziehgarn ut de Habana un fines Eten un Drinken. Uns' Huusmannskost, säd hei, gehürt in de Dranktunn, nich in den Lief von einen Kafalier. Hei bestünn dat Afgangsexam un smeet sik up de Juristeri; denn „Up dis' Ledder kann ick tau de bäbelsten Ihren un Würden upstigen". Sörre de Tid kemmen wi utenanner, un ik hürt von anner Lüd, dat hei sein grootoriges Wesen nich nahlaten hett. Akzesser is hei nich worden.

Na de Revolutschon besöcht ik mine leiwe Vaderstadt, un wekker kem mi up den Bahnhof in de Möt? Konrad Mielke – wi freugten uns äwer dat Weddersehn un frögen immer ümschichtig: „Minsch, wo geiht di dat? Wo wahnst Du un wat bist Du?" Ik bekek em, so besonners fien was sein Antog nich; de Haut harr 'ne verschatne Kalür, un wat hei säd, keem 'n beten benaut rut.

„Ja woans sall dat enen anstännigen Minschen up Stunns gahn? Dat sind slichte Tiden, Anstellung heww ik nich. Vör Johr un Dag hewwen s' mi den Burmeisterposten in Wesenbarg anbaden; utgerekent Wesenbarg! Nee, dat was niks för mi, wat sall ik in dat lütte Nest mit mine Vörbillung? Sall ik versuern un verbuern? Ik mit minen vörnehmen Namen Konrad? Dat künn ik vör minen Herrgott nich verantwuurden un schreew af. Wat meinst Du, oll Fründ?"

„Ik wunner mi äwer Di! Du klagst äwer de slichten Tiden un nimmst son Amt, dat sinen Mann äwer Water höllt, nich an? Dat is 'n narrschen Kraam, nimm mi dat nich äwel. Wat sall nu ut Di warden? Du kannst doch nich anner Lüd tau Last liggen." Dunn seggt hei: „Ik verlaat mi up unsen Herzog; dei ward sinen truen Unnerdaan nich ümkamen laten."

auftreten müsste; immer als Gentleman mit hohen Kragen und Glaceehandschuhen, mit Havanazigarren und feinem Essen und Trinken. Unsere Hausmannskost, sagte er, gehört in die Drangtonne, nicht in den Leib eines Kavaliers. Er bestand das Abgangsexamen und warf sich auf die Juristerei; denn „Auf dieser Leiter kann ich zu höchsten Ehren und Würden aufsteigen". Zu dieser Zeit kamen wir auseinander, und ich hörte von anderen Leuten, dass er sein großartiges Wesen nicht bleiben ließ. Akzessor ist er nicht geworden.

Nach der Revolution besuchte ich meine liebe Vaterstadt, und wer kam mir auf dem Bahnhof entgegen? Konrad Mielke – wir freuten uns über das Wiedersehen und fragten immer umschichtig: „Mensch, wie geht es dir? Wo wohnst du und was bist du?" Ich sehe ihn an; so besonders fein war sein Anzug nicht; der Hut hatte eine ausgeblichene Farbe, und was er sagte, kam ein bisschen bedrückt raus.

„Ja wie soll es einem anständigen Menschen heute gehen? Es sind schlechte Zeiten, Anstellung habe ich nicht. Vor Jahr und Tag haben sie mir den Bürgermeisterposten in Wesenberg angeboten; ausgerechnet Wesenberg! Nein, das war nichts für mich, was soll ich in dem kleinen Nest mit meiner Vorbildung? Soll ich versauern und verbauern? Ich mit meinem vornehmen Namen Konrad? Das konnte ich vor meinem Herrgott nicht verantworten und schrieb ab. Was meinst du, alter Freund?"

„Ich wundere mich über dich! Du klagst über die schlechten Zeiten und nimmst so ein Amt, das seinen Mann über Wasser hält, nicht an? Das ist verrückt; nimm mir das nicht übel. Was soll nun aus dir werden? Du kannst doch nicht anderen Leuten zur Last liegen." Dann sagt er: „Ich verlasse mich auf unseren Herzog; der wird seinen treuen Untertanen nicht umkommen lassen."

„Na", antwurt ik, „denn man tau. Nu heww ik kein Tid; kumm hüt Abend in den goll'nen Knoop; dor willen wi bi 'n Glas Bier mihr snacken."

As ik Klock acht henkaam, sitt min Konrad al dor, rookt sine Ziehgar, un vör em steiht 'ne half Buddel Rodwien. Dat ward mi doch argern. „Dunnermissing", segg ik, „ik wull Di tau 'n poor Glas Bier inladen, un Du süppst Roodspohn? Bi de slichten Tiden? Woans riemt sik dat tausam'?"

„Ja, ja", seggt hei, „ik bedank mi för Dine gaude Afsicht, äwer ik kann dat kolle Bier dörchut nich verdrägen, dat sleit mi up de Maag." Un dorbi reew hei sik mit de Hand sinen Buuk, as wenn hei em sihr leiw hewwen deed un em gaud plegen müßt. Ik fraag em denn, wat hei veel Geld hett, dat hei as 'n Baron uptreden künn. „Nee, nee", seggt hei, „mien Größing hett mi twintig Mark gewen; Fründing, ik bidd' Di, wat sall dat bi de slichten Tiden? Dat is 'n Druppen up 'n heiten Steen."

Middewiel hadd ik mien Bier un hei sinen Wien utdrunken, un ik denk bi mi, sast den ollen Upspeeler man mit wat Beteres unner de Ogen gahn. Bekihren kannst du em doch nich. Ik bestell' bi den Markür 'ne Buddel Schepandi „Matheus Müller". Dunn fött hei mi an de Hand un seggt: „Oll Fründ, dauh mi den enzigsten Gefallen un laat dat; ik kann dat Tügs nich daal krigen, ik krieg jedesmal de Koliek; de französische Schepandi, ja, dei bekümmt mi."

Dit güng mi doch äwer Kried un Rotstein; ik bestell' den „Matheus" wedder af un segg Konraden adjüs. „Di is nich tau helpen, wenn Du so hoog rut wist. Kiek man tau, dat Du nich ünner de Räd kümmst. Französischen Schepandi un Roodspohn känen wi nich alle Daag drinken."

„Ik verlaat mi up unsen Herzog", dat was sein

„Na", antworte ich, „denn man zu. Jetzt habe ich keine Zeit; komm heute Abend in ‚den Goldenen Knopf', da wollen wir bei einem Glas Bier mehr darüber sprechen."
Als ich um acht hinkomme, sitzt mein Konrad schon da, raucht seine Zigarre, und vor ihm steht ein halbe Flasche Rotwein. Das ärgerte mich doch. „Donner und Blitz", sage ich, „ich wollte dich zu ein paar Glas Bier einladen, und du säufst Rotspohn? Bei diesen schlechten Zeiten? Wie reimt sich das zusammen?"
„Ja, ja", sagt er, „ich bedanke mich für deine gute Absicht, aber ich kann das kalte Bier durchaus nicht vertragen, das schlägt mir auf den Magen." Und dabei rieb er sich mit der Hand seinen Magen, als wenn er ihn sehr lieb hätte und ihn gut pflegen müsse. Ich frage ihn dann, ob er viel Geld hat, dass er als ein Baron auftreten könne. „Nein, nein", sagt er, „meine Großmutter hat mir zwanzig Mark gegeben; mein lieber Freund, ich bitte dich, was soll das bei den schlechten Zeiten? Das ist ein Tropfen auf den heißen Stein."
Mittlerweile hatte ich mein Bier und er seinen Wein ausgetrunken, und ich denke bei mir, sollst dem alten Aufschneider mal etwas Besseres bieten. Bekehren kannst du ihn doch nicht. Ich bestelle beim Ober eine Flasche Champagner „Matheus Müller". Da fasst er mich bei der Hand und sagt: „Alter Freund, tu mir den einzigen Gefallen und lass das; ich kann das Zeug nicht runterkriegen, ich bekomme jedes Mal eine Kolik; der französische Champagner, ja, der bekommt mir."
Das ging mir doch zu weit; ich bestelle den „Matheus" wieder ab und sage tschüs. „Dir ist nicht zu helfen, wenn du so hoch hinaus willst. Sieh man zu, dass du nicht unter die Räder kommst. Französischen Champagner und Rotspohn können wir nicht alle Tage trinken."
„Ich verlass mich auf unseren Herzog", das waren seine

letzt' Wuurd.

Nahdem möt hei bescheidner worden sein; hei is as Sekletär in 'ne lütte Stadt unnerkrapen, wiel de Hunger weihdauhn deid. Wat em de Herzog dortau hulpen hett, weit ik nich. Äwer dat lütte Inkamen hett em tägelt; hei drinkt nu Bier, as anner Lüd, un bi jedes Glas süfzt hei vör sik hen: „Nee, wat is 't för 'n Elend! Wat sind 't för slichte Tiden!"

Tanten Stining up Reisen

Tanten Stining was fiefunföftig Johr olt un unverfriegt; sei was an den Haben „das eheliche Glück" vörbisegelt. Verlawt was sei eins west, as Dirn von twintig Johr, mit enen Kopmann; ehre Öllern hadden em fäudert mit Kalwerbraden un Rodwin, un em von Stinings Utstür fiefdusend Mark gewen, tau ein Geschäft, dat hei in Richtenbarg upmaken wull. Dormit dampt hei af un – kam nich wedder. Sörre de Tid hadd sei enen groten Wedderwillen för alle Mannslüd; sei wull sik keinen mihr an't Lief kamen laten un hett Wurd hollen. Sei lewt as olle Jungfer in Gripswold in ehr lüttes Hus in de Kapaunenstrat von dat Vermägen, dat sei von de Öllern arwt hadd, idel vergnäugt bi Kaffee un Muschüken, un all Lüd näumen sei Tanten Stining; Fräulein Ernestine Säger was woll tau umständlich un ducht woll för de gaude Perßon tau fremd.

Sei hadd ok Fründinnen, söß Stück, mit dei sei immer de Reig üm enen Kaffeeklatsch besöchte un tau Sommerdag ok eins mit den lütten Stiemer „Eldena" nah den Elisenhain bi Eldena fohrte; dat äwrige dütsche Vaderland bleew ehr unbekannt, sei hadd enen Grugel vör de Iserbahn wegen den Damp un dat Geraster; dorbi künn

letzten Worte.
Nachdem muss er bescheidener geworden sein; er ist als Sekretär in einer kleinen Stadt untergekommen, weil Hunger wehtut. Ob ihm der Herzog dazu verholfen hat, weiß ich nicht. Aber das kleine Einkommen hat ihn gezügelt; er trinkt nun Bier, wie andere Leute auch, und bei jedem Glas seufzt er vor sich hin: „Nein, was ist es für ein Elend! Was sind es für schlechte Zeiten!"

Tante Ernestine auf Reisen

Tante Stine war fünfundfünfzig Jahre alt und unverheiratet; sie war am Hafen „Das eheliche Glück" vorbeigesegelt. Verlobt war sie mal, als Mädchen von zwanzig Jahren, mit einem Kaufmann. Ihre Eltern hatten ihn gefüttert mit Kälberbraten und Rotwein, und ihm von Stines Aussteuer fünftausend Mark gegeben für ein Geschäft, welches er in Richtenberg aufmachen wollte. Damit dampfte er ab und – kam nicht wieder. Seit der Zeit hatte sie einen großen Widerwillen für alle Mannsleute; sie wollte sich keinen mehr an den Leib kommen lassen und hat Wort gehalten. Sie lebte als alte Jungfrau in Greifswald in ihrem kleinen Haus in der Kapaunenstraße von dem Vermögen, dass sie von ihren Eltern geerbt hatte, sehr vergnügt bei Kaffee und Zwieback, und alle Leute nannten sie Tante Stine; Fräulein Ernestine Säger war wohl zu umständlich und schien wohl für die gute Person zu fremd zu klingen.
Sie hatte auch Freundinnen, sechs Stück, mit denen sie immer reihum einen Kaffeeklatsch besuchte und an Sommertagen auch mal mit dem kleinen Dampfer „Eldena" zum Elisenhain bei Eldena fuhr; das übrige deutsche Vaterland blieb ihr unbekannt, sie hatte Angst vor der Eisenbahn wegen dem Dampf und dem Gerassel; dabei könnte

sei beswimen. Äwer dat Unglück slöppt nich.
Sei krigt enen Breiw ut Pasewalk von ehr Vadderbrauderdochter Greting, dei an enen Schaulmeister verfriegt is, de beiden bidden sei, sei mücht ehr doch de Freud un Ihr andauhn un tau de Kinnelbier bi den irsten lütten Sähn kamen, ok 'ne Patenstell äwernehmen. Herrjeh, wat gew dat för Upregung! Sei makt in de Nacht kein Og tau, so jagen de Gedanken sik in ehren Brägen. Wat sall dat blot warden! Sonne wide Reis' in de infamtige Iserbahn un ganz allein. „Nee, nee, dat geiht nich gaud af, mi ahnt so wat. Sall ik afschriwen? Äwer wat seggt denn Greting? Dat arme Kind möt dat ja äwelnehmen. Un denn wir dat ok gar tau schön, wenn de Pasewalkschen min niges lilasidnes Kleed bewunnern. Ick will mi dat den annern Dag mit mine söß Fründinnen besnaken."
De Upwardsfru Schüttsch ward in Draw sett un möt up Nahmiddag tau ene uterornliche Kaffeesittung tausamraupen, un sei kamen ok Klock vier an, höllschen niglich, wat woll de Ursak von sone Utnahm sin künn. Sei seihn ehr glik an, dat sei ut ehren Verfat wir; sei hett so wat Fierliches in ehr Gesicht, as steiht sei vör en grot Belewnis, vör ene Wennung in ehr Lewen. Wat is e' los? Wat bedüd't dit? fragen sei en nah de anner. Tanten Stining nimmt sik tausam, bet all up ehren gewennten Platz sitten un de Kaffee inschenkt is. Denn smitt sei dat grote Wurd in de Versammlung: „Kinnings, weiten ji wat?" – Sei hollen den Aten an, de Ogen warden so grot as de Knöpp up de Knopgawel. „Ick sall nah Pasewalk tau Kinnelbier führen!" As up Kumando lösen sik de Tungen. Un wat nu dörchenanner spraken is an Fragen un Gegenred', an Wunnerwarken un Taureden, an Vörschläg un Bedenken, dat Gewes' un Gezauster weddertaugewen, is nich mäglich; dorbi würd ok en Kortschriwer

sie ohnmächtig werden. Aber das Unglück schläft nicht.
Sie bekommt einen Brief aus Pasewalk von ihrer Vaterbrudertochter Grete, die an einen Schulmeister verheiratet ist, die beiden bitten sie, sie möchte ihnen doch die Freude und Ehre antun und zur Kindstaufe des ersten kleinen Sohnes kommen, auch eine Patenstelle übernehmen. Herrjeh, was gab es für Aufregung! Sie macht in der Nacht kein Auge zu, so jagen die Gedanken sich in ihrem Gehirn. ‚Was soll das bloß werden! So eine weite Reise in der Eisenbahn und ganz allein. Nein, nein, das geht nicht gut aus, ich ahne was. Soll ich abschreiben? Aber was sagt dann Grete? Das arme Kind muss das ja übelnehmen. Und dann wäre es auch gar zu schön, wenn die Pasewalker mein neues lilaseidenes Kleid bewundern. Ich will das am nächsten Tag mit meinen sechs Freundinnen besprechen.'
Die Aufwartefrau Schütt wird in Trab gesetzt und muss für den Nachmittag zu einer außerordentlichen Kaffeesitzung zusammenrufen, und sie kommen auch Punkt vier an, höllisch neugierig, was wohl die Ursache von so einer Ausnahme ist. Sie sehen ihr gleich an, dass sie außer Fassung ist; sie hat so etwas Feierliches in ihrem Gesicht, als stehe sie vor einem großen Erlebnis, vor einer Wendung in ihrem Leben. „Was ist los? Was bedeutet das?", fragen sie eine nach der anderen. Tante Stine nimmt sich zusammen, bis alle auf ihrem gewohnten Platz sitzen und der Kaffee eingeschenkt ist. Dann warf sie das große Wort in die Versammlung: „ Kinder, wisst ihr was?" – Sie halten den Atem an, die Augen werden so groß wie die Knöpfe auf der Knopfgabel. „Ich soll nach Pasewalk zur Kindstaufe fahren!" Wie auf Kommando lösen sich die Zungen. Und was nun durcheinander gesprochen wird an Fragen und Gegenreden, an Wundern und Zureden, an Vorschlägen und Bedenken, das Gewese und Gezänk wiederzugeben, ist nicht möglich; dabei würde auch ein Stenograf

verlahmen. Tanten hett ehre Wenns un Abers vörbröcht; sei hadd sonen Ahnemus, as müßt sei Mallür hewwen, de Tog künn ut de Läus' kamen, ore mit enen annern tausamstöten; sei künn ut de Dör fallen, tau tidig utstiegen un unner de Räd kamen, up de falsche Statschon utstiegen un wat denn? De Fründinnen gewen sik de grötste Mäuh, sei tau begöschen un tau de Reis' uptaumüntern; dat wir man 'n Kattensprung bet Pasewalk un alle Tög stöten nich tausam; wegen dat Utstiegen süll sei sik an den Schaffner hollen. Taschendeiw, ja dei sünd äwerall; sei süll ehre Saken man immer nahtellen un äwerhaupt in en Frugensafdeil führen. Ja, dat will Tanten dauhn, de Kirls wiren ehr tau updringlich un roken tau utverschamt. So ward de Reis' beslaten, un dorbi drinken sei veel Kaffee un stippen de Muschüken flitig in; irst bi de sößte Tass' seggen sei, nu künnen sei nich mihr, un breken up. Mit Kuß un Handslag möten sei verspreken, Tanten nich tau verlaten un ehr in den Tog tau helpen. So geiht de Tausag an Greting af, un dat Schicksal kümmt in't Rullen.

Dat Inpacken geiht los, wotau de olle Dam en Verteiknis anleggt, üm nicks tau vergeten. Schüttsch möt dit un dat inhalen, nige Hanschen un Schläufen, olle Kolonje, Peperminzbonbons un Arnikadruppen. As Patengeschenk ward en Papplepel köfft. Dat was 'n Upstand, as wenn dat 'ne Weltreis' bet achter Berlin warden süll. Middenmang stähnt Tanten: „De imfamtige Iserbahn! Wenn ik blot irst heil taurügg wir!" De Tid vergeiht, un dat grote Ereignis „Tanten Stining up Reisen" geiht vör sik.

De Fründinnen halen sei af un nehmen de lütten Saken an sik, Schüttsch dröggt den Kuffert, Tanten slütt de Husdör af, un nu kann't losgahn. Unnerwegs fröggt ein von de Söß: „Hest du ok niks vergeten?"

erlahmen. Tante hat ihre Wenn und Aber vorgebracht; sie hatte eine Vorahnung, als müsste sie Malheur haben, der Zug könnte entgleisen oder mit einem anderen zusammenstoßen; sie könnte aus der Tür fallen, zu zeitig aussteigen und unter die Räder kommen, auf der falschen Station aussteigen und was dann? Die Freundinnen geben sich die größte Mühe, sie zu beruhigen und zur Reise aufzumuntern; es wäre nur ein Katzensprung bis Pasewalk und alle Züge stoßen nicht zusammen; wegen dem Aussteigen soll sie sich an den Schaffner halten. Taschendiebe, ja, die sind überall; sie soll ihre Sachen immer nachzählen und überhaupt in einem Frauenabteil fahren. Ja, das will Tante tun, die Männer wären ihr zu aufdringlich und rauchen zu ausverschämt. So wird die Reise beschlossen, und dabei trinken sie viel Kaffee und stippen den Zwieback fleißig ein; erst bei der sechsten Tasse sagen sie, nun können sie nicht mehr und brechen auf. Mit Kuss und Handschlag müssen sie versprechen, Tante nicht zu verlassen und ihr in den Zug zu helfen. So geht die Zusage an Grete ab, und das Schicksal nimmt seinen Lauf.

Das Einpacken geht los, wozu die alte Dame ein Verzeichnis anlegt, um nichts zu vergessen. Die Schütten musste dies und das einholen, neue Handschuhe und Schleifen, Eau de Cologne, Pfefferminzbonbons und Arnikatropfen. Als Patengeschenk wurde ein Breilöffel gekauft. Das war ein Aufstand, als wenn es eine Weltreise bis hinter Berlin werden sollte. Mittenmang steht Tante: „Die infame Eisenbahn! Wenn ich bloß erst heil zurück wäre!" Die Zeit vergeht, und das große Ereignis „Tante Stine auf Reisen" geht los.

Die Freundinnen holen sie ab und nehmen die kleinen Sachen an sich, die Schütten trägt den Koffer, Tante schließt die Haustür ab, und nun kann es losgehen. Unterwegs fragt eine von den sechs: „Hast du auch nichts vergessen?"

„Herrjeh, min Pompa!" Sei schest taurügg un halt em. Dat is ok noch tidig, de Tog geiht irst nah 'ne Stunn' af. De Nahwers in de Kapaunenstrat un Langestrat wunnern sik nich slicht, as sei Tanten mit Gefolg nah dat Fette Dur trecken seihn. Pötter Burmeister seggt tau sine Fru: „Süh dor, Tanten Stining reist af. Sowat krüppt nich up den bäbelsten Bähn rüm." Smidt Mehlberg röpt sei an: „Nanu, Fräulein Säger, wat is mit Sei los? Wo sall't hengahn?"
„Pasewalk, Kinndöp", mihr kann sei nich rutkriegen.
„Na, denn adjüßing, gaude Reis'!" As hei wedder an sinen Amboß steiht, brummelt hei vör sik hen: „Nu ward't Dag in de Nachtmütz."
Wildes bögen sei in de Bahnhofstrat in, un Tanten kiekt sik wol taum twintigsten Mal üm nah Schüttsch un den Kuffert, un as sei 'ne Lokomotiv fläuten hürt, möten sei de annern wißhollen, süß wir sei drawwlopen.
Up den Bahnhof steiht de Kolonn', wer weit wo lang, vör den Balljettschalter, bet de Iserbahner upmakt un fröggt: „Na, wo sall't hengahn un wekker Klass'?"
Sei fröggt wedder: „Ja, wat meinen Sei, woveel Klassen giwwt dat?" Dunn wird hei argerlich, sei süll sik spauden, anner Lüd' willen ok ran. Dat bringt sei noch mihr in Hitt, sei besprekt dat mit de Söß, un as de drüdde Klass' beslaten is, stahn wol twintig Lüd' vör den Schalter. „Ach Gott doch, nu bliw ick hacken", jammert Tanten un will nah vör dörchdrängeln. Dunn ward en Kirl groww: „Sowat giwwt dat hier nich, dat laten wi uns nich gefallen, Sei olle Schachtel!" – Na, mit de Tid kriggt Tanten ehr Balljett, schimpt up de Mannslüd', dat dei alltohop nicks dägen, un steiht up den Bahnstieg mang ehre Gesellschaft, dat dat utsegg, as 'ne Kegelkadrillj. Denn fläut't dat, denn lüd't dat, denn rattert un

„Herrjeh, meine Handtasche!" Sie läuft zurück und holt sie. Es ist auch noch zeitig, der Zug fährt erst in einer Stunde ab. Die Nachbarn in der Kapaunenstraße und Lange Straße wundern sich nicht schlecht, als sie Tante mit Gefolge zum Fettentor ziehen sehen. Töpfer Burmeister sagt zu seiner Frau: „Siehe da, Tante Stine reist ab. So was kraucht nicht auf dem obersten Boden rum." Schmied Mehlberg spricht sie an: „Nanu, Fräulein Säger, was ist mit Ihnen los? Wo soll es hingehen?"
„Pasewalk, Kindstaufe", mehr kann sie nicht rauskriegen.
„Na, denn tschüs, gute Reise!" Als er wieder an seinem Amboss steht, brummelt er vor sich hin: „Nun wird es Tag in der Nachtmütze."
Währenddessen biegen sie in die Bahnhofstraße ein, und Tante sieht sich wohl zum zwanzigsten Mal um zur Schütt und dem Koffer, und als sie eine Lokomotive flöten hört, müssen sie die anderen festhalten, sonst wäre sie weggelaufen.
Auf dem Bahnhof steht eine lange Schlange vor dem Billettschalter, bis der Eisenbahner aufmacht und fragt: „Na, wo soll es hingehen und und welche Klasse?"
Sie wiederum fragt: „Ja, was meinen Sie, wie viel Klassen gibt es?" Da wird er ärgerlich, sie soll sich sputen, andere Leute wollen auch ran. Das bringt sie noch mehr in Hitze, sie bespricht das mit den sechs, und als die 3. Klasse beschlossen ist, stehen wohl an zwanzig Leute vor dem Schalter. „Ach Gott doch, nun bleibe ich hier sitzen", jammert Tante und will sich vordrängeln. Da wird ein Mann grob: „So was gibt es hier nicht, das lassen wir uns nicht gefallen, Sie alte Schachtel!" – Na, mit der Zeit bekommt Tante ihr Billett, schimpft auf die Männer, dass alle zusammen nichts taugen, und steht auf dem Bahnsteig zwischen ihrer Gesellschaft, dass es aussieht wie eine Kegelquadrille. Dann flötete es, dann läutete es, dann rattert und

brust un dampt dat, – de Larm makt sei ganz swack. De Tog höllt, de Minschen ilen un drängeln, un de grawe Minsch von vörher makt sik mit de Ellbagens Platz. Tanten krischt: „Wo is dat Frugensafdeil? Blot nich bi de ollen Kirls instiegen!" Un so warden ehre Saken, de Kuffert un Schachteln un Taschen in dat Frugensafdeil verstaut; noch en Kuß von de söß leiwen, trugen Damens, denn klappt de Dör tau, un mit Tranen in de Ogen swenkt Tanten ehr Snufdauk; ehr is tau Maud as 'n Kranken, dei up Dod un Lewen tau de Operatschon karrt ward, ore as 'n Verbreker up de Anklagbank.

De Tog fläut't un ruckt an. „Gaude Reis'! Veel Vergnäugen! Schriew ok, woans Du ankamen büst! Nich ut dat Finster kieken! De Saken nahtellen!" Dat hürt sei noch, denn geiht dat vörbi an de Vörstadt un de veelen Mählen, dei tau jene Tid noch ehre Flüchten dreigen deeden, un de drei Karktorms, de lütte Jakob, de lange Niklas un de dicke Marie, kamen ut Sicht; nu geiht dat dörch Wischen un Ackerplans un vörbi an de Dörper. Wenn de Tog anhöllt, hüppt sei an't Finster un fröggt, wat dat Pasewalk is. So kümmt sei nah Anklam; dor ward de Dör upreten, un 'ne öllerhafte Dam stiggt in. De irste Indruck is gaud. Tanten atent up, ehr Hart geiht ruhiger. Bether is allens gaud aflopen, ehre Packaneljen sünd all noch dor, am Enn' ward sei ahn Mallür ankamen. De beiden Frugens fangen 'ne Unnerhollung an mit woher? un wohen? De olle Dam apenbort sik as Fru Perfesser Fischer ut Berlin, dei ehre Kinner tau Kinnelbier besöcht hett. Dis is ja nu Water up Tanten ehr Mähl. Un wil de anner veele Reisen makt hett, ok nah Italjen, un ehr gaud Bescheid seggen kann äwer Utstiegen in Pasewalk, kriggt sei grotes Tauvertrugen. Äwer grad dörch dise fründliche Perßon süll Tanten de grötste Pien

braust und dampft es – der Lärm macht sie ganz schwach. Der Zug hält, die Menschen eilen und drängeln, und der grobe Mensch von vorher macht sich mit den Ellbogen Platz. Tante kreischt: „Wo ist das Frauenabteil? Bloß nicht bei den alten Kerls einsteigen!" Und so werden ihre Sachen, der Koffer und Schachteln und Taschen im Frauenabteil verstaut; noch ein Kuss von den sechs lieben, treuen Damen, dann klappt die Tür zu, und mit Tränen in den Augen schwenkt Tante ihr Schnupftuch; ihr ist zumute wie einer Kranken, die auf Leben und Tod zur Operation gekarrt wird, oder wie einem Verbrecher auf der Anklagebank.
Der Zug flötet und ruckt an. „Gute Reise! Viel Vergnügen! Schreibe auch, wenn du angekommen bist! Nicht aus dem Fenster sehen! Die Sachen nachzählen!" Das hört sie noch, dann geht es vorbei an der Vorstadt und den vielen Mühlen, die zu jener Zeit noch ihre Flügel drehten, und die drei Kirchtürme – der kleine Jakob, der lange Niklas und die dicke Marie – kamen außer Sicht; nun geht es durch Wiesen und Felder und vorbei an den Dörfern. Wenn der Zug anhält, springt sie ans Fenster und fragt, ob das Pasewalk ist. So kommt sie nach Anklam; da wird die Tür aufgerissen, und eine ältere Dame steigt ein. Der erste Eindruck ist gut. Tante atmet auf, ihr Herz geht ruhiger. Bisher ist alles gut abgelaufen, ihre Siebensachen sind alle noch da, am Ende wird sie ohne Mallheur ankommen. Die beiden Frauen fangen eine Unterhaltung an mit woher? und wohin? Die alte Dame offenbart sich als Frau Professor Fischer aus Berlin, die ihre Kinder zur Kindstaufe besucht hat. Das ist ja nun Wasser auf Tantes Mühle. Und weil die andere viele Reisen gemacht hat, auch nach Italien, und ihr gut Bescheid sagen kann über Aussteigen in Pasewalk, bekommt sie großes Zutrauen. Aber gerade durch diese freundliche Person soll Tante die größte Pein

un Unrauh erlewen.

Achter Statschon Ducherow let Tanten sik henwiesen nah einen heimlichen Ort; ehre Handtasch let sei liggen. As sei wedderkümmt, will sei 'ne lütte Erfrischung ruthalen, ok de nige Fründin wat anbeiden, dunn verjagt sei sik dägern. De Twintigmarkschien, dei babenup legen hadd, is weg. Wo is dei blewen? Wekker kann em nahmen hewwen? Sei kiekt ganz verbast de Dam an. Süht dei nah enen Spitzbauwen ut? Nee, dei snackt vergnäuglich as vörher. Ore verstellt dei sik? Wer kann't weiten. Sei grüwelt, sei hürt nicks mihr, wat de anner seggt un fragt. Achter Fernandshof möt de Perfessern eins verswinnen. Dat kümmt Tanten tau Paß, fix makt sei dei ehre Tasch up, un warraftig, dor liggt ehr Schien. Wo ist't einmal mäglich! Rut mit em un dat mit ene Geswinnigkeit, as wir sei bi den ollen Bosko in de Lihr west. Fru Fischern kümmt taurügg, un nu ward sei de Verännerung bi Tanten gewohr; dei süht so blaß ut, rallögt hen un her un atent so kort. Sei fröggt: „Is Sei wat in de Mag' schaten? Sei warden doch nich beswimen? Sei maken so grote Ogen. Täuwen's, ik ward Sei wat ingewen, dat helpt." Dorbi halt sei en Stück Zucker rut un gütt dor Hoffmannsdruppen up. Äwer Tanten dankt, ehr wir all beter, un seggt tau sik: Sonne Karnallje, sik so tau hewwen, so fram un gaud, blot üm enen unschülligen Minschen dämlich tau maken. Na, bi mi hest du kein Glück, min Geld heww ik wedder. Wat giwwt dat doch för Minschen!

Nu höllt de Tog in Pasewalk. De Afscheid von Tanten ehre Sid föllt recht käuhl ut, de anner wünscht ehr vergnäugte Kinnelbier un reekt ehr de Saken rut.

Greting un Albert stahn prat taum Empfang un küssen ehr leiw Tanten immer krüzwies' un straken un

und Unruhe erleben.

Hinter der Station Ducherow lässt Tante sich hinweisen zu einem heimlichen Ort; ihre Handtasche lässt sie liegen. Als sie wiederkommt, will sie eine kleine Erfrischung rausholen, auch der neuen Freundin etwas anbieten, da erschrickt sie sich sehr. Der Zwanzigmarkschein, der obenauf gelegen hatte, ist weg. Wo ist der geblieben? Wer kann ihn genommen haben? Sie sieht ganz verwirrt die Dame an. Sieht die nach einem Spitzbuben aus? Nein, die erzählt vergnüglich wie vorher. Oder verstellt die sich? Wer kann es wissen. Sie grübelt, sie hört nichts mehr, was die andere sagt und fragt. Hinter Ferdinandshof muss die Professorn mal verschwinden. Das kommt Tante zupass, schnell macht sie deren Tasche auf, und wahrhaftig, da liegt ihr Schein. Wie ist das möglich! Raus mit ihm und das mit einer Geschwindigkeit, als wäre sie bei dem alten Bosko (italienischer Zauberkünstler, 1793 bis 1863, d. Hrsg.) in der Lehre gewesen. Frau Fischer kommt zurück, und nun wird sie die Veränderungen bei Tante gewahr; die sieht so blass aus, verdreht die Augen und atmet so kurz. Sie fragt: „Ist Ihnen etwas auf den Magen geschlagen? Sie werden doch nicht ohnmächtig werden? Sie machen so große Augen. Warten Sie, ich werde Ihnen etwas geben, das hilft." Dabei holt sie ein Stück Zucker raus und gießt Hoffmannstropfen rauf. Aber Tante dankt, ihr wäre schon besser, und sagt zu sich: ‚So eine Kanaille, sich so zu haben, so fromm und gut, bloß um einen unschuldigen Menschen dämlich zu machen. Na, bei mit hast du kein Glück, mein Geld habe ich wieder. Was gibt das doch für Menschen.'

Nun hält der Zug in Pasewalk. Der Abschied von Tantes Seite fällt recht kühl aus, die andere wünscht ihr vergnügte Kindstaufe und reicht ihr die Sachen raus.

Grete und Albert stehen parat zum Empfang und küssen ihre liebe Tante immer kreuzweise und streichen und

kloppen ehr den Rücken dal; sei fragen, woans sei reist is, un freugen sik, dat sei kamen is. So gahn sei in de Wahnung in de Ueckerstrat, un Tanten mit ehre Paketen ward in de nüdliche Loschierstuw bröcht. Dor makt sei sik farig taum Nahmiddagskaffee, packt allens ut, hängt dat Lilasidene in't Schapp un striekt ehre Frisur taurecht. Tauletzt halt sei ehr Anschriewbauk rut un will bereken, wat de Reis' kost hett. Dorbi tellt sei ehr Geld nah; sei tellt einmal, noch eins un taum drüdden Mal. Dat stimmt nich. Du leiwer Gott, was is dit? Sei hett ja twintig tau veel. Sei verfiert sik un sackt dal up dat Kanapee. Dat is dat Geld, dat sei de Fru Perfesser nahmen hett, dei hett sei gor nich bestahlen. Sei sülwst hett ja nu twei Twintigmarkschiens. Wat'n Mallür! stähnt sei, Gott in'n hogen Häwen, erbarm di äwer mi Unglücksworm! Woans sall ik dat gaud maken? Sei stört tau Greten un Alberten un klagt unner Tranen un Süfzer ehr Leid. All Taureden un Begöschen helpt nich, will de Kinnelbier nich mitmaken, sei künn sik vör anner Lüd' nich seihn laten, un will den annern Morgen mit den irsten Tog nah Hus. Albert möt an Schüttsch depeschiern, dat sei sei afhalt, un sei is nich tau hollen, sei gonnelt wedder af. Unnerwegs bi Statschon Anklam brekt ehr Jammer wedder ut; hier is ja de fründliche Fru instegen, dei sei för 'ne Karnallje un enen Taschendeiw estimiert hett.

In Gripswold kamen bald de söß Damen angeschest un wunnern sik, dat Tanten Stining so tidig taurügg is; wat sei krank worden is ore sik vertürnt hett. Sei möt denn man Hals gewen un ehr Verbreken ingestahn. Wat sei nu dauhn süll? Dat fremde Geld kann un will sei nich behollen. Nah veel hen un her kamen sei dorup af, dat sei twintig ore mihr Mark an ene mille klopfen ihr den Rücken; sie fragen, wie sie gereist ist, und freuen sich, dass sie gekommen ist. So gehen sie in die Wohnung in der Ueckerstraße, und Tante mit ihren Paketen wird in die niedliche Logierstube gebracht. Dort macht sie sich fertig zum Nachmittagskaffee, packt alles aus, hängt das Lilaseidene in den Schrank und streicht ihre Frisur zurecht. Zuletzt holt sie ihr Anschreibbuch raus und will berechnen, was die Reise gekostet hat. Dabei zählt sie ihr Geld nach; sie zählt einmal, nochmals und zum dritten Mal. Es stimmt nicht. Du lieber Gott, was ist das? Sie hat ja zwanzig zu viel. Sie erschrickt sich uns sackt nieder aufs Kanapee. Das ist das Geld, das sie der Frau Professor genommen hat, die hat sie gar nicht bestohlen. Sie selbst hat ja nun zwei Zwanzigmarkscheine. „Was für ein Malheur!", stöhnt sie, „Gott im hohen Himmel, erbarme dich über mich Unglückswurm! Wie soll ich das wieder gutmachen?" Sie stürzt zu Grete und Albert und klagt unter Tränen und Seufzern ihr Leid. Alles Zureden und Beruhigen hilft nicht, sie weint ebenweg, verwünscht die Reise, will die Kindstaufe nicht mitmachen, sie kann sich vor anderen Leuten nicht sehen lassen, und will am anderen Morgen mit dem ersten Zug nach Hause. Albert muss an die Schütten ein Telegramm schicken, dass sie sie abholt, und sie ist nicht zu halten, sie gondelt wieder ab. Unterwegs bei Station Anklam bricht ihr Jammer wieder aus; hier ist ja die freundliche Frau eingestiegen, die sie für eine Kanaille und einen Taschendieb gehalten hat.

In Greifswald kommen bald die sechs Damen zu ihr und wundern sich, dass Tante Stine so zeitig zurück ist; ob sie krank geworden ist oder sich zerstritten hat. Sie muss nun Rede und Antwort geben und ihr Verbrechen eingestehen. Was sie nun tun soll? Das fremde Geld kann und will sie nicht behalten. Nach viel hin und her kommen sie überein, dass sie zwanzig oder mehr Mark an eine mildtätige

Stiftung intalen süll. Dat deid sei un kümmt mit de annern äwerein, von de verdammtige Reis' nich mihr tau snacken.
In ehren Bossen äwer, dort freet un gnagt dat noch lange Tid. Wenn sei de Iserbahn fläuten hürt ore in de Zeitung wat von Taschendeiw stünn, denn kreeg sei dat Inschott un folgt' de Hänn': „Und vergib uns unsere Schuld, wie wir vergeben unseren Schuldigern". Dat Gelöwnis, in ehren Lewen nich wedder in de Iserbahn tau führen, hett sei hollen.

Tanten Laura in de Badkur

De Wahnungsnot is mit de slimmste Taugaw, dei uns de nige Tid nah 1918 bröcht hett; sei drückt uns dal as 'ne Pestilenz, dei uns' armes Volk an Liew un Seel frett, ok up dat flache Land. Weck glöwen dat nich, sei hewwen ehre Näs' dor nich hensteken, sei weiten nicks af von de veelen dusend Minschen, dei de Weltkrieg, denn de Revulutschon un de Inflatschon rutsmeten hett ut Heimat, Beraup un Riekdaum, un dei nu bi de Verwannschaft un Frünnschafft up de Gäuder unnerkrupen sind. Weck Landhüs' sind bet unner de Auken vullproppt. Dat Herrenhus tau Rennewitz hett veele Stuwen, äwer dor sind soveel Unkels un Tanten vör Anker gahn, dat kein Platz äwrig is, un wenn awens de Riddergaudsbesitter Adolf Laubmöller mit sine Fomilje un all sine Inliggers up de grote Deel tausamsitt, denn süht dat ut, as giwwt hei alle Dag grote Gesellschaft. Hei is äwer ein gauden Kirl, un sine Fru Iding steiht em bi mit Minschenleiw un Edelsinn; sei bliewen vergnäugt mang den ganzen Hümpel.
Dat is an enen nattkollen Abend in den Mand April; in de

Stiftung einzahlen soll. Das macht sie und kommt mit den anderen überein, von der verdammten Reise nicht mehr zu sprechen.

In ihrer Brust aber, dort frisst und nagt es noch lange Zeit. Wenn sie die Eisenbahn flöten hörte oder in der Zeitung etwas von Taschendieben stand, dann kam es ihr sofort wieder in den Sinn und sie faltete die Hände: „Und vergib uns unsere Schuld, wie wir vergeben unseren Schuldigern". Das Gelöbnis, in ihrem Leben nicht wieder in der Eisenbahn zu fahren, hat sie eingehalten.

Tante Laura in der Badekur

Die Wohnungsnot ist mit die schlimmste Zugabe, die uns die neue Zeit nach 1918 gebracht hat; sie drückt uns runter wie die Pest, die unserem armen Volk an Leib und Seele frisst, auch auf dem flachen Land. Welche glauben das nicht, sie haben ihre Nase da nicht hineingesteckt, sie wissen nichts von den vielen tausend Menschen, die der Weltkrieg, dann die Revolution und die Inflation rausgeworfen hat aus Heimat, Beruf und Reichtum, und die nun bei Verwandtschaft und Freundschaft auf den Gütern untergekrochen sind. So manche Landhäuser sind bis unter das Dach vollgestopft. Das Herrenhaus zu Rennewitz hat viele Stuben, aber dort sind so viele Onkel und Tanten vor Anker gegangen, dass kein Platz übrig ist, und wenn abends der Rittergutsbesitzer Adolf Laubmöller mit seiner Familie und all seinen Einliegern auf der großen Diele zusammensitzt, dann sieht es aus, als gebe er alle Tage große Gesellschaft. Er ist aber ein guter Kerl, und seine Frau Ida steht ihm bei mit Menschenliebe und Edelsinn; sie bleiben vergnügt zwischen den vielen „Gästen".

Es ist an einem nasskalten Abend im Monat April; im

Kamin knistern un ballern de Bäukerklaben, un de Wind hült in den Schostein sin Frühjohrslied. Dicht an de Fürstäd sitt ingemümmelt in ein Umslagdauk un ehren Hund Pascha up den Schot Tanten Laura, de Wedfru von Adolfen sinen Brauder Albert. Sei is sihr för de Warmnis, de oll Pascha ok; sei klagt binah all Dag äwer anner Wehdag, dat makt, sei lest tauveel Bäuker äwer Krankheiten un köfft all de nigen Wunnermiddel as Renascin, Vasosalvin, Salvital, dei unfehlbar helpen sallen gegen Krankheit un Dod. „Ein kranker Mensch, ein halber Mensch", schriwwt Dr. Hahn, „mein Salvital befreit von Hautausschlag, Mattigkeit, Gedächtnisschwäche, stumpfsinniges Hindämmern, überspanntes Wesen, fixe Ideen, Melancholie, schwere Träume, Flimmern vor den Augen, Husten, Durchfall, Verstopfung, Herzklopfen, Schmerzen in Brust, Rücken, Gliedern, Krämpfe u. a.". Mihr kann ein nich verlangen, „der Glaube macht selig", und Tanten Laura glöwt dat allens, taum wenigsten twei bet drei von de Krankheiten hett sei ganz säker. Ehre Slapstuw süht us as 'ne lütte Apteik, un sei rükt immer nah ein von ehre Medikamenten, nah Hoffmannsdruppen, Arnika, Balderjahn, Päpermünz, Menthol, Rekorsan u. a.

Uterdem seihn wi an den groten, runnen Disch up de Deel Adolf Laubmöller un Fru Ida, Unkel Gottfried un Unkel Wilhelm; de ein hett sin Vermägen verlurn, de anner is tau Besäuk hier von wegen den Buck, de Anten, de Rebhäuhner un Hasen; wi seihn Frölen Kräuger, de Fründin von Fru Ida, ein armes, krankes Warm, dat nich weit, wo sei süs ehr Höwt henleggen sall, un 'ne junge Fru in swartes Tüg; dise hett ehren Mann ut den Weltkrieg nich wedderkreegen un lewt bi ehre Öllern in Rennewitz mit twei Kinner, Rudolf un Hildegard. De Gesellschaft unnerhölt sick mit

Kamin knistern und ballern die Buchenkloben, und der Wind heult im Schornstein sein Frühjahrslied. Dicht an der Feuerstätte sitzt eingemummelt in ein Umschlagtuch und ihren Hund Pascha auf dem Schoß, Tante Laura, die Witwe von Adolfs Bruder Albert. Sie ist sehr für die Wärme, der alte Pascha auch; sie klagt beinahe jeden Tag über andere Schmerzen, es kommt daher, sie liest zu viele Bücher über Krankheiten und kauft all die neuen Wundermittel wie Renascin, Vasosalvin, Salvital, die unfehlbar helfen sollen gegen Krankheit und Tod. „Ein kranker Mensch, ein halber Mensch", schreibt Dr. Hahn, „mein Salvital befreit von Hautausschlag, Mattigkeit, Reizbarkeit, Gedächtnisschwäche, stumpfsinniges Hindämmern, überspanntes Wesen, fixe Ideen, Melancholie, schwere Träume, Flimmern vor den Augen, Husten, Durchfall, Verstopfung, Herzklopfen, Schmerzen in Brust, Rücken, Gliedern, Krämpfe u. a.". Mehr kann einer nicht verlangen, „Der Glaube macht selig", und Tante Laura glaubt das alles, wenigstens zwei bis drei von den Krankheiten hat sie ganz sicher. Ihre Schlafstube sieht aus wie eine kleine Apotheke, und sie riecht immer nach einem von ihren Medikamenten, nach Hoffmannstropfen, Arnika, Baldrian, Pfefferminz, Menthol, Rekorsan und anderes.

Außerdem sehen wir an dem großen, runden Tisch auf der Diele Adolf Laubmöller und Frau Ida, Onkel Gottfried und Onkel Wilhelm; der eine hat sein Vermögen verloren, der andere ist zu Besuch hier wegen seines Bockes, der Enten, der Rebhühner und Hasen; wir sehen Fräulein Krüger, die Freundin von Frau Ida, ein armes, krankes Würmchen, dass nicht weiß, wo sie sonst ihr Haupt hinlegen soll, und eine junge Frau in schwarzem Zeug; diese hat ihren Mann aus dem Weltkrieg nicht wiederbekommen und lebt bei ihren Eltern in Rennewitz mit zwei Kindern, Rudolf und Hildegard. Die Gesellschaft unterhält sich mit

Lesen ore Handarbeit ore Vertellen; Tanten Laura strakt ehren Pascha. Ut de blage Stuw bian is Klavierspeel tau hüren, Hildegard äuwt de Ofentüre tau de Oper „Zampa", un Tanten Laura is dat tauwedder, sei kann un kann't nich anhüren un ward kribbelig, wenn Hildegard hacken bliwwt un ein' Stell' nocheins speelen möt. Ok Pascha kann Musik nich verdrägen, bi all sine Klaukheit, un obschonst hei faudert, wascht un kämmt ward as 'n Minsch. Sei seggt: „Wat is dat för'n Geklimper; nich taum Uthollen! Iding, segg ehr doch, sei sall dat laten." Pascha meint dat ok, blot hei kann't nich seggen, hei jault. „Nanu", seggt Laubmöller, „sei sall doch vörspeelen, wann wi Gesellschaft gewen, ahn Äuwen geiht dat nich. Du bist ok tau nerviös, un din Pascha is dömlich." Fru Ida leggt sik in't Middel un röppt Hilding rin; sei sall nahst, wenn Tanten nah baben gahn is, wiererspeelen.

Mit eins ward de Dör nahm'm Angtreh upreten, un lütt Rudolf schriggt rin: „Großvadding, ick glöw, in den Kutschstall hett sick ei Pird losreten; Richard is nah Hus gahn. Dat maracht dor ganz dull in den Stall." Laubmäller löppt mit den Jungen rut; wenn de Landmann sowat hürt von sin Veih, denn is hei nich tau hollen. „Nee", jammert Tanten Laura, „wo heww ick mi verfiert! Wat makt de Lorbaß för'n Larm. Un de Dör let hei apen stahn, ick heww kolle Bein kreegen. Un minen Hund möt Adolf immer brüden." Von wegen den „Lorbaß" ward nu de junge Fru, as de negste dortau, upbegehren. „Tanten, du hest ok ewig wat an Rudolfen uttausetten; di kann kein Minsch wat recht maken." Ein Wurd giwwt dat anner, un Tanten Laura rohrt. „Ji hacken alltohop up mi rüm, ji hewwen kein Mitleid mit mi." As Adolf taurüggkümmt, begöscht hei sei un bedurt sei wegen ehre Nerven. Dor möt wat bi dahn warden, sei sall 'ne Badkur bruken. De

Lesen oder Handarbeit oder Erzählen; Tante Laura streichelt ihren Pascha. Aus der blauen Stube nebenan ist Klavierspiel zu hören, Hildegard übt die Ouvertüre zur Oper „Zampa", und Tante Laura ist das zuwider, sie kann und kann es nicht anhören und wird kribbelig, wenn Hildegard hängen bleibt und eine Stelle nochmals spielen muss. Auch Pascha kann Musik nicht vertragen, bei all seiner Klugheit, und obwohl er gefüttert, gewaschen und gekämmt wird wie ein Mensch. Sie sagt: „Was ist es für ein Geklimper; nicht zum Aushalten! Ida, sag ihr doch, sie soll es lassen." Pascha meint es auch, kann es bloß nicht sagen, er jault. „Nanu", sagt Laubmöller, „sie soll doch vorspielen, wenn wir Gesellschaft geben, ohne Üben geht das nicht. Du bist auch zu nervös, und dein Pascha ist dämlich." Frau Ida spielt die Vermittlerin und ruft Hildegard rein; sie soll später, wenn Tante nach oben gegangen ist, weiterspielen.
Plötzlich wird die Eingangstür aufgerissen, und der kleine Rudolf schreit rein: „Großvater, ich glaube, im Kutschstall hat sich ein Pferd losgerissen; Richard ist nach Hause gegangen. Das macht ganz laute Geräusche im Stall." Laubmöller läuft mit dem Jungen raus; wenn der Landmann so etwas hört von seinem Vieh, dann ist er nicht zu halten. „Nein", jammert Tante Laura, „wie habe ich mich erschrocken! Was macht der Lotterbube für einen Lärm. Und die Tür lässt er offen stehen, ich habe kalte Beine bekommen. Und meinen Hund muss Adolf immer ärgern." Von wegen Lotterbube wird nun die junge Frau, als die nächste dazu, aufbegehren. „Tante, du hast auch ewig was an Rudolf auszusetzen; dir kann kein Mensch was recht machen." Ein Wort gibt das andere, und Tante Laura heult. Sie hacken alle zusammen auf mir rum, sie haben kein Mitleid mit mir." Als Adolf zurückkommt, beruhigt er sie und bedauert sie wegen ihrer Nerven. Da muss was bei getan werden, sie soll eine Badekur brauchen. Die

Kosten will hei girn betahlen. De annern reden ok tau, un in den kamenden Maimand sall sei afreisen. Dat will sei denn ok, äwer wohen? Dat möt ein stilles Bad sin, wo nich veel Minschen sick rümdriewen un Klamauk maken, sei mücht so recht för sick lewen un de Tid mit Lesen, Häkeln un Knütten henbringen. Adolf sall Dr. Meyern ut de Stadt kamen laten, dat dei sei unnersöcht un ehr seggt, wo sei am besten uphegt is. Dormit is de Fomiljenrat beennigt.

Dr. Meyer befröggt, behorkt un bekloppt Tanten Laura von alle Siden, un sei klaneit denn los; dat ritt ehr hier un peikt ehr dor; sei hett sone Unrauh un kann nich slapen. Dr. Meyer weit Bescheid mit öllerhafte Frugens, hei seggt wat von nerviös un hypochondrisch; ehr Hart wier nich mihr so, as vör viertig Johr, dat sleiht man swack un in falschen Takt; ehre Nerven wieren ok rungeniert, sei hadd wol tauveel Medikamenten innahmen, un dorbi keek hei mit ein Oog nah de Buddeln un Schachteln up den Waschdisch. Sei sall nu wat dauhn för Hart un Nerven, sei sall nah Nigenborn in Schlesingen führen un sick von Dr. Fundner, den hei kennt, behanneln laten.

De Tid vergeiht, Tanten reist af. Richard, de Kutscher, hölt vör de Dör, un de Dirns sleepen de Kufferts, Schachteln un Taschen, Schirms un Decken rut. Adolf wunnert sick. „Mein Gott, dat let ja so, as wist du utwannern. Sall oll Pascha ok mit?"

„Wat för 'ne Frag", seggt Tanten argerlich, „dat arme Diert würd' sik ja dod bangen, äwer du magst em nich liden. Un de Saken bruk ick all tohop. Sall ick denn as'n Pracher in Nigenborn uptreden?"

„Na, denn man tau, minen Segen hest du. Ick heww an Agnes – dat is sin Swesterdochter – schrewen, dat sei mit ehren Brauder di dörch Barlin spediert."

Nu strakt sei em äwer: „Dat is gaud von di; ick heww enen

Kosten will er gern bezahlen. Die anderen reden auch zu, und im kommenden Mai soll sie abreisen. Das will sie dann auch, aber wohin? Es muss ein stilles Bad sein, wo sich nicht so viele Menschen herumtreiben und Klamauk machen, sie möchte so recht für sich leben und die Zeit mit Lesen, Häkeln und Stricken verbringen. Adolf soll Dr. Meyer aus der Stadt kommen lassen, dass der sie untersucht und ihr sagt, wo sie am besten aufgehoben ist. Damit ist der Familienrat beendet.
Dr. Meyer befragt, behorcht und beklopft Tante Laura von allen Seiten, und sie legt nun los; es reißt ihr hier und pikt ihr da; sie hat so eine Unruhe und kann nicht schlafen. Dr. Meyer weiß Bescheid mit älteren Frauen, er sagt was von nervös und hypochondrisch; ihr Herz wäre nicht mehr so, wie vor vierzig Jahren, es schlägt man schwach und in falschem Takt; ihre Nerven wären auch ruiniert, sie hat wohl zu viel Medikamente eingenommen, und dabei sah er mit einem Auge zu den Flaschen und Schachteln auf dem Waschtisch. Sie soll nun etwas tun für Herz und Nerven, sie soll nach Neubrunn in Schlesien fahren und sich von Dr. Fundner, den er kennt, behandeln lassen.
Die Zeit vergeht, Tante reist ab. Richard, der Kutscher, hält vor der Tür, und die Mädchen schleppen die Koffer, Schachteln und Taschen, Schirme und Decken raus. Adolf wundert sich. „Mein Gott, das sieht ja so aus, als wolltest du auswandern. Soll der alte Pascha auch mit?"
„Was für eine Frage", sagt Tante ärgerlich, „das arme Tier würde sich ja tot bangen, aber du magst ihn nicht leiden. Und die Sachen brauche ich alle. Soll ich denn als ein Bettler in Neubrunn auftreten?"
„Na, denn man zu, meinen Segen hast du. Ich habe an Agnes – das ist die Tochter seiner Schwester – geschrieben, dass sie und ihr Bruder dich durch Berlin begleiten."
Nun streichelt sie ihn: „Das ist gut von dir; ich habe einen

Grugel vör Barlin, vör all de Minschen, de Wagens un den Larm." Dat Affscheidnehmen geiht vör sich, Tanten Laura ward von einen Arm in den annern reikt, un all wünschen sei glückliche Reis' un gaude Kur. Sei kan de Tranen nich hollen, sei is ja so nerviös un uterdem hett sei ein gaudes, weikes Hart. Denn böhrt sei Paschan rin un stiggt achteran. Richard zischt lising dörch de Tähn – de Pietsch brukt hei nich, so gaud hett hei de beiden Trakehners tagen – un in flotten Draww geiht dat von den Hof.
In Barlin stahn Agnes un ehr Brauder prat. Sei seihn glik, dat mit dies Ümstänn' in den Anebus ore Elektrische ore Unnergrundbahn nich vörwärtstaukamen is, sei möten en Auto nehmen – Unkel Adolf betahlt dat ja –, un as Minschen un Kufferts un Pascha verstaut sind, süht de Wagen ut as de Arche Noah. De Barliner Autos führen verdeuwelt scharp, un jedesmal, wenn sei de Elektrische utbögen ore enen Rullwagen äwerhalen, knippt Tanten Laura de Ogen tau un is nah an't Beswiemen. Dat geiht äwer allens gaud af, ok den annern Dag nah den Görlitzer Bahnhof un denn nah Nigenborn.
De Wahnung in Nigenborn bi Fru Gottliebe Wewerschütz hett Dr. Meyer dörch Dr. Fundner besorgt, un Fru Gottliebe halt ehren Gast von den Bahnhof af. Ehr Wahnhus heit „Zum stillen Glück", un de Fru is fründlich un bedeinlich; ok mag sei den Hund Pascha gaud liden. Tanten Laura atent up un freugt sick up de vier Wochen vull Rauh un Freden; sowit let sick allens gaud an. Den annern Vörmiddag gahn sei alle drei, ick reken den begawten Hund mit, nah dat Kurhas taum Anmellen. An de Port taum Kurpark kümmt de irste Fehlslag; dor steiht „Bekanntmachung. Hunde dürfen nicht mitgebracht werden". Nu jammert Tanten Laura un is ganz ut de Tüt. „Nee, wat sind de Lüd' hier nahrsch! Son lüttes

Graus vor Berlin, vor all den Menschen, den Wagen und dem Lärm." Das Abschiednehmen geht vor sich, Tante Laura wird von einem Arm in den anderen gereicht, und alle wünschen sie glückliche Reise und gute Kur. Sie kann die Tränen nicht halten, sie ist ja so nervös und außerdem hat sie ein gutes, weiches Herz. Dann hebt sie Pascha rein und steigt hinterher. Richard zischt leise durch die Zähne – die Peitsche braucht er nicht, so gut hat er die beiden Trakehner erzogen – und in flottem Trab geht es vom Hof.
In Berlin stehen Agnes und ihr Bruder parat. Sie sehen gleich, dass mit diesem vielen Gepäck in Autobus oder Elektrische oder Untergrundbahn nicht vorwärts zu kommen ist, sie müssen ein Auto nehmen – Onkel Adolf bezahlt es ja –, und als Menschen und Koffer und Pascha verstaut sind, sieht der Wagen aus wie die Arche Noah. Die Berliner Autos fahren verdammt scharf, und jedes Mal, wenn sie der Elektrischen ausweichen oder einen Rollwagen überholen, kneift Tante Laura die Augen zu und ist nah an der Ohnmacht. Es geht aber alles gut, auch am anderen Tag zum Görlitzer Bahnhof und dann nach Neubrunn.
Die Wohnung in Neubrunn bei Frau Gottliebe Weberschütz hat Dr. Meyer durch Dr. Fundner besorgt, und Frau Gottliebe holt ihren Gast vom Bahnhof ab. Ihr Wohnhaus heißt „Zum stillen Glück", und die Frau ist freundlich und behilflich; auch mag sie den Hund Pascha gut leiden. Tante Laura atmet auf und freut sich auf die vier Wochen voller Ruhe und Frieden; so weit lässt sich alles gut an. Am anderen Vormittag gehen sie alle drei, ich rechne den begabten Hund mit, zum Kurhaus zum Anmelden. Am Eingang zum Kurpark kommt der erste Fehlschlag, dort steht: „Bekanntmachung. Hunde dürfen nicht mitgebracht werden". Nun jammert Tante Laura und ist ganz aufgebracht. „Nein, was sind die Leute hier närrisch! So ein kleiner

Hunding un so anstännig, wenn hei wat maken möt, wat kann dei veel schaden." Denn eit sei em un tröst em. „Gah man mit de Fru Wewerschütz nah Hus, min oll Pasching, kriggst ok nahst en beten Zucker." Dat kümmt äwer noch duller.

As sei nu ahn Pascha ringahn in den Park un dat Kurhus, kümmt dat Fru Gottliebe so anners vör as süß. Dor stahn so veel Minschen, as wenn sei up wat niglich sind, un de Kurdirektor un de Pullezist hett sine Extrauneform antreckt, un achter dise drei Honoratschonen hewwen fief Muskanten in Reih un Glied Upstellung nahmen. Wat sall dit un wat hett dat tau bedüden, denkt Fru Gottliebe; täuwen sei villicht up enen Prinzen, dei hier baden will? In de Amtsstuw sind de Schriewers in Upregung un Wichtigkeit. Tanten Laura kihrt sick an nicks; sei makt ehre Angawen äwer Namen, Öller, Heimat un wolang sei in Nigenborn bliewen will un betahlt de Kurtax. Kum hett sei ehre Kurkort in de Hand, dunn springen de Bengels tau Höcht, rieten de Dör up un schriegen nah buten rut: Frau Laura Laubmöller, hurra! De Musik blöst Tusch un de ganze Bann' buten röppt ok „hurra!" De Vörstand kümmt neger ran, de Herren nehmen de Häut' af, un de Kurdirektor seggt wat von hoge Ihr un graddelieren. Sei kiekt sick hülplos üm, sei versteiht nich, wat sei de ganze Kram angeiht, bet de Direktor seggt: „Bitte, gnädige Frau, betrachten Sie Ihre Kurkarte." Sei halt ehr Longjong rut un lest „Nummer 1000". „Na ja", seggt sei, „wenn't wierer nicks is, denn adjüs ok." Äwer de Minschen laten sei nich ut de Finger, sei nehmen sei in de Midd', de Musik marschiert vörut un blöst den „Pariser Einzugsmarsch", achter ehr de Pullezist, denn Tanten Laura, flankiert von den Direktor un den Burmeister, un denn de veelen Minschen, de

Hund und so anständig, wenn er was machen muss, was kann das viel schaden." Dann streichelt sie ihn und tröstet ihn. „Gehe man mit Frau Weberschütz nach Hause, mein alter Pascha, bekommst auch nachher ein bisschen Zucker." Es kommt aber noch schlimmer.

Als sie nun ohne Pascha in den Park und in das Kurhaus gehen, kommt es Frau Gottliebe anders vor als sonst. Da stehen so viele Menschen, als wenn sie auf etwas neugierig sind, und der Kurdirektor und der Bürgermeister haben ihren hohen Hut auf und der Polizist hat seine Extrauniform angezogen, und hinter diesen drei Honoratioren haben fünf Musikanten in Reih und Glied Aufstellung genommen. Was soll das und was hat das zu bedeuten, denkt Frau Gottliebe; warten sie vielleicht auf einen Prinzen, der hier baden will? In der Amtsstube sind die Schreiber in Aufregung und Wichtigkeit. Tante Laura kehrt sich an nichts; sie macht ihre Angaben über Namen, Eltern, Heimat und wie lange sie in Neubrunn bleiben will und bezahlt die Kurtaxe. Kaum hat sie ihre Kurkarte in der Hand, da springen die Bengels in die Höhe, reißen die Tür auf und schreien nach draußen raus: „Frau Laura Laubmöller, Hurra!" Die Musik bläst Tusch und die ganze Bande draußen ruft auch Hurra! Der Vorstand kommt näher ran, die Herren nehmen die Hüte ab, und der Kurdirektor sagt was von „hohe Ehre" und gratulieren. Sie sieht sich hilflos um, sie versteht nicht, was sie der ganze Kram angeht, bis der Direktor sagt: „Bitte, gnädige Frau, betrachten Sie Ihre Kurkarte." Sie holt ihr Lorgnon raus und liest „Nummer 1000". „Na ja", sagt sie, „wenn es weiter nichts ist, denn tschüs auch." Aber die Menschen lassen sie nicht aus den Fingern, sie nehmen sie in die Mitte, die Musik marschiert voran und bläst den „Pariser Einzugsmarsch", hinter ihr der Polizist, dann Tante Laura, flankiert von Direktor und Bürgermeister, und dann die vielen Menschen, die

Kurgäst un de Nigenborner; so geiht dat mit Paukenschlag un Bombardon nah dat Hus „Zum stillen Glück". „So", ward ehr seggt, „wir verlassen Sie für einige Stunden, entschuldigen Sie uns; wir werden uns erlauben, Sie um 1 Uhr abzuholen zu einem Festessen, zu dem die Kurverwaltung sich die Ehre gibt, Sie einzuladen."

Tau Hus sackt Tanten Laura up dat Sofa dal; sei is halwdod, un dat Rohren is ehr neger as dat Lachen. „Wat heww ick för'n Malür, dat ick grad de dusendste Gast bün. Nee, dit is nich taum Uthollen. Wo bliwwt mine Rauh, dat "stille Glück" un de ganze Kur? De dammlichen Kirls sall de Düwel halen."

Bi dat Festeten sitt sei up den Ihrenplatz mit einen Strutz up ehren Töller, un all de Honoratschonen von Nigenborn mit ehre Frugens kieken nah ehr hen; dat is ehr pinlich. Nah de Supp bi den Kalwerbraden smitt sick de Burmeister in de Bost mit 'ne Ansprak. „Oh glücklicher Tag für unseren aufstrebenden Ort, da die edle, hochzuverehrende Frau Laubmöller zu uns kam, um als tausendster Badegast zum Ruhme unserer Heilquelle beizutragen. Ihr Name wird für immer mit der Geschichte des Bades verknüpft sein. Wir freuen uns und sind aufrichtig dankbar, Sie, gnädigste Frau, zu beherbergen, und wünschen, daß unser Ehrengast sich wohl fühle, Ruhe und Erholung und Heilung finde und darnach nur Gutes von Neubrunn verkünde. Frau Laubmöller hoch, hoch, hoch!" Nu giwwt dat einen groten Upstand, jedwederein will mit Tanten Laura anstöten. Sei möt so dauhn, as freugt sei sick, äwer inwennig is ehr anners tau Maud; sei hadd am leiwsten seggt, ji Schapsköpp, lat't mi taufreden. Wat kann ick dorför, dat ick Nummer dusend kreegen heww?

Nahmiddags is sei endlich bi Dr. Fundner; hei verschriwwt ehr, woveel Bäder un mit wekker Warmnis sei nehmen sall, dat sei langsam gahn un veel slapen, nich

Kurgäste und die Neubrunner; so geht es mit Paukenschlag und Basstuba zum Haus „Zum stillen Glück". „So", wird ihr gesagt, „wir verlassen Sie für einige Stunden, entschuldigen Sie uns; wir werden uns erlauben, Sie um ein Uhr abzuholen zu einem Festessen, zu dem die Kurverwaltung sich die Ehre gibt, Sie einzuladen."

Zu Hause sackt Tante Laura auf das Sofa nieder; sie ist halbtot, und das Weinen ist ihr näher als das Lachen. „Was habe ich für ein Pech, dass ich gerade der tausendste Gast bin. Nein, das ist nicht zum Aushalten. Wo bleibt meine Ruhe, das ‚stille Glück' und die ganze Kur? Die dämlichen Kerle soll der Teufel holen."

Beim Festessen sitzt sie auf dem Ehrenplatz mit einem Strauß auf ihrem Teller, und all die Honoratioren von Neubrunn mit ihren Frauen sehen zu ihr hin; das ist peinlich. Nach der Suppe beim Kälberbraten wirft sich der Bürgermeister in die Brust und hält eine Ansprache. „O glücklicher Tag für unseren aufstrebenden Ort, da die edle, hochzuverehrende Frau Laubmöller zu uns kam, um als tausendster Badegast zum Ruhme unserer Heilquelle beizutragen. Ihr Name wird für immer mit der Geschichte des Bades verknüpft sein. Wir freuen uns und sind aufrichtig dankbar, Sie, gnädigste Frau, zu beherbergen, und wünschen, dass unser Ehrengast sich wohl fühle, Ruhe und Erholung und Heilung finde und danach nur Gutes von Neubrunn verkünde. Frau Laubmöller Hoch, Hoch, Hoch!" Nun gibt es einen großen Aufstand, jeder will mit Tante Laura anstoßen. Sie muss so tun, als freue sie sich, aber innwendig ist ihr anders zumute; sie hätte am liebsten gesagt, ihr Schafsköpfe, lasst mich zufrieden. Was kann ich dafür, dass ich Nummer tausend bekommen habe?

Nachmittags ist sie endlich bei Dr. Fundner; er verschreibt ihr, wie viele Bäder und mit welcher Wärme sie nehmen soll, dass sie langsam gehen und viel schlafen, nicht

Alkohol, Kaffee un Tee drinken sall. Sei klagt em, dat de Lüd' sei nich in Rauh laten, un hei will sei begöschen; dat wier man tauirst un ward sick gewen.
Äwer dat giwwt sick nich. Den annern Morgen steiht de zackermentsche Musik vör ehr Hus un speelt einen Choral un son Stücker söß Walzers un Polkas. Den drüdden Dag Klock elw, sei will grad ehre Kur anfängen, rumort dat up de Deel; dat trampelt un spektakelt dörcheinanner, un rinn kamen twölf junge Dirns in witte Kleder. Ein von dise Jungfern drängelt nah vör mit 'ne grote Schöttel; up de Schöttel liggt 'ne allmächtge Tort, un de Tort is in Zucker beschrewen mit 1000. Dortau seggt sei ein Gedicht up:

Sie fürstlich zu bedienen,
Sind wir allhier erschienen,
Wir haben wohl vernommen,
Daß Sie zu uns gekommen
Als tausendster der Gäste.
Empfangen Sie zum Feste
Auch unsern Dank; wir grüßen
Mit Kuchen Sie, dem süßen.
Mög' Neubrunn bewähren
An Ihnen seine Kraft,
Damit Sie wiederkehren
Zur Freud' der Bürgerschaft.

Dit geiht nu Tanten Laura an't Hart, all de säuten Dirns, de grote Kauken un de schöne Vers, nee, sei sluckt ehren Arger dal, giwwt all de Hand un bedankt sick; sei seggt, dat hadd sei gor nich verdeint, un sei süllen ehre leiwen Öllern grüßen un ehr den Gefallen dauhn, dei Tort eins tau probieren. Ja, dat müchten sei; Fru Gottliebe bringt Töller un Teelepels, un dat durt keine halw Stunn', dunn is de ganze Kauken samt de Inschrift in de

Alkohol, Kaffee und Tee trinken soll. Sie klagt ihm, dass die Leute sie nicht in Ruhe lassen, und er will sie beruhigen; das wäre man anfangs so und wird sich geben.
Aber es gibt sich nicht. Am anderen Morgen steht die Musik vor ihrem Haus und spielt einen Choral und sechs Walzer und Polkas. Am dritten Tag um elf Uhr, sie will gerade ihre Kur anfangen, rumort es auf der Diele; es trampelt und spektakelt durcheinander, und herein kommen zwölf junge Mädchen in weißen Kleidern. Eine von diesen Jungfern drängelt nach vorn mit einer großen Schüssel; auf der Schüssel liegt eine mächtige Torte, und die Torte ist in Zucker beschrieben mit „1000". Dazu sagt sie ein Gedicht auf:

Sie fürstlich zu bedienen,
Sind wir allhier erschienen,
Wir haben wohl vernommen,
Dass Sie zu uns gekommen
Als tausendster der Gäste.
Empfangen Sie zum Feste
Auch unsern Dank; wir grüßen
Mit Kuchen Sie, dem süßen.
Mög' Neubrunn bewähren
An Ihnen seine Kraft,
Damit Sie wiederkehren
Zur Freud' der Bürgerschaft.

Das geht nun Tante Laura ans Herz, all die süßen Mädchen, der große Kuchen und der schöne Vers, nein, sie schluckt ihren Ärger runter, gibt allen die Hand und bedankt sich; sie sagt, das hat sie gar nicht verdient, und sie sollen ihre lieben Eltern grüßen und ihr den Gefallen tun, die Torte zu probieren. Ja, das möchten sie; Frau Gottliebe bringt Teller und Teelöffel, und es dauert keine halbe Stunde, dann ist der ganze Kuchen samt Inschrift in die

Mag' von de Dirns dalrutscht. – Dit is ein Lichtblick för Tanten, sei fängt an, en beten uptaulewen in den Gedanken, dat de Ovatschonen nu uphüren. Äwer nee, wo sei geiht un sitt, hürt sei achter sick: Kiek, dat is sei; vör ehre Bänk bliewen sei stahn, un de Niglichen setten sick tau ehr un willen sei utfragen. Tau Rauh kümmt sei nich, un nah fief Dag packt sei ehre säben Saken wedder in un gonnelt af nah Hus, nah Rennewitz.

Dor kann sei spazierengahn un sitten in den Park, ahn dat ein sei stürt. Sülwst de Ofentür tau „Zampa" klingt ehr as Engelsgesang gegen dat Bummdara un Schmetterettäng von de Nigenbornschen Stadtmuskanten. Ehre Vertellsel von ehre Erlewnisse schlütt sei mit de Würd': Son Malür kann ick blot hewwen. In Nigenborn lat ick mi nich wedder seihn. Dat künn ja so treffen, dat ick de Nummer 2000 krieg. Dor finn' ick nich Rauh, nich Rast: un min Pascha möt tau Hus sitten un hulen.

De Fleig up de Liem

Dat möt ein taugewen, nüdlich sind de Fleigen; ick mag girn taukieken, wo fixing sei lopen mit ehre söß Been un fleigen mit ehre blanken Flüchten. Un sihr possierlich süht dat ut, wenn sei sick dalsetten un för Rendlichkeit sorgen. So drell as de Apen fuhrwarken sei mit de Vörderbeen äwer den Kopp un mit de Achterbeen äwer de Flüchten un riewen nahst den Stom von de Been. Äwer de mihrsten Minschen känen sei nich lieden, sei hewwen ehren ewigen Arger mit dise Kreturen, besonners, wenn du son richtigen Gnägelpeiter bist, dei
sick, as dat Sprüchwurd seggt, äwer de Fleig an de Wand argert. Sei surrt üm dinen Kopp, sei krawwelt äwer dine

Mägen der Mädchen gerutscht. – Das ist ein Lichtblick für Tante, sie fängt an, ein bisschen aufzuleben bei dem Gedanken, dass die Ovationen nun aufhören. Aber nein, wo sie geht und sitzt, hört sie hinter sich: Sieh, das ist sie; vor ihrer Bank bleiben sie stehen, und die Neugierigen setzen sich zu ihr und wollen sie ausfragen. Zur Ruhe kommt sie nicht, und nach fünf Tagen packt sie ihre sieben Sachen wieder ein und fährt ab nach Hause, nach Rennewitz.
Dort kann sie spazieren gehen und sitzen im Park, ohne dass sie einer stört. Selbst die Ouvertüre zu „Zampa" klingt ihr wie Engelsgesang gegen das Bummtara und Schnettereteng der Neubrunner Stadtmusikanten. Ihre Erzählungen von ihren Erlebnissen schließt sie mit den Worten: „So ein Pech kann ich bloß haben. In Neubrunn lasse ich mich nicht wieder sehen. Es könnte ja so kommen, das ich die Nummer 2000 bekomme. Da finde ich nicht Ruhe, nicht Rast; und mein Pascha muss zu Hause sitzen und heulen."

Die Fliege auf dem Leim

Das muss man zugeben, niedlich sind die Fliegen; ich mag gern zusehen, wie schnell sie laufen mit ihren sechs Beinen und fliegen mit ihren blanken Flügeln. Und sehr possierlich sieht es aus, wenn sie sich hinsetzen und für Reinlichkeit sorgen. So schnell wie die Affen fuhrwerken sie mit den Vorderbeinen über den Kopf und mit den Hinterbeinen über die Flügel und reiben danach den Staub von den Beinen. Aber die meisten Menschen können sie nicht leiden, sie haben ihren Ärger mit diesen Kreaturen, besonders, wenn du so ein richtiger Nörgelpeter bist, der sich, wie das Sprichwort sagt, über die Fliege an der Wand ärgert. Sie surrt um deinen Kopf, sie krabbelt über deine

Glatz, un wenn du slapen wist, up dine Näs'. Du jagst sei weg, sei kümmt teihnmal wedder, nich wil sei di kennen deid ore di leiw hett ore grad di schabernacken will, nee, blot wil sei von sonen „hervorragenden" Punkt – un dat bist du doch – un von allens, wat hell un blank is – un dat is doch din Kopp – antreckt ward.

Nu wist du sei griepen. Jawolling, Kauken, seggt Nante (ja, Kuchen, secht Nante, frisch Brot gifft' all Daach); sei hett veel tau scharpe Ogen un is veel tau fix. Denn vesöchst du 't up anner Ort, du haugst mit de flache Hand up den Disch, dat de Gläs' un Töller danzen un di dat in de Knaken dröhnt, äwer uns' lütt Fleig is heidi. Na täuw, denkst du, un nimmst de Fleigenklatsch un treffst sei ok, äwer dat paßt dine leiwe Fru nich, sei schellt di ut wegen de Placken up dat Dischdauk un an de Wand.

Tau disen Arger kümmt de Angst üm Lewen un Gesundheit, wil de Fleigen sick up allen Schiet un nahst up Eten un Drinken dalsetten. Dorüm, wil hei sick argert un an Dod un Krankheit denkt, lewt de Minsch mit sei in Kriegstaustand. Ick will all de Hinnerlisten, dei taum Dodmaken utklamüsert sind, nich uptellen un blot von den Fliegenliem spreken.

Dor hängt son Liemstriepen in de Käk von baben dal, de Dör is apen, un ick kann seihn, dat 'ne Fleig ut de Stuw dorhensust, sei nippt irst 'n beten von den Töller mit ingekakte Kirschen, denn von den Melkpottrand un ok von den Käkenaffall in den Aschenemmer. De Käksch schücht sei immer wedder up un schimpt äwer dat updringliche Wesen. De Fleig schimpt ok. „Nicks günnen mi de zackermentschen Lüd', ick will doch ok lewen. Wo sall ick hen? De Finster sind tau, un buten

Glatze, und wenn du schlafen willst, auf deiner Nase. Du jagst sie weg, sie kommt zehnmal wieder, nicht weil sie dich kennt oder dich lieb hat oder gerade dir einen Streich spielen will, nein, bloß weil sie von so einem „hervorragenden Punkt" – und das bist du doch – und von allem, was hell und blank ist – und das ist doch dein Kopf – angezogen wird.

Nun willst du sie greifen. Ja, Kuchen, sagt Nante (redensartlich: ja, Kuchen, sagt Nante, frisches Brot gibt es jeden Tag; so viel wie „denkste", d. Hrsg.); sie hat viel zu scharfe Augen und ist viel zu schnell. Dann versuchst du es auf andere Art, du haust mit der flachen Hand auf den Tisch, dass die Gläser und Teller tanzen und es dir in den Knochen dröhnt, aber unser kleine Fliege ist heidi. Na warte, denkst du, und nimmst die Fliegenklatsche und triffst sie auch, aber das passt deiner lieben Frau nicht, sie schimpft dich aus wegen der Flecken auf dem Tischtuch und an der Wand.

Zu diesem Ärger kommt die Angst um Leben und Gesundheit, weil die Fliegen sich auf allen Schiet und danach auf Essen und Trinken setzen. Darum, weil er sich ärgert und an Tod und Krankheit denkt, lebt der Mensch mit ihr in Kriegszustand. Ich will all die Hinterlisten, die zum Totmachen ausgedacht sind, nicht aufzählen und bloß vom Fliegenleim sprechen.

Da hängt so ein Leimstreifen in der Küche von oben runter, die Tür ist offen, und ich kann sehen, dass ein Fliege aus der Stube dahin saust, sie nippt erst ein bisschen von dem Teller mit eingemachten Kirschen, dann von dem Milchtopfrand und auch vom Küchenabfall im Ascheneimer. Die Köchin scheucht sie immer wieder auf und schimpft über das aufdringliche Wesen. Die Fliege schimpft auch. „Nichts gönnen mir die verfluchten Leute, ich will doch auch leben. Wo soll ich hin? Die Fenster sind zu, und draußen

schnappen de lütten Piepvägel mi weg. Oho, hier hängt ja en Striepen von de Deck mit de Upschrift: Ruheplätzchen für lebensmüde Fliegen; ick ward nu 'n beten utrahn." In korten Bagen flüggt sei hen un – sitt fast. Sei versöcht, de Bein hochtautrecken, äwer de Liem hölt; de Flüchten helpen ok nich. Sei kann blot noch klagen äwer de imfamtigen Minschen un starwen, un so geiht dat veele anner Fleigen, dei ok den Liemstriepen för wat anners hölen.

So as mit de Fleigen, is dat mit uns in Dütschland. Wi lewten taufreden un deeden uns' Arbeit; wi füngen an, wat tau verdeinen un tau sporen. Dat günnten uns de Nahwers nich un fölen äwer uns her, teihn gegen enen. Wi hewwen uns mit de Äwermacht vier Johr rümmerslahn un sei in Schach hollen, un as wi verlahmen deeden, hölen sei uns enen Liemstriepen hen, wo in vierteihn Paddegrafen wat schrewen stünn von „Freiheit, Frieden, Abrüstung, Selbstbestimmung der Völker" un anner schöne Saken. Wi kröpen up de Liem un sitten nu fast, un känen uns nich rögen, wi sind knewelt an Hänn' un Fäut'; Macht un Friheit sind uns namen, un in de Welt hewwen wi nicks tau seggen; un dortau kümmt, dat wi in all uns' Not nich einig sind. Dat giwwt soveel Parteien, dat dat Enn' dorvon weg is. Dorüm sind wi dömlicher as de Fleigen, dei sick taum wenigsten nich de en de anner dodslagen.

schnappen die kleinen Piepvögel mich weg. Oho, hier hängt ja ein Streifen von der Decke mit der Aufschrift: ‚Ruheplätzchen für lebensmüde Fliegen'; ich werde nun ein bisschen ausruhen." In kurzem Bogen fliegt sie hin und – sitzt fest. Sie versucht, die Beine hochzuziehen, aber der Leim hält; die Flügel helfen auch nicht. Sie kann bloß noch klagen über die gemeinen Menschen und sterben, und so geht es vielen anderen Fliegen, die auch den Leimstreifen für etwas anderes halten.

So wie mit den Fliegen ist es mit uns in Deutschland. Wir lebten zufrieden und taten unsere Arbeit; wir fingen an, etwas zu verdienen und zu sparen. Das gönnten uns die Nachbarn nicht und fielen über uns her, zehn gegen einen. Wir haben uns mit der Übermacht vier Jahre herumgeschlagen und sie in Schach gehalten, und als wir erlahmten, hielten sie uns einen Leimstreifen hin, wo in vierzehn Paragrafen etwas geschrieben stand von „Freiheit, Frieden, Abrüstung, Selbstbestimmung der Völker" und andere schöne Sachen. Wir kriechen auf den Leim und sitzen nun fest, und können uns nicht rühren, wir sind geknebelt an Händen und Füßen; Macht und Freiheit sind uns genommen, und in der Welt haben wir nichts zu sagen; und dazu kommt, dass wir in all unserer Not nicht einig sind. Es gibt so viele Parteien, da ist das Ende von weg. Darum sind wir dämlicher als die Fliegen, die sich wenigstens nicht eine die andere totschlagen.

Gripswoller Snack

Wenn plattdütsch snackt ward, dat is Musik för mine Uhren, besonners – un dat makt de Heimatleiw – wenn't Gripswoller Platt is un denn wedder besonners, wenn de lütten hübschen Dirns dat snacken. Kinnerlüd', wat klingt dat fin!

1. Dat was an enen Morgen in Julimand vör gaud föftig Johr, de Sünn lacht von den Hewen dal, de Straten blänkern, as wirn sei schüert, ok de ollen Hüs' in de Rotgarwerstrat hewwen enen fründlichen Schemer, un de Freud' in de Minschenharten lacht ehr ut de Ogen. De Fischerfrugens mit ehr Gegröhl „Hioalt – frischen Hiring!" sünd all vörbikarrt, de Klock geiht up acht, un de Tid is ran, dat de Breiwdräger Bethge up sinen Rundgang vörbikamen möt.
Ik sleep in minen Grotvadder sin Hus in de Vörderstuw, un min Kesin Berthing klappert bian mit de Kaffeetassen. Dunn klinkt sei de Husdör up. Tau jenne Tid hadden all Husdör'n noch ehr Bimmelklock, afslaten Korridors wieren unbekannt. Berthing is en hübsches, dralles Mäten von Johrener achteihn mit kruse, blonde Hoor un blage Ogen, nett un adrett in ehr blages Waschkleed un witte Schört.
Dat durt ok keen twee Minuten, denn kümmt Bethge angewankt, bliwwt stahn un fängt 'ne Unnerhollung an; Tid hett hei, dat Lewen was dunnmals nich so unrauhig un hiddlich as hüt.
„Gun Morgen, Frölen Wehdel, all so tidig up?"
„Na, bi dit moie Weder kann'n doch nich liggen, bet ein de Sünn in den Hals schient."
„Dor hewwen sei recht. Nee, wat seihn Sei wedder nüdlich ut, as son riepen Pfirsich, taum Anbieten."

Greifswalder Unterhaltung

Wenn plattdeutsch gesprochen wird, das ist Musik für meine Ohren, besonders – und das macht die Heimatliebe – wenn es Greifswalder Platt ist und dann wieder besonders, wenn die kleinen hübschen Mädchen es sprechen. Kinderleute, was klingt das fein!

1. Es war an einem Morgen im Juli vor gut fünfzig Jahren (um 1880, d. Hrsg.), die Sonne lacht vom Himmel runter, die Straßen blinken, als wären sie gescheuert, auch die alten Häuser in der Rotgerberstraße haben einen freundlichen Schimmer, und die Freude in den Menschenherzen lacht ihnen aus den Augen. Die Fischerfrauen mit ihrem Gegröl „Hioalt – frischen Hiring!" sind alle vorbeigekarrt, die Uhr geht auf acht, und die Zeit ist ran, dass Briefträger Bethge auf seinem Rundgang vorbeikommen muss.
Ich schlafe im Haus meines Großvaters in der Vorderstube, und meine Kusine Bertha klappert nebenan mit den Kaffeetassen. Dann klinkt sie die Haustür auf. Zu jener Zeit hatten alle Haustüren noch ihre Bimmelglocke, abgeschlossene Korridore waren unbekannt. Bertha ist ein hübsches, dralles Mädchen von achtzehn Jahren mit krausen, blonden Haaren und blauen Augen, nett und adrett in ihrem blauen Waschkleid und weißer Schürze.
Es dauert keine zwei Minuten, da kommt Bethge angewankt, bleibt stehen und fängt eine Unterhaltung an; Zeit hat er, das Leben war damals nicht so unruhig und hastig wie heute.
„Guten Morgen, Fräulein Wehdel, so zeitig auf?"
„Na, bei dem schönen Wetter kann man doch nicht liegen, bis einem die Sonne in den Hals scheint."
„Da haben Sie recht. Nein, was sehen Sie wieder niedlich aus, wie ein reifer Pfirsich, zum Anbeißen."

„Ach wat, laten Sei Ehre Faxen."
„Kieken Sei nah mi ut?"
„Nee, nach Sei nich, nach Ehr Breiwtasch. Hewwen Sei wat för mi?"
„Nee, min lütt Frölen, hüt nich; villicht morgen. Sei lure wol up enen Breiw von Em?"
„Dat geiht Sei gor nicks an."
„Na, man nich so iwrig! Wat krieg ick, wenn ick morgen wat bring?"
„Kriegen? Wat hewwen Sei tau föddern? Sei warden ja bitahlt för Ehren Deinst."
„Ick dacht so, Sei können mi sonen lütten Säuten gewen."
„Nanu hürt allens up, son utverschamten Kirl; maken Sei, dat Sei wierer kamen."
„Ick mak Sei enen Vörslag, gewen's mi den Säuten vörut up Afslag."
„Na täuwen's man, Sei Lüchting. Son oll Kirl, hett Fru un Kind."
„Twei Kinner."
„Noch beter; will hier up de Strat anfangen tau küssen!"
„Oh, dat lett sick ännern, wi gahn up de Deel."
„Nu warden Sei updringlich."
Un swapp, smitt sei de Dör tau, un hei geiht af.
Den annern Morgen stah ick tidiger up un sett mi up de Lur achter de Gardin. Bethge kümmt, un Berthing steiht richtig wedder buten. Hei langt in sine grote Tasch, höllt ehr 'ne Postkort hen un seggt: „Wat seggen Sei nu? Von Ihrem Sie liebenden Franz." Un dorbi will hei ehr unner dat Kinn faten. Äwer sei haugt em up de Knäwel, un weg is sei mit ehr Kort.
Ick wüßt nu, dat min Kesin 'ne heimliche Leiw hadd, un künn sei dormit brüden. Dorin müßt ick ehr

„Ach was, lassen Sie Ihre Faxen."
„Sehen Sie nach mir aus?"
„Nein, nach Sie nicht, nach Ihrer Brieftasche. Haben Sie etwas für mich?"
„Nein, mein kleines Fräulein, heute nicht; vielleicht morgen. Sie lauern wohl auf einen Brief von Ihm?"
„Das geht Sie gar nichts an."
„Na, man nicht so eifrig! Was kriege ich, wenn ich morgen etwas bringe?"
„Kriegen? Was haben Sie zu fordern? Sie werden ja bezahlt für Ihren Dienst."
„Ich dachte so, Sie können mir einen kleinen Süßen geben."
„Na nun hört alles auf, so ein unverschämter Kerl; machen Sie, dass Sie weiterkommen."
„Ich mache Sie einen Vorschlag, geben Sie mir den Süßen voraus auf Abschlag."
„Na warten Sie man, Sie Schlingel. So ein alter Kerl, hat Frau und Kind."
„Zwei Kinder."
„Noch besser; will hier auf der Straße anfangen zu küssen!"
„Oh, das lässt sich ändern, wir gehen auf die Diele."
„Nun werden Sie aufdringlich."
Und schwapp, wirft sie die Tür zu, und er geht weiter.
Am anderen Morgen stehe ich zeitiger auf und setze mich auf die Lauer hinter der Gardine. Bethge kommt, und Bertha steht wieder draußen. Er langt in seine große Tasche, hält ihr eine Postkarte hin und sagt: „Was sagen Sie nun? Von Ihrem Sie liebenden Franz." Und dabei will er ihr unter das Kinn fassen. Aber sie haut ihm auf die Finger, und weg ist sie mit der Karte.
Ich wusste nun, dass meine Kusine eine heimliche Liebe hatte, und konnte sie damit necken. Darin musste ich ihr

bistimmen, dat Bethge enen imfamtigen Kirl wier; blot bös wier sei em nich, sei deed blot so.

2. Ens Vörmiddags 1916 sitt ick bi minen ollen Barbutz Liebert in de Langestrat un lat mi schier maken mit Balbiern un Hoorsniden; nach achter rut was von den Ladwen dörch enen Vörhang de „Damen-Salon" afdeilt. An dat Reden un Hantieren von de Frisörfru markt ick, dat all 'ne Kundin achter den Vörhang sitt. Dunn klappt de Dör, un nu geiht 'ne Unnerhollung los, von dei ick jedes Wurd behollen heww.
„Gun Morgen, Anning, all so tidig hier?"
„Ja, Greting, wi kriegen Besäuk. Wo büst du gistern blewen? Wi wullen doch tausam nach Eldena dalführen?"
Ick möt hier bemarken, dat de Gripswoller dat Wurd „Eldena" so utspreken, dat anner Lüd' dat kum nahmaken känen; dat El – kümmt mit sonen Tungenslag achter den Tappen rut un dat E klingt binah as Ö.
„Ja, Anning, dat wullen wi ok, äwer min Korl kem nich tidig naug ut sin Büro, wi güngen denn in den Akziengorn, dor was Kunzert von Kreuzfelden."
„Dat is recht wat. Ick un Franz sünd dörch den Elisenhain nah Strohkamp spaziert un hewwen dor sur Melk un Bottings eten. So wit kann din Schriewer wol nich lopen?"
„Un wi hewwen schönen Koffee drunken un Appelkauken mit Slagsahn eten, un Korl hett alls bitahlt."
„Dat wunnert mi, hei is doch man wat engböstig, ok in den Geldbüdel."
„Wat du immer gegen em hest, Anning; is denn din mihr as hei?"
„Dat is hei, hei is Oberjäger bi't Bataljon un ward in

beipflichten, dass Bethge ein unverschämter Kerl war; bloß böse war sie ihm nicht, sie tat bloß so.

2. Eines Vormittags 1916 sitze ich bei meinem alten Frisör Liebert in der Lange Straße und lasse mich Rasieren und lasse die Haare schneiden; nach hinten raus war vom Laden durch einen Vorhang der „Damen-Salon" abgeteilt. Am Reden und Hantieren der Frisörfrau merke ich, dass eine Kundin hinter dem Vorhang sitzt. Dann klappt die Tür, und nun geht eine Unterhaltung los, von der ich jedes Wort behalten habe.
„Guten Morgen, Anna, so zeitig hier?"
„Ja, Grete, wir kriegen Besuch. Wo bist du gestern geblieben? Wir wollten doch zusammen nach Eldena fahren?"
Ich möchte hier bemerken, dass die Greifswalder das Wort „Eldena" so aussprechen, dass andere Leute das kaum nachmachen können; das El – kommt mit so einem Zungenschlag hinter dem Zäpfchen raus und das E klingt beinahe wie Ö.
„Ja, Anna, das wollten wir auch, aber mein Karl kam nicht zeitig genug aus seinem Büro, wir gingen dann in den Aktiengarten, dort war ein Konzert von Kreuzfeld."
„Das ist recht was. Ich und Franz sind durch den Elisenhain nach Strohkamp spaziert und haben da saure Milch und Butterbrote gegessen. So weit kann dein Schreiber wohl nicht laufen?"
„Und wir haben schönen Kaffee getrunken und Apfelkuchen mit Schlagsahne gegessen, und Karl hat alles bezahlt."
„Das wundert mich, er ist doch etwas kurzatmig, auch im Geldbeutel."
„Was du immer gegen ihn hast, Anna; ist denn deiner mehr als er?"
„Das ist er, er ist Oberjäger beim Bataillon und wird in

twei Johr Förster, un denn frigen wi."
„Un rükt immer nah Kummiß."
„Un din Schriewer hett swarte Knäwel von de Fedderfuchserie, un sonen forschen Snurrbort hett hei ok nich as min Franz. Dei kann küssen!"
„Ick will gor kenen Kuß von em hewwen, von sonen ingebillten Saldoten."
„Du kannst di mit dinen klapprigen Brüjam afmalen laten."
„Nu swieg blot still, du kannst mi den Puckel dalrutschen. – Adjüs, Fru Liebert, ick gah in en anner Geschäft."
Dormit smitt sei de Dör achter sick tau, dat dat man so ballert.
Fru Liebert versöcht noch, Anning tau begöschen un taum Gauden tau reden. Äwer sei is steenpötting un seggt: „Wat will de Schausterdirn, dei paßt all lang nich tau mi."
In de Tid hadd mi oll Liebert afschrapt, wascht, kämmt un böst, schad, ick hadd girn noch'n beten tauhürt, woans sick de beiden Dirns in ehr allerleiwste Sprak kawweln deeden. Den Tungenschlag un de Tonfall kriegen blot dei rut, dei dor burn un tagen sünd.

zwei Jahren Förster, und dann heiraten wir."
„Und riecht immer nach Kommiss."
„Und dein Schreiber hat schwarze Finger von der Federfuchserei, und so einen forschen Schnurrbart hat er auch nicht wie mein Franz. Der kann küssen!"
„Ich will gar keinen Kuss von ihm haben, von so einem eingebildeten Soldaten."
„Du kannst dich mit deinem klapprigen Bräutigam abmalen lassen."
„Nun schweig bloß still, du kannst mir den Puckel runterrutschen. – Adschüs, Frau Liebert, ich gehe in ein anderes Geschäft."
Damit wirft sie die Tür hinter sich zu, dass es man so ballert.
Frau Liebert versucht noch, Anna zu beruhigen und zum Guten zu reden. Aber sie ist hartnäckig und sagt: „Was will das Schustermädchen, die passt sowieso nicht zu mir."
In der Zeit hatte mich der alte Liebert rasiert, gewaschen, gekämmt und gebürstet, schade, ich hätte gern noch ein bisschen zugehört, wie sich die beiden Mädchen in ihrer allerliebsten Sprache kabbeln. Den Zungenschlag und den Tonfall kriegen bloß die raus, die dort geboren und erzogen sind.

Über Max Spiecker

Max Spiecker wurde am 1. Juli 1854 in der Stadt Usedom geboren. Die Familie wohnte in der Swinemünder Straße, ein Haus vor dem heute nicht mehr vorhandenen Swinetor, welches bis um 1860 an der Kreuzung Swinemünder Straße/Randowstraße stand.
Spieckers Vater war Gerichtsschreiber und hatte seine Arbeitsstelle im alten Rathaus am Markt. Als Max Spiecker sieben war, zog die Familie berufsbedingt nach Jacobshagen bei Stargard in Pommern.
Die frühen Kinderjahre verbrachte Max Spiecker in geordneten Verhältnissen. Mit dem frühen Tod des Vaters, er starb 1864, war das Leben für die Familie, vor allem für die Mutter, alles andere als leicht. Vater Spiecker hatte Frau und sechs Kinder hinterlassen; zwei weitere Kinder waren zu diesem Zeitpunkt bereits verstorben. Das Einkommen der Witwe betrug 360 Taler im Jahr; sie hat das Kunststück fertig bekommen, damit die sechs Kinder satt zu machen, zu kleiden und was lernen zu lassen. In den folgenden Jahren starben drei der Geschwister.
Über den Tod seiner kleinen Schwester Marie im Jahre 1865 hat Max Spiecker folgendes geschrieben: „Bei dem Tod dieser Schwester muss ich einen Augenblick verweilen, sie starb zu schnell und plötzlich und unter verdächtigen Umständen, über die mir erst nach Jahren die Ahnung eines Verbrechens (Vergiftung) aufgestiegen ist. Die Kleine war nicht nur die jüngste, sondern auch von lieblicher Schönheit und wurde von uns fünf Brüdern verhätschelt. Sie war die Freude unserer trauernden Mutter. Eines Nachmittags ging Mutter aus, wahrscheinlich zu einer kleinen Kaffeegesellschaft, und überließ mir die Behütung des Schwesterchens, ich war Sextaner, und Mariechen 2 Jahre alt. Da erschien ein älteres Fräulein, mit der meine Mutter

verkehrte, gab der Schwester mit grinsender Freundlichkeit einen Bonbon, mich streng vermahnend, nichts davon ihr wegzunaschen. Natürlich befolgte ich getreulich und gewissenhaft den Befehl; niemals hätte ich gewagt, die Kleine zu berauben. Bald wurde sie unruhig, fing an zu weinen, dann zu fantasieren und starb gegen Morgen unter großen Schmerzen, bevor der Arzt kommen konnte. Dieser untersuchte, fragte und schüttelte den Kopf; er muss einen Verdacht gehabt haben, denn er drang auf Öffnung der Leiche. Doch die Mutter in ihrem namenlosen Schmerz wollte ihren Liebling dazu nicht hergeben."
Um ihrem Sohn Max den Besuch des Gymnasiums zu ermöglichen, zog Witwe Spiecker in die nahegelegene Stadt Stargard. 1874 heiratete sie ein zweites Mal. Mit dieser Heirat verbesserte sich die Situation für die Familie grundlegend. Der Stiefvater war vermögend und als Gerichtsrat, der es später bis zum Kammergerichtsrat mit dem Titel Geheimer Oberjustizrat brachte, eine hochgestellte Persönlichkeit. Vom Stiefvater erhielt Max Spiecker sehr viel Unterstützung in Bezug auf Bildung. Aber auch auf das Leben bereitete ihn sein Stiefvater mit guten Ratschlägen vor. So schrieb Max Spiecker über ihn:
„In meinen ersten Semestern in Greifswald verkehrte ich viel im Hause eines Gerichtssekretärs, dessen hübsche, aber unbedeutende Tochter ich auf Bällen kennen gelernt hatte. Davon muss mein Stiefvater Wind bekommen haben, er schrieb unter einen Brief meiner Mutter in seiner kurzen, kraftvollen Weise: ‚Du hast da einen Verkehr angeknüpft, der mir nicht gefällt. Solche Liaison hat schon manchem Jüngling die Laufbahn verdorben. Stecke deine Nase lieber in deine Kolleghefte!'
Das wirkte, ich musste ihm Recht geben und zog mich ziemlich plötzlich zurück. Es ist doch heilsam, wenn man einen Vater hat, der einen zur rechten Zeit und mit dem

rechten Griff bei dem Kanthaken packt und vor Dummheiten bewahrt."
Am 19. September 1873 erhielt Max Spiecker in Stargard das Reifezeugnis. Im Anschluss daran studierte er von 1873 bis 1878 an der Königlichen Universität zu Greifswald Geschichte, antike Kunst und Erdkunde. 1881 legte er die Lehramtsprüfung ab und begann als wissenschaftlicher Hilfslehrer in Anklam und in Stolp in Hinterpommern an Realschule bzw. Gymnasium.
Im Herbst 1882 heiratete Max Spiecker die Tochter des Usedomer Arztes Dr. Böttcher. Aus der Ehe gingen vier Söhne hervor, der Jüngste fiel im ersten Weltkrieg.
Ostern 1890 wurde Max Spiecker vereidigt und bekam die erste Anstellung im höheren Schuldienst Preußens. Von 1890 bis 1896 war er Rektor an der höheren Mädchenschule Anklam. Dort schrieb er 1894 eine wissenschaftliche Arbeit in Buchform mit dem Titel „Der Unterricht in der Kunstgeschichte auf der Höheren Mädchenschule Anklam". Seine Wohnanschrift war Markt 27 in Anklam (Wohnungsanzeiger für die Stadt Anklam. Auf das Jahr 1886/87. Anklam, Wolter, 1886.)
Von 1896 bis zu seiner Pensionierung war er dann Direktor der Höheren Mädchenschule in Stolp in Hinterpommern. Dort wohnte er bis zu seinem Lebensende in der Wallstraße 2 (Adressbuch für die Stadt Stolp. Stolp in Pom.: Feige, 1899).
Mit dem Schreiben begann Max Spiecker erst nach seiner Pensionierung. Sein erstes Buch mit dem Titel "Ollermann verteltt" erschien 1927 im Oskar Eulitz Verlag in Stolp in Hinterpommern. Das vorliegende Buch ist das zweite und zugleich letzte seiner Werke.
1937 starb Max Spiecker. Der genaue Todestag ist unbekannt, da die St. Johannisgemeinde Stolp, in der er Patronatsältester war, nur das Beisetzungsdatum 16. Januar 1937

veröffentlicht hat. Der Grund dafür ist nicht bekannt. Auch über den Verbleib seiner drei Söhne und eventuelle Nachfahren ist leider nichts bekannt.

Regina-Maria und Günter Rösel
Berlin und Rankwitz, 2016

Inhalt Plattdütsch

Vörred'	5
Oll Radloff	6
Grawwstein setten	16
Julius Zielesch fiert Kaisers Geburtsdag	20
Weltunnergang	26
Unkel Pinsch	42
De Spijohn	54
Emil Althoff ore Sünn' un Schatten	62
Uns' irste Deinstdirn	82
Olle Kamellen von't Gericht	88
De Hochtidswin	100
Verwesselung	104
Blot Schaulmeister	122
Nahwer Bleek un sin Unfall	126
Hei möt dorbi sin	132
Wenn ein wat arwen deid	134
Slichte Tiden	144
Tanten Stining up Reisen	150
Tanten Laura in de Badkur	164
De Fleig up de Liem	180
Gripswoller Snack	186
Äwer Max Spiecker	194

Inhalt Hochdeutsch

Vorwort	5
Der alte Radloff	7
Grabstein setzen	17
Julius Zielesch feiert Kaisers Geburtstag	21
Weltuntergang	27
Onkel Pinsch	43
Der Spion	55
Emil Althoff oder Sonne und Schatten	63
Unser erstes Dienstmädchen	83
Alte Geschichten vom Gericht	89
Der Hochzeitswein	101
Verwechselung	105
Bloß Schulmeister	123
Nachbar Bleek und sein Unfall	127
Er möchte dabei sein	133
Wenn einer was erbt	135
Schlechte Zeiten	145
Tante Ernestine auf Reisen	151
Tante Laura in der Badekur	165
Die Fliege auf dem Leim	181
Greifswalder Gespräche	187
Über Max Spiecker	194

Max Spiecker
Ollermann erzählt

In Hoch- und Plattdeutsch,
herausgegen von
Regina-Maria und
Günter Rösel

BoD - Books on Demand,
Norderstedt

Max Spiecker zeichnet einen kulturgeschichtlich interessanten Abriss des Lebens im Pommern der Jahre 1850 bis 1925.
Der Deutsch-Französische Krieg 1870/71, die Gründung des Deutschen Reiches unter Bismarck, die Kaiserzeit, der Erste Weltkrieg, die Inflation 1923 sind Hintergrund seiner teils derb-humorvollen Humoresken und Anekdoten. Es ist eine Liebeserkärung an die Stadt Usedom, an die Universitätsstadt Greifswald, an Pommern.

Auf den linken Seiten des Buches steht der plattdeutsche Originaltext, auf den rechten Seiten der ins Hochdeutsche übertragene Text.

236 Seiten, 13,5 x 21,5 cm, Broschur,
1. Auflage 2015, Euro 12,99
ISBN 978-3-7392-0957-9

Günter Rösel
Usedom und Wolin entdecken

hendrik Bäßler verlag · berlin
Tel.: 0 30/24 08 58 56
E-Mail:
info@baesslerverlag.de
www.baesslerverlag.de

Ein Reisebuch, nicht nur für Touristen, auch für Einheimische.
Es führt in den äußersten Nordosten Deutschlands auf die Ostseeinsel Usedom und auf die polnische Nachbarinsel Wolin (Wollin). Mehr als 75 Kilometer feiner Sandstrand erstreckt sich entlang der Küsten beider Inseln. So bekannte Seebäder wie Ahlbeck, Heringsdorf, Międzyzdroje (Misdroy), Świnoujście (Swinemünde) oder Zinnowitz mit ihrer prunkvollen Bäderarchitektur des 19. und 20. Jahrhunderts werden vorgestellt. Ausflugsziele in der Strandregion, aber auch Naturschönheiten und Sehenswürdigkeiten im Hinterland werden beschrieben. Jeder Ort auf den Inseln ist erwähnt.

160 Seiten, 13,5 x 21,5 cm, Klappenbroschur, 194 farbige Fotos, farbige Landkarten der beiden Inseln zum Aufklappen, praktische Informationen.
1. Auflage, Euro 12,95
ISBN 978-3-930388-69-1

Regina-Maria Rösel
Günter Rösel

Kleiner Schlossführer Insel Usedom

Insel intim Verlag
Ulrike Krause
Tel. 03 83 78/3 23 51
E-Mail: info@insiderkarten.de
www.insiderkarten.de

Von den ehemals etwa 2700 Schlössern und Gutshäusern im heutigen Mecklenburg-Vorpommern befinden sich vier auf der Insel Usedom.
Wer das Hinterland erkunden und malerische Naturgebiete fernab vom Bäderbetrieb aufsuchen möchte, sollte einen Abstecher zu den Schlössern Pudagla, Mellenthin, Stolpe und Krienke machen. Geschichtliche Überlieferungen sowie zahlreiche Fotos und Karten vermitteln dem Leser interessante Einblicke.

Klappenbroschur, 48 farbig bebilderte Seiten, 12,0 x 17,0 cm, farbige Lagepläne sowie farbige Landkarten des Insel-Nordens und des Insel-Südens von Usedom zum Aufklappen
2. aktualisierte Auflage 2016, Euro 5,95

Bibliografische Information der Deutschen Bibliothek:
Die Deutsche Bibliothek verzeichnet diese Publikation in der
Deutschen Nationalbibliografie; detaillierte bibliografische Daten
sind im Internet über http://dnb.ddb.de abrufbar.

Leicht gekürzte Erstveröffentlichung in
hochdeutscher und plattdeutscher Sprache.
Die Originalausgabe erschien 1932 unter dem
Originaltitel "Oll Radloff un anner Geschichten"
im Selbstverlag des Verfassers in Stolp in Hinterpommern.

1. Auflage 2016
© 2016 Regina-Maria und Günter Rösel
© 2016 der ins Hochdeutsche übertragenen Fassung: Günter Rösel
Alle Rechte vorbehalten
Cover-Design: Regina-Maria Rösel
Layout und Satz: Günter Rösel
Herstellung und Verlag: BoD - Books on Demand, Norderstedt
ISBN 978-3-7412-8818-0